À PROPOS DE L'AUTRICE

Dans ses romans, Michelle Styles nous fait découvrir sa passion pour l'Histoire grâce à des récits qui mêlent avec art véracité historique et souffle romanesque. D'origine américaine, elle vit actuellement en Angleterre, où elle partage son temps entre sa famille et l'écriture de ses romans.

La promise du Viking

MICHELLE STYLES

La promise du Viking

Traduction française de
JULIETTE FUHS

Les Historiques

HARLEQUIN

Collection : LES HISTORIQUES

Titre original :
BETROTHED TO THE ENEMY VIKING

HARPERCOLLINS FRANCE
83-85, boulevard Vincent-Auriol, 75646 PARIS CEDEX 13
Service Lectrices — Tél. : 01 45 82 47 47 - www.harlequin.fr
ISBN 978-2-2804-6030-9 — ISSN 1159-5981

Composé et édité par HarperCollins France.
Imprimé en décembre 2021 par CPI Black Print (Barcelone)
en utilisant 100% d'électricité renouvelable.
Dépôt légal : janvier 2022.

FSC www.fsc.org
MIXTE
Papier issu de sources responsables
FSC® C159065

Pour limiter l'empreinte environnementale de ses livres, HarperCollins France s'engage à n'utiliser que du papier fabriqué à partir de bois provenant de forêts gérées durablement et de manière responsable.

Chapitre 1

Début du mois de mars de l'an 875
Hangra Hill, Cinq Provinces sous la loi du Danelaw, anciennement Mercie orientale
Dans la forêt de Sherwood, comté de Nottingham

Le soleil printanier passait au travers des chatons du saule pleureur, faisant scintiller les premières repousses d'herbe et de fleurs qui tapissaient le sous-bois. Le jarl Kal Randrson – plus communément appelé Icebeard[1] depuis qu'il avait tenu à lui seul les murs de la Grande Armée des Danois à Basceng – ajusta son arc sur son épaule et observa les champs, les vallées et les prairies qu'il possédait.

Les champs stériles qu'il avait laissés sur sa terre natale du Danemark lui semblaient appartenir à une autre vie. Ils n'avaient jamais donné d'autres récoltes que de la boue, des épis de blé rabougris et un maigre gibier affamé. Aujourd'hui, son ventre était empli et sa réputation de guerrier suffisamment solide pour que personne ne songe à lui disputer les terres qui lui appartenaient.

Il aurait bientôt accompli le serment qu'il avait fait sur la tombe de sa femme et de son jeune fils. Il n'avait pas failli.

Pourtant… Pourtant, il y avait dans l'air printanier comme

1. *Icebeard* signifie littéralement « barbe de glace ».

une trace de la froideur hivernale qui faisait écho au malaise fugace qui l'avait jeté hors de son lit ce matin-là.

Lady Cynehild, la veuve du seigneur saxon qui avait autrefois possédé le vaste domaine d'Ecgmundton qui lui appartenait désormais, devait arriver d'un jour à l'autre. Elle affirmait vouloir déposer l'épée de son défunt époux sur l'autel de l'église en ruine pour honorer le vœu que son mari avait fait sur son lit de mort. Était-ce elle, la sourde menace qu'il sentait dans l'air ?

Que voulait réellement cette femme ? Les rumeurs d'un trésor enfoui sur ces terres lui étaient parvenues quand il avait entamé la construction d'une nouvelle maison digne d'accueillir un jarl non loin des ruines brûlées de la précédente bâtisse. Malgré ses recherches poussées, il n'avait cependant rien découvert.

— Me voler sous mon toit ? Je lui souhaite bonne chance, marmonna-t-il entre ses dents serrées. Ce qui est à moi, je le garde.

Lady Cynehild ne serait sans doute pas différente de toutes les dames saxonnes qu'il avait rencontrées depuis son arrivée sur ces côtes : elle serait excessivement fière et orgueilleuse, autoritaire et bien trop certaine de son pouvoir de séduction sur un jeune jarl célibataire. Il n'avait accepté sa venue que pour préserver la paix avec les autres seigneurs saxons, qui pourraient ne pas apprécier qu'il traite par le mépris l'une des leurs, mais elle repartirait les mains vides, il s'en assurerait.

Il encocha une flèche sur son arc au moment où un rai de lumière tombait sur la ramure majestueuse d'un cerf qui conduisait sa harde de femelles à travers la clairière. Plusieurs étaient pleines.

— Allez, montre-toi.

Alors que Kal dirigeait sa flèche droit sur le cœur du cerf, celui-ci tourna la tête vers lui et gratta le sol de son sabot comme s'il sentait la menace. Il agita sa ramure et son cri emplit le vallon. L'un de ses bois se détacha et tomba au sol, suivi peu après par le second.

Kal baissa son arc et salua respectueusement le cerf et sa harde.

— Merci pour ton précieux présent. Va et prends soin des tiens. Nous nous reverrons… quand tes bois auront repoussé.

Le cervidé expira une bouffée d'air par les naseaux. Kal laissa un lent sourire lui monter aux lèvres.

Quand il rentrerait avec les andouillers, son cousin Alff ne manquerait pas de se moquer de lui parce qu'il avait épargné la vie du cerf en échange d'une paire de bois. Encore que… Alff avait malheureusement perdu son habitude d'avoir toujours un bon mot à dire sur tout et n'importe quoi.

C'était sans l'ombre d'un doute Toka, son épouse depuis quelques mois, qui était responsable de ce changement. Néanmoins, Alff refusait absolument d'entendre la moindre critique envers elle. Il affirmait au contraire que c'était Kal qui nourrissait des préjugés négatifs envers celle qui était la sœur de sa défunte épouse. Comment n'en aurait-il pas eu, en effet, après ce que Toka lui avait fait subir au cours de son mariage ?

— Je sais ce qu'elle vaut et les écailles tomberont bientôt des yeux de ce crétin d'Alff, n'est-ce pas, Grand Cerf ?

Les narines du cerf palpitèrent lorsque l'odeur inhabituelle de l'homme lui parvint, portée par le vent. Puis, dans un bond puissant, il s'évanouit dans les sous-bois, aussitôt suivi par ses biches. La clairière retrouva son calme, comme si la harde n'avait jamais été là.

Quelque part dans la canopée, une alouette lança un trille joyeux et Kal sortit de sa contemplation. Le devoir l'appelait, il devait se mettre à l'œuvre comme chaque jour pour s'assurer que ses terres continueraient de prospérer comme elles le faisaient depuis qu'il avait repris le domaine en main.

Comme il s'avançait pour récupérer la ramure, il songea que l'offrande du cerf était un signe des dieux qu'il valait mieux ne pas ignorer. Il allait devoir suivre les traces du majestueux animal et faire enfin ce qu'il avait trop longtemps évité : prendre femme.

Il aurait ainsi des fils et des filles pour perpétuer la paix et la prospérité sur ses terres. Oui, le signe était clair : aujourd'hui, ses fantômes devaient cesser d'avancer à ses côtés.

— C'est ainsi que tombent les tyrans, Icebeard !

Le chuchotement ne lui laissa guère plus d'un battement de cœur pour réagir. Son instinct prit le contrôle et il jeta la ramure en direction de la voix, derrière lui.

Trop tard. Le coup, brutal, l'atteignit à l'arrière du crâne et Kal Randrson – le puissant guerrier qui avait sauvé l'armée danoise en refusant de reculer à Basceng, le grand jarl qui gouvernait plus de cent combattants vikings, le seigneur qui avait apporté la prospérité à son nouveau peuple en acquérant du bétail –, ce guerrier supposé invincible tomba à genoux alors que le monde plongeait dans l'obscurité.

Lady Cynehild de Baelle Heale peinait à escalader la colline de Hangra Hill. Si elle parvenait à atteindre le sommet, elle pourrait observer les terres que son mari avait perdues des années plus tôt quand la grande horde sauvage avait fondu sur la Mercie et que le courage avait manqué aux guerriers saxons pour la repousser.

Tout autour d'elle, l'arrivée du printemps s'annonçait. L'herbe nouvelle était d'un vert soutenu et les minuscules fleurs paraient le sol ; néanmoins, de vieilles fougères hivernales s'accrochaient encore à sa robe. Bien que le mois de mars soit à peine entamé, l'air portait un souffle chaud, chargé de l'odeur de l'humus qui revenait à la vie après les longs mois d'hiver.

D'un geste, elle essuya la sueur qui perlait à son front.

« Retrouve l'or que j'ai enterré quand nous avons dû

fuir, Cyn. Fais-le pour Wulfgar, pour l'avenir de notre fils. Veille sur lui. »

Les derniers mots de son époux, ceux qu'il avait chuchotés dans les brefs moments de calme qui avaient précédé sa mort, dix-huit mois plus tôt, ne cessaient de revenir à sa mémoire.

Les bois avaient changé depuis la dernière fois qu'elle était venue. La forêt était plus épaisse, plus dense, toutefois, depuis le sommet de la colline, elle pourrait sans peine retrouver le chemin de la grotte dans laquelle il avait caché une partie du trésor. L'autre se trouvait dans l'église.

Quelque part au-dessus de sa tête, un corbeau battit des ailes en lançant un croassement sinistre. Cyn ne leva pas le regard, concentrée sur le tronc de hêtre qui lui barrait la route. Elle l'enjamba et crut que son imagination lui jouait des tours lorsqu'elle aperçut du coin de l'œil ce qui ressemblait à des doigts – oui, c'étaient bien des doigts, rattachés à une main ! Elle poussa un cri étouffé et revint aussitôt sur ses pas. En hâte, elle écarta les pierres qui recouvraient le corps.

Étendu sur le sol, l'un des hommes les plus grands et les plus imposants qu'elle eût jamais vu lui apparut. S'il avait été debout, il l'aurait largement dépassée de sa haute stature. Du sang coulait d'une plaie à l'arrière de son crâne, mouillant la terre sous lui. Respirait-il encore ?

Brusquement, ses yeux s'ouvrirent et ses iris sombres se plantèrent dans les siens. Cyn eut la sensation étrange que ce regard la transperçait jusqu'au tréfonds de son âme, que rien ne lui échappait, pas même ce qu'elle aurait voulu garder caché. Puis, comme s'il était satisfait de ce qu'il avait découvert, ses paupières se refermèrent.

Il était vivant.

L'homme avait des traits puissants desquels émanait une noblesse certaine – de hautes pommettes, des lèvres pleines et de longs cheveux blond foncé qui devaient descendre jusqu'à ses épaules. La broche d'or qui fermait son manteau était sans équivoque un ouvrage du Nord. Un guerrier viking.

Pourtant, elle ne voyait nulle trace d'arme à son côté. Y avait-il eu un combat plus loin ? Défait, il aurait été laissé ici, inerte, agonisant ? À moins qu'il ne s'agisse d'un sacrifice étrange ? Ou bien d'un avertissement pour quiconque se risquerait sur la colline ?

— Que vous est-il arrivé ? Où sont vos compagnons ?

Elle l'entendit gémir tout bas et ses lèvres tentèrent de former des mots : *Aidez-moi.*

Autour d'elle, les bois étaient parfaitement silencieux, même le corbeau s'était tu.

— Frère Palni ! cria-t-elle en faisant voler le silence en éclats.

— Ma dame, un problème avec votre toilette ?

Cynehild leva les yeux au ciel. Elle aurait dû trouver une autre excuse que celle-ci pour justifier son besoin d'être un peu seule pour gravir la colline.

— Venez me rejoindre ! Vite ! lança-t-elle à l'adresse du prêtre chrétien qui était autrefois un guerrier du Nord comme l'homme qui respirait faiblement à ses pieds.

Elle s'agenouilla près de ce dernier et posa une main sur son épaule. À son contact, il cligna les paupières. Un voile couvrait son regard. Était-il en train de rendre son dernier souffle ?

— Continuez de respirer, de l'aide est en chemin.

Ses lèvres s'étirèrent en un faible sourire qui transforma subitement ses traits durs.

— Bien.

Puis un gargouillis étrange s'échappa de sa gorge et son corps se raidit subitement.

— Frère Palni ! J'ai besoin de vous tout de suite ! s'alarma Cyn.

L'homme apparut au même instant, essuyant la sueur de son visage avec un pan de sa robe monacale.

— Me voilà, me voilà ! Eh bien, me direz-vous ce qui a

provoqué toute cette alarme, ma dame ? Par Thor ! Euh… Je veux dire, Seigneur tout-puissant !

Sans l'écouter, Cynehild se pencha au-dessus du torse massif du blessé pour tenter de tourner sa tête afin de mieux voir sa blessure.

— Cet homme est blessé… Peut-être a-t-il heurté sa tête contre une pierre en tombant ?

— Il ne vivra plus longtemps, ma dame. Regardez sa pâleur, la mort semble vouloir le reprendre. Je suis désolé. Voulez-vous que je prie pour lui ? demanda-t-il en faisant un signe de croix.

Cynehild émit un grognement agacé. Frère Palni devenait chaque jour un peu plus homme d'Église…

— Cet homme m'a parlé et sa poitrine se soulève : il respire encore. Il n'est pas rare de se remettre de ce type de blessures à la tête en dépit de leur apparente gravité.

Le prêtre vint s'agenouiller à son tour auprès du corps inerte et posa la paume à plat sur le cœur de l'homme.

— Que voulez-vous faire, alors ?

— Je veux lui sauver la vie, frère Palni.

Le moine retira sa main et se redressa en plissant les lèvres comme s'il venait de croquer dans un fruit avarié.

— Vos hommes attendent vos ordres pour continuer jusqu'à l'église, ma dame. Rejoignez-les. Je vais rester auprès de lui pour attendre l'inévitable et puis je vous rejoindrai. Cela ne devrait pas être long.

Cynehild s'arma de patience. C'était elle qui menait cette expédition, elle qui donnait les ordres. Comment un prêtre pouvait-il ne pas voir la valeur d'une vie humaine ?

— Je manque peut-être de connaissance concernant la trépanation, en revanche, je suis parfaitement capable de soigner une simple commotion. Je me suis occupée de suffisamment de blessures de ce type au fil des ans.

— Hélas, je crains que cela aille au-delà d'une simple commotion, ma dame.

— Nous allons le garder au chaud. Ainsi, s'il venait à mourir, il mourrait au moins dans le confort et non sur le sol dur et glacé.

— Cet homme est un Danois, ma dame. Regardez sa broche si vous doutez de mon jugement !

Cynehild se releva à son tour et croisa les bras sur sa poitrine. Elle savait cela. L'homme était peut-être même lié au jarl Icebeard, l'homme qu'elle était venue voler – ou plus précisément, des griffes duquel elle comptait arracher l'or qui revenait de droit à son fils Wulfgar. Son plus dangereux ennemi.

— J'ai vu sa broche. Mais d'où vient-il précisément ? Nous l'ignorons.

— Il n'y a qu'une sorte de Danois, d'après mon expérience. La pire sorte. Votre défunt mari serait d'accord avec moi.

Le moine hocha sentencieusement la tête, comme si l'évocation de Leofwine réglait définitivement la question… et le sort de ce malheureux.

— Mon époux n'a jamais voulu la mort d'un innocent, quel qu'il soit. Quant au seigneur de guerre danois qui a causé sa mort, il n'est plus de ce monde, grâce à ma sœur et son nouvel époux. Je ne cherche plus la vengeance pour ce meurtre.

Cynehild montra le corps étendu du doigt.

— Observez-le mieux. Le connaissez-vous ? Prenez votre temps.

Frère Palni secoua la tête.

— Non, ma dame, je ne l'ai jamais vu. Néanmoins, la Grande Armée était immense. Je n'ai pas non plus rencontré l'homme qui contrôle désormais ces terres, le jarl Icebeard. Je ne le connais que par son effroyable réputation. Il est bien plus impitoyable, de bien des manières, que l'homme qui a causé la mort de votre époux. Je suis certain que l'agression de cet inconnu portera la marque du jarl Icebeard. Je vous conseille de vous éloigner tant que vous le pouvez encore.

Il aurait été aisé de suivre ce conseil et d'apaiser sa conscience en se disant que le sort de ce malheureux avait été scellé bien avant qu'elle ne trébuche sur son corps. Seulement, elle avait donné sa parole à cet homme : elle allait l'aider et elle ferait tout ce qui était en son pouvoir pour lui sauver la vie.

Cynehild releva le menton alors qu'une saine indignation échauffait son sang. Si les Saxons faisaient preuve de la même cruauté que la grande horde barbare, l'horreur de la guerre ne connaîtrait jamais de fin.

— Les tueries doivent cesser, frère Palni. Comment pourrions-nous retrouver la paix si, de part et d'autre, les deux camps continuent de se sauter à la gorge ? Cet homme est l'ami de quelqu'un, le fils de quelqu'un, peut-être le père d'un enfant. Il mérite mieux que de mourir ainsi. Vous plus que tout autre, vous devez connaître la parabole du bon Samaritain, c'est l'une des favorites de père Oswald. Vous n'êtes plus un guerrier du Nord, mais un homme de Dieu, désormais.

— Et s'il se trouve que cet homme mérite davantage de mourir que de vivre, que ferez-vous, alors, ma dame ?

Cynehild affermit sa volonté. Si elle tournait les talons maintenant, le regard de l'homme la hanterait jusqu'à son dernier souffle. L'étrange connexion qui s'était créée entre eux lui avait donné la sensation de regarder dans ses iris le reflet de sa propre âme. Inutile de perdre son temps à tenter d'expliquer cela à frère Palni. Il ne ferait que trouver d'autres raisons pour tenter de la convaincre de faire demi-tour sans aller à la rencontre du jarl Icebeard.

— C'est à Dieu de décider s'il doit vivre ou mourir, pas à moi, lui rappela-t-elle fermement.

— Alors laissez Dieu prendre soin de lui. La mort réclamera bientôt son dû et il n'y a rien que nous puissions faire, en vérité.

De plus en plus exaspérée, Cynehild pointa un doigt accusateur vers le prêtre.

— Et si c'était Dieu qui avait guidé mes pas jusqu'à lui ? Vous devriez y songer maintenant que vous êtes prêtre, au lieu de vous comporter comme un guerrier sauvage qui s'en remet à la supposée volonté d'un destin dont nous ignorons tout !

Frère Palni leva les mains en signe d'apaisement.

— Où proposez-vous de l'emmener, ma dame ?

— Il y a une grotte tout près d'ici. Mon époux et moi y avons un jour trouvé refuge. Ce sera un endroit parfait.

Cynehild vit avec fierté que sa voix était restée ferme. Elle parvint même à esquisser un sourire pour paraître tout à fait détendue.

— Une grotte ?

— Elle devrait être assez vaste pour que nous y soyons tous à notre aise. Deux hommes pourront rester pour veiller sur le chariot pendant la nuit, si vous estimez que c'est nécessaire.

Frère Palni leva un sourcil interrogateur.

— Je croyais que vous étiez déterminée à avancer pour accomplir votre mission au plus vite.

— Les plans peuvent changer.

— C'est bien la première fois du voyage que vous admettez une telle chose.

Cynehild joua un instant avec la ceinture qui ceignait sa taille. Les ciseaux qu'elle portait au bout tintèrent dans un bruit métallique.

— Je ne m'attendais certes pas à trouver un homme blessé et en grand besoin de notre assistance. La grotte se trouve un peu à distance du chemin.

— Si c'est éloigné, il serait plus sûr de le mettre à bord du chariot, ma dame. Ne bougez pas, je reviens.

— Non. Une nuit humide de plus dans ce maudit chariot et je tomberai malade. Et si je tombe malade, il faudra reporter notre expédition. Ah, vous voyez ? ajouta-t-elle en affectant un reniflement.

Cet homme avait besoin d'être à l'abri de l'humidité perpétuelle.

Juste derrière frère Palni, Cynehild repéra soudain le chêne fourchu qu'elle recherchait désespérément depuis la veille. Comment avait-elle pu ne pas le voir aussitôt ? Avec ce repère, elle retrouverait sans peine l'ancien sentier qui partait sur la gauche et conduisait tout droit à la grotte.

— Je sais où se trouve cette grotte, affirma-t-elle d'un ton assuré. Une fois là-bas, je pourrai l'examiner avec plus d'attention pour voir s'il n'y a vraiment rien que nous puissions faire. De toute façon, la pluie menace, je le sens dans l'air, ces lourds nuages sombres n'annoncent rien de bon. Mon chariot couvert ne peut tous nous abriter et il fuit atrocement.

— Vous avez raison pour la pluie, admit-il comme à contrecœur, ma cicatrice me fait mal depuis un moment.

Frère Palni frotta d'un air absent le muscle de son mollet qui portait la trace de sa blessure, souvenir de la première fois qu'il était entré dans sa vie. Il avait alors participé à un raid sur sa maison. Raid que sa sœur Ansithe avait bravement repoussé.

— Je sais que vous ne voudrez pas entendre mes arguments, car vous vous entêtez quand votre opinion est forgée, ma dame, néanmoins je vous conjure de m'écouter cette fois.

— Très bien, frère Palni, vous m'expliquerez quel est, selon vous, le problème, mais plus tard ! D'abord, aidez-moi à sauver cet homme.

Le moine serra ses mains l'une contre l'autre et s'inclina dans une réplique parfaite de l'attitude du père Oswald.

— Je n'existe que pour vous servir, ma dame. Je vais prévenir les hommes de se préparer au pire.

— Je doute sincèrement que celui qui a fait cela, si ce n'est pas une chute accidentelle, revienne. Pourquoi le ferait-il ?

— Je sais ce dont les Danois sont capables. Pardonnez les paroles franches d'un vieux guerrier, ma dame. Je ne suis pas prêtre depuis suffisamment longtemps pour avoir oublié mes anciennes manières. Notre pauvre père se désespère constamment de mon habitude de parler sans fard.

Il se passa une main dans ses cheveux nouvellement tonsurés.

— Je veux simplement dire qu'une telle bizarrerie en terre ennemie n'augure rien de bon.

— Je ne vois aucune étrangeté dans cette histoire, pour ma part. De toute évidence, cet homme a été attaqué, volé et laissé pour mort.

Palni désigna le manteau de l'homme.

— Quoi qu'il se soit passé ici, le vol n'était pas le mobile de l'attaque. On lui a laissé ses bijoux en or et son manteau de bonne facture. Cependant, il n'a effectivement ni épée ni aucune arme.

Cynehild étudia plus attentivement les vêtements de l'inconnu. De fait, son manteau était fermé par deux larges broches, il portait également un torque[1] autour du cou et plusieurs larges bracelets autour de ses bras musclés. Ses vêtements étaient tous de laine fine et son manteau était coupé dans une fourrure épaisse incroyablement soyeuse.

— Je lui ai donné ma parole que nous allions lui venir en aide.

Tout à coup, le blessé émit un grognement et marmonna quelques mots dans sa langue natale. Cela ressemblait à une prière. Aussitôt, Cynehild prit sa main dans la sienne.

— Vous êtes en sécurité, à présent. Je vous le promets.

— … Tellement… froid. Restez avec moi.

Ses doigts se resserrèrent autour des siens, dans une étreinte presque douloureuse.

— Je t'en conjure. J'ai besoin de toi… toujours.

1. Le torque était un collier porté par les Vikings.

S'adressait-il réellement à elle ou bien parlait-il plutôt à quelqu'un qu'il connaissait ?

— Je n'ai aucune intention de vous laisser. Vous serez mieux dès que nous vous aurons transporté dans la grotte.

De nouveau, ses lèvres s'ourlèrent d'un sourire lumineux.

— Je te crois.

Cynehild tourna un regard triomphant vers frère Palni dont la mine était encore plus sombre qu'auparavant.

— Alors ? Ressemble-t-il à un homme sur le point de mourir ? Aidez-moi à lui nouer un bandage autour de la tête de sorte qu'il souffre moins pendant le trajet jusqu'à la grotte. Obéissez, à présent, c'est un ordre.

Sans un mot, le prêtre partit et revint bientôt avec des bandes de tissu et deux hommes qui eurent tôt fait de les nouer ensemble pour constituer un brancard de fortune. Pendant ce temps-là, Cynehild banda avec précaution la tête de l'inconnu pour que la plaie ne recommence pas à saigner au cours du transport.

— Je prie seulement pour que vous ne regrettiez pas votre décision, marmonna frère Palni derrière elle.

Comme la pluie coulait dans son cou, Cynehild remonta la capuche de son manteau et se concentra sur ses pas pour atteindre au plus vite la chaleur sèche de la grotte. Après un premier voyage qui avait enfin prouvé au moine que la grotte existait bel et bien, elle était revenue avec lui jusqu'au chariot pour choisir les soins et les herbes dont elle aurait besoin.

À présent, ils étaient de retour dans l'anfractuosité de la roche, à l'abri de la pluie.

— Nous serons en sécurité ici pendant un moment. Il y a de l'eau accessible tout près et nous avons au moins un toit au-dessus de nos têtes, commenta-t-elle d'un ton satisfait.

Frère Palni écarta le lierre qui masquait l'entrée de la grotte d'un air soucieux.

— Combien de temps avez-vous l'intention de rester, ma dame ? Je suis prêt à parier que votre protégé ne passera pas la nuit, mais si par miracle il survit, il lui faudra plusieurs jours avant de pouvoir se remettre sur pied. Pouvons-nous nous permettre un tel délai ? Vous avez dit qu'il s'agissait de repartir d'ici à peine arrivés. Si vous tardez à rejoindre la demeure du jarl qui vous attend d'un jour à l'autre, il est probable qu'Icebeard revienne sur votre accord et ne vous laisse plus approcher.

Cynehild laissa ces prédictions funestes passer sur elle sans s'émouvoir. Les mises en garde de Palni ne faisaient qu'affermir sa détermination. Cet homme vivrait. Tout comme elle irait au bout de la mission qu'elle s'était donnée : retrouver l'or pour assurer l'avenir de son fils.

— Il y a suffisamment de provisions et le jarl a donné sa promesse solennelle de nous laisser passer en sécurité. Quelle que soit sa réputation de cruauté, Icebeard n'a aucun intérêt à se faire un ennemi de mon beau-frère en revenant sur sa parole.

Cynehild était ravie. Les anges avaient écouté ses prières et tout s'arrangeait pour le mieux. Sa rencontre providentielle avec le blessé lui offrait le prétexte parfait : ainsi, elle pourrait chercher dans la grotte le pot qui contenait les écus d'or dissimulés par Leofwine tout en soignant l'inconnu sans éveiller les questions. Si frère Palni avait appris le véritable motif de cette expédition, il l'aurait obligée à faire immédiatement demi-tour pour rentrer à Baelle Heale. Seulement, elle ne voulait pas vivre indéfiniment sous l'autorité de son père. Elle avait besoin de cet or pour pouvoir décider elle-même de l'avenir de Wulfgar.

Le moine tapota nerveusement ses doigts sur son habit en jetant des regards anxieux autour de lui.

— J'ai un mauvais pressentiment... Je sens que les ennuis ne vont pas tarder. C'est exactement la sensation que j'avais avant le début d'un combat.

— À la première alerte, les gardes sortiront leurs épées pour venir à notre secours.

— Pourquoi a-t-il fallu que vous veniez jusqu'ici ? Votre défunt époux n'en saura jamais rien si vous enterrez son épée sur les terres de votre père, Dieu ait son âme.

— Frère Palni ! J'ai juré devant Dieu tout-puissant que je remettrai son épée à ses ancêtres ! Voudriez-vous que je me parjure ?

Elle assortit sa tirade d'un regard sombre, le même qu'elle dispensait à son fils quand il se comportait mal.

— Je... Je suis entièrement au service de l'Église et au vôtre, dame Cynehild.

— Tant mieux. Alors cessez vos reproches perpétuels. Je pouvais difficilement prévoir que je découvrirais cet homme et que son état nécessiterait des soins...

Elle s'interrompit brusquement en repérant dans la poussière, non loin du tas de bois que l'un de ses hommes avait amassé pour faire du feu, l'un de ses fusaïoles[1] préférés. Avec un hoquet de surprise, elle se pencha pour ramasser l'anneau.

Dire qu'elle avait passé des heures à le chercher et à déplorer sa perte ! La petite pièce était restée là depuis son dernier passage dans la grotte...

Cynehild plissa les yeux pour percer la pénombre des lieux. La pile de pierres dans le fond de la caverne ne semblait pas dérangée. Elle pourrait commencer à rechercher le pot enfoui dessous dès que tous les autres seraient endormis.

— Je prendrai l'un des tours de garde de nuit, annonça-t-elle alors qu'elle installait une palette confortable pour le blessé. J'ai l'habitude de veiller la nuit et les hommes ont besoin de repos.

1. Le fusaïole est un anneau de poids et de taille variables utilisé pour le filage de la laine.

Elle tapissa le sol de fougère séchée et de son second meilleur manteau.

— Comme ma dame le désire.

Sur un signe d'elle, frère Palni distribua des ordres pour que les hommes déposent le blessé sur la couche qu'elle venait de constituer. Puis, le moine alluma le feu qui avait été placé juste au-dessous d'une ouverture dans la roche de sorte que la fumée puisse s'évacuer sans peine.

Cynehild posa son plus chaud manteau sur le corps de l'homme et peu à peu, les tremblements qui agitaient ses membres s'apaisèrent sous l'effet combiné de la fourrure et du feu. Bientôt, sa respiration s'apaisa et se fit moins heurtée. Bien plus vite qu'elle ne l'aurait cru possible, la peau de l'inconnu perdit sa lividité inquiétante et ses lèvres retrouvèrent une teinte rosée.

— Vous voyez, frère Palni ? Il respire encore. Et j'ai retrouvé un fusaïole que j'avais perdu il y a de nombreuses années. J'y vois le signe que notre voyage sera fructueux. Vous verrez…

Chapitre 2

Il se battait de toutes ses forces contre l'obscurité, terriblement tentante, qui s'accrochait à son âme. Son crâne était aussi douloureux que si Fenrir le Loup en personne l'avait assommé. Ses membres lui paraissaient si lourds qu'il pouvait à peine soulever un bras, comme s'il avait enchaîné bataille sur bataille, armé à la fois d'une hache et d'une épée.

Ses doigts cherchèrent instinctivement le pommeau de son épée, ils ne rencontrèrent qu'un manteau de laine en lieu et place du fourreau qui ne le quittait jamais au combat.

Il entrouvrit prudemment un œil. Les flammes d'un feu mourant envoyaient des ombres sur de hauts murs de pierre. Au-dessus de lui, par un trou dans la roche, il aperçut le ciel d'un noir d'encre. La nuit… Il était pourtant certain que le matin était là la dernière fois qu'il avait ouvert les yeux.

Il tenta de rappeler à lui ses souvenirs… En vain. Il n'avait aucune image de ce qu'il avait fait pour arriver là, ni de la raison pour laquelle il n'y avait nulle trace de ses compagnons.

Avec effort, il roula sur le côté et serra aussitôt les dents pour maîtriser l'atroce douleur qui s'empara de lui. Son corps se tendit et l'obscurité menaça de se refermer à nouveau sur lui.

— Du calme, ne faites pas de bruit si vous pouvez.

Une voix de femme, douce et chaude quoique autoritaire,

le ramena au monde des vivants. Son accent ne venait pas du Nord, non, il était plus plaisant à son oreille, plus doux et chantant.

— D'autres sont endormis autour de nous, expliqua la voix.

— Qui ? murmura-t-il à son tour en tournant la tête dans la direction de la femme.

Sa gorge était atrocement parcheminée et il grimaça en avalant sa salive. Alors, il la vit.

La silhouette de la femme aux cheveux d'or était comme embrasée par la lumière des flammes. Elle se pencha pour jeter quelque chose dans le feu, ce qui envoya des étincelles autour d'elle, éclairant d'autant mieux ses courbes magnifiques. Était-elle une Valkyrie ? Ou bien l'un de ces anges dont les prêtres chrétiens parlaient tant ? Jusqu'à ce qu'il voie cette femme, il avait eu des doutes sur leur existence, plus maintenant… Désormais, il pourrait rapporter aux incrédules comme lui que ces créatures étaient encore plus belles que l'imagination ne pouvait les décrire.

— Qui êtes-vous ? Suis-je… Suis-je encore en vie ?

Elle s'approcha et lissa la lourde pelisse de laine qui le couvrait.

— Quelqu'un qui vous veut du bien. Rendormez-vous pour reconstituer vos forces. Tout vous semblera bientôt plus clair, et oui… vous êtes vivant.

Il tenta désespérément de retrouver dans sa mémoire une image de cette femme. Rien… Elle n'était rien pour lui. Aucune femme n'existait plus à ses yeux depuis qu'il avait perdu son épouse et leur enfant. Le chagrin de leur mort ne desserrait jamais son emprise autour de sa gorge.

Que faisait-il dans cette caverne avec cette inconnue ?

Le souvenir des tombes fraîchement creusées resurgit dans son esprit et une boule douloureuse se forma dans sa gorge. Cependant, aucune larme ne monta à ses paupières. Même devant leurs tombes, il avait été incapable de pleurer.

Toka avait hurlé des imprécations contre lui. Telle une

furie, elle répétait que sa sœur était morte par sa faute, parce qu'il n'avait pas su lui donner la nourriture dont elle avait besoin. Devant son chagrin hébété, elle lui avait tendu le petit corps de son fils qui n'avait pas survécu plus de deux jours et avait exigé qu'il l'enterre au lieu de rester les bras ballants. Puis elle avait tourné les talons sur un dernier regard de mépris.

Le cœur trop engourdi de douleur pour savoir ce qu'il ressentait, il avait creusé la tombe de ses mains. Là, devant les corps sans vie de sa femme et de son fils, il avait fait le serment de devenir le guerrier triomphant que Ranka avait toujours voulu qu'il soit. Hélas, la ferme qu'il aimait tant ne lui avait rien apporté d'autre que des récoltes amères.

Est-ce que l'ange dont il ne parvenait pas à détacher le regard savait pour Ranka et leur enfant ? Connaissait-elle le rôle qu'il avait joué dans leur mort ? Est-ce pour cela qu'elle l'avait regardé étrangement tout à l'heure, avec cette expression incertaine qui avait assombri son beau visage ? Savait-elle que les pluies avaient tardé à arriver, mais qu'ensuite elles n'avaient pas cessé, faisant pourrir les récoltes sur pied ? Comprenait-elle la dispute qu'il avait eue avec Ranka ? Lui voulait rester auprès d'elle quand elle avait exigé qu'il aille au marché de Ribe pour vendre leur dernière vache et son veau.

Il était rentré pour la trouver inerte, le corps brûlant de fièvre après avoir donné naissance à leur enfant. Le nouveau-né vagissait, affamé, auprès d'elle. Il avait tout tenté pour le nourrir, il avait supplié Toka, la sœur de Ranka, de sauver son fils. En vain…

— Où suis-je ? souffla-t-il plutôt que de demander le pardon dont il avait tant besoin.

L'ange posa une main sur son épaule.

— Restez tranquille ou votre plaie va se rouvrir. Quel est votre nom ? Comment dois-je vous appeler ? répéta-t-elle dans une langue du Nord plus proche de celle de son enfance.

C'est alors qu'il prit conscience qu'elle ne lui avait jusque-là parlé qu'en saxon. Était-elle une captive qui s'était échappée ? Il avait appris le saxon des années auparavant, d'un prisonnier que son père avait acheté pour l'aider à la ferme, et le maîtrisait aussi bien que son danois maternel.

— Qui êtes-vous ? Devrais-je le savoir ? Pourquoi suis-je ici ? demanda-t-il à son tour.

— Je… Nous vous avons trouvé étendu par terre, inconscient après que vous avez reçu un violent choc à la tête. Vous m'avez demandé de l'aide. Frère Palni affirmait que vous ne vous réveilleriez plus, mais il faut croire que vous avez le crâne dur.

— J'ai demandé de l'aide ?

C'était moins une question qu'une réflexion à voix haute. Palni… C'était un nom du Nord, assez courant chez les Vikings scandinaves, moins chez les Danois. Pourtant, elle l'avait appelé « frère », comme c'était l'usage chez ces prêtres chrétiens. Un homme du Nord devenu moine ?

Il aurait été fort tenté de mettre tous ces éléments étranges sur le compte d'un rêve, n'eût été son corps qui le faisait atrocement souffrir.

— Vous n'auriez pu échapper à la mort si vous aviez passé la nuit sous la pluie glaçante.

Elle tendit vers lui une main sans bijou.

— Lady Cynehild, fille d'Ealdorman Wulfgar, seigneur de Baelle Heale. Nous sommes présentement sur le territoire des Cinq Provinces, contrôlé par les Vikings – ce qui était autrefois la partie la plus à l'est de la Mercie.

Il prit le temps de tourner et retourner ses mots dans sa tête. Hélas, nulle étincelle de reconnaissance… Ni son nom, ni les endroits qu'elle avait mentionnés n'éveillaient le moindre souvenir dans son esprit. Non, il n'y avait rien d'autre qu'une béance à l'intérieur de lui.

— Cynehild…, répéta-t-il lentement, en savourant chaque syllabe.

Brusquement, un frisson remonta le long de sa colonne vertébrale. Sans qu'il en saisisse la raison, ce nom venait d'éveiller quelque chose en lui. Oui, il avait une signification, mais quant à savoir laquelle…

Il se concentra davantage pour forcer son esprit à retrouver le nom qu'on lui donnait, pour l'offrir à cette femme. Pendant trois interminables battements de cœur, il n'y eut qu'un vide assourdissant, puis enfin, remonté des profondeurs de son être, un nom resurgit.

— Je suis Kal, fils de Randr, je viens de Ribe dans le pays des Danois, milady, la salua-t-il en serrant sa main dans la sienne. Sommes-nous loin de Ribe ? Moins d'un jour de marche, je suppose…

Elle secoua lentement la tête.

— Je ne connais pas Ribe. Nous sommes déjà à bonne distance de mon foyer, Baelle Heale. Et votre patrie est encore bien plus loin, au-delà de la mer.

Kal laissa échapper un souffle haché. Il n'avait en tout cas plus à se faire d'inquiétude sur un point : cette femme lui était bel et bien inconnue. Néanmoins, il allait devoir résoudre le mystère de sa présence si loin de chez lui, sans compagnon, à un océan de distance de Ribe… alors qu'il ne se rappelait pas avoir navigué.

— Où est mon cousin ? Où est Alff ?

— Vous étiez seul quand je vous ai trouvé.

Il essaya désespérément de se concentrer pour ne pas laisser la panique prendre le pas sur sa réflexion. Il n'ignorait pas tout : il y avait quelques certitudes qui ne l'avaient pas quitté. Ainsi, il connaissait le poids d'une épée ou celui d'un bouclier. Il était un guerrier plutôt qu'un navigateur. Oui, il était le bouclier qui refusait de tomber. Un homme au sang de glace qui ne reculait jamais devant l'ennemi.

Quant au reste…

— Je n'ai jamais entendu les noms que vous citez, avoua-t-il dans un souffle. Peut-être étais-je en train de voyager vers la Northumbrie quand j'ai reçu cette commotion. Je ne comprends pas pourquoi mes camarades m'auraient abandonné. Mon cousin et moi-même avons juré par le sang de ne jamais abandonner l'autre sur le champ de bataille. Est-il seulement en vie ?

Lady Cynehild ne fit pas la moindre remarque blessante sur son incapacité à mériter la moindre loyauté, comme Toka n'aurait pas manqué de le faire. Non, elle remonta simplement la couverture sous son menton et posa sa main fraîche sur son front.

— Je vous ai découvert dans les bois, tout près des grandes pierres plates. Absolument seul. Vous souffriez d'une sérieuse blessure et ce genre de coup à la tête peut jouer des tours à votre esprit. Votre cousin se trouve peut-être sain et sauf ailleurs, pour une raison qui échappe pour le moment à votre mémoire.

Ses mots étaient doux, apaisants, ils repoussaient les ténèbres qui menaçaient de l'envahir. Il aurait pu écouter cette voix chaude et ferme pendant des jours sans se lasser.

— Je sais que je veux vivre, murmura-t-il. Je suis un guerrier, pas un sacrifice offert aux dieux.

— Oui, je me suis posé la question. J'ai entendu parler de ces sacrifices humains. Les Danois ont des pratiques bien… étranges.

— Certains pensent que de tels sacrifices apaisent les dieux.

Il n'ajouta pas qu'il avait cessé de croire en l'existence des divinités depuis le décès de sa femme. Dans la rage brutale qui avait suivi sa perte, il avait juré qu'il ne se fierait jamais plus à rien d'autre qu'à ses deux mains. Toutefois, c'étaient là des pensées trop intimes pour les partager, fût-ce avec cette apparition magnifique.

Elle détourna un instant son visage et il admira son long cou gracile à la lumière des flammes.

— Guerrier ou sacrifice, vous vivrez, promit-elle. Ces

terres ont eu bien plus que leur part de morts et de souffrances. Il est plus que temps d'enterrer les querelles et de célébrer les vivants.

— Je vous dois la vie, milady.

— Vous ne me devez rien.

Pour la première fois, elle le regarda en face. Elle n'était pas aussi jeune qu'il l'avait d'abord cru. Non, elle n'était plus une jeune fille, mais une femme au sommet de sa féminité. À ses gestes assurés, il se dégageait d'elle une certaine autorité. Elle avait l'habitude de commander.

Kal avait la vague sensation qu'il tentait d'ordinaire d'éviter ce genre de femme, et pourtant il aurait suivi celle-ci sans hésiter jusqu'aux confins de la terre. Elle se trompait : il avait bien une dette envers elle. Et il comptait lui rendre son dû, quoi qu'il lui en coûtât.

— La douleur m'empêche pour l'heure de retrouver les souvenirs de mon récent passé, néanmoins mon instinct ne m'a pas abandonné : je sens que vous êtes pleine de bonté. Or, mon instinct m'a sauvé la vie tant de fois que je ne les compte plus.

— Vous savez cela même si vous ne vous rappelez plus toutes ces fois ?

Lady Cynehild rit tout bas, un rire doux dont la sonorité ressemblait au ruisseau qui courait sur les cailloux à l'arrière de sa maison natale.

— Oui, je sais que je peux me fier à mon instinct.

Étrangement, il se sentait mieux depuis qu'il lui avait confié son ignorance. Il pressentait que, d'ordinaire, il n'aurait jamais avoué une telle faiblesse, seulement, il avait besoin de réponses, bien plus que de prouver sa valeur et sa force. Mentir ne lui apporterait rien.

— Mes deux jeunes sœurs ne seraient sans doute pas d'accord avec vous concernant la bonté que vous me prêtez. Elles s'irritent souvent de ma manie de tout contrôler.

— Voyagent-elles avec vous ?

— Non. Ansithe se trouve auprès de son époux et la plus jeune, Elene, est restée avec mon père. Toutes deux sont à plusieurs jours de voyage de l'endroit où nous nous trouvons.

— Où sommes-nous, exactement ? Quel est cet endroit ?

— Une caverne naturelle creusée dans la roche. Je vous ai fait porter jusqu'ici après vous avoir découvert sur la colline de Hangra Hill. J'imagine que vous avez dû glisser, tomber et heurter violemment votre tête. Il est probable que vous ayez ensuite continué à marcher, désorienté, avant de vous effondrer.

Aussitôt, une pensée fulgurante lui traversa l'esprit : il n'était pas tombé, quelqu'un l'avait frappé par-derrière. *Tyran. Tombe.* Les mots se répercutaient en écho sous son crâne. Un tyran, lui ? Comment était-ce possible ?

Il détestait la lenteur avec laquelle son esprit travaillait…

— Je suis incapable de me souvenir pourquoi je me trouvais sur cette colline.

Ses doigts jouaient nerveusement avec les fils de laine du manteau dont elle l'avait recouvert. Plus il se concentrait, plus ses doigts s'agitaient, comme si ce contact pouvait l'aider à retrouver la mémoire.

Ses mains nerveuses s'immobilisèrent enfin lorsque la dame posa une main douce sur son épaule.

— Frère Palni m'avait prévenue que, si vous vous réveilliez, vous pourriez ne pas vous souvenir, ou même… ne pas vouloir le faire. Il a déjà vu de nombreuses blessures comme la vôtre, au cours des combats.

Ne pas vouloir ? Ses souvenirs lui échappaient-ils parce qu'il avait trop peur de celui qu'il était ? Un *tyran,* comme celui qui l'avait attaqué l'avait appelé. Il s'agita, de plus en plus soucieux.

— Palni ? C'est le nom d'un Scandinave. Le guerrier du Nord ment, milady. Il n'y a pas eu de combat. Nous sommes en paix.

— Doucement, calmez-vous, l'exhorta-t-elle en plaçant sa main sur son torse.

Il la recouvrit aussitôt de la sienne, le souffle court.

— Inspirez... expirez... Voilà, comme cela.

Il fit de son mieux pour calquer sa propre respiration sur les mouvements de son opulente poitrine. Enfin, le monde cessa de tourner autour de lui et son cœur s'apaisa. Elle retira lentement sa main et il referma les doigts sur le vide qu'elle avait laissé, dans une tentative pour capturer la chaleur dont elle venait de le priver.

— Frère Palni voyage désormais avec moi en tant que moine. Il a dédié sa vie à Dieu et à notre Seigneur Jésus. Il fournit protection et conseil, ajouta-t-elle avec une moue imperceptible, quoique je suive rarement ceux qu'il me prodigue avec un peu trop d'empressement. En revanche, il ne fait aucun doute que c'est un homme bon et je lui fais entièrement confiance.

— Je serai moi aussi venu conquérir ces terres avec la Grande Armée ? Cela dit, je doute que nous ayons pu vous conquérir... pas réellement, dit-il tout bas.

Elle hocha la tête, un lent sourire aux lèvres.

— Mes ancêtres ont vécu sur ces terres bien avant que vous n'arriviez et nous serons là bien après. Reposez-vous, à présent. Nous sommes en paix. Vous n'avez rien à craindre de mes hommes ou de moi.

Kal contempla longuement cette femme sublime qui était son ennemie naturelle après qu'il avait envahi son pays et qui l'avait pourtant secouru. Elle savait ce que la Grande Armée avait fait à son peuple et il aurait été si facile de le laisser mourir seul. Est-ce que son épouse aurait agi de même avec un ennemi ?

Kal ferma un instant les yeux dans l'espoir que cela l'aiderait à faire remonter des images, des paroles, n'importe quoi qui lui permette de comprendre comment il s'était retrouvé étendu seul sur le sol glacé. L'obscurité lui permit en effet de retrouver quelques images : une traversée maritime par grand vent, des batailles et des hommes mourant au combat… Il avait remporté une victoire décisive et les hommes l'avaient choisi pour chef. Il se revit lever son épée au-dessus de sa tête en signe de triomphe, puis s'agenouiller pour baiser la bague du seigneur de guerre des Danois, Ivar Sans-Os, puis celle de son frère, Hafdan. Oui, il avait activement participé à la conquête de ces terres.

Hélas, ses souvenirs disparurent soudain, comme une fumée qui s'évapore. Il ne lui resta rien d'autre qu'un goût âcre dans la bouche, comme si sa bouche était entièrement tapissée de toiles d'araignée. Il rouvrit brutalement les yeux et chercha les flammes rassurantes du regard.

— Des camarades sont morts. Nombreux.

Peu importait qu'ils soient ou non entrés au Valhalla, il n'en restait pas moins que leur perte avait laissé un vide dans son âme.

— Je devrais retrouver leurs noms. Je devrais… Je ne suis pas un tyran ! Il y a de la bonté en moi, je la sens !

Elle se pencha vers lui avec son doux sourire.

— Vous ai-je appelé « tyran » ? Personne ne dit rien de tel, voyons.

— Quelqu'un d'autre l'a fait. Je peux l'entendre dans ma tête. Mais je n'en suis pas un. Je veux être bon.

— Je suis certaine qu'il y a de la bonté en vous, Kal Randrson. Votre famille et vos compagnons vous manquent. Quelqu'un se préoccupe et s'inquiète pour vous, là, dehors. Ne vous inquiétez pas, vous les retrouverez.

Sa promesse éloigna une fois de plus la menace des ténèbres environnantes. Il aurait tout donné pour savoir qui il était, ou plus précisément ce qu'il était devenu et qui avait voulu sa mort. Et dans le même temps, connaître les réponses à ses questions était une perspective terrifiante.

Néanmoins, cette dame aussi parfaite que douce voyait du

bon en lui et il s'accrocha à cet espoir comme un naufragé à sa planche.

— Alors, vous… vous croyez en moi ? balbutia-t-il.

— Oui. Je crois que chacun peut décider d'être bon, quel que soit son passé.

Cynehild affermit le ton de sa voix. Il fallait que les mots qu'elle venait de prononcer soient vrais, sans quoi elle avait commis une terrible erreur en sauvant la vie de cet homme. Hélas, sa vie tout entière lui semblait parfois être une suite ininterrompue d'erreurs qu'elle tentait ensuite maladroitement de réparer.

Elle posa la paume sur le front de son patient. Il demeurait frais sous ses doigts, un excellent signe. Il pourrait peut-être éviter une mauvaise fièvre et se remettre très vite.

Un peu plus tôt, quand tout le monde s'était endormi, elle avait retrouvé le pot empli de pièces au fond de la caverne et avait caché son contenu dans la sacoche accrochée à sa taille. Puis Kal s'était éveillé et elle n'avait pas eu le temps de recompter les écus. Néanmoins, ils pesaient lourd à sa taille. Si l'or que Leofwine avait également caché dans l'église d'Ecgmundton était toujours là, nombre de ses problèmes disparaîtraient.

Il ne lui resterait plus qu'à trouver un homme capable d'éduquer Wulfgar pour le préparer à son rôle de combattant. Elle pourrait payer elle-même pour son entretien. Sans cela, son père lui avait déjà clairement fait comprendre qu'en échange de son aide, elle devrait épouser un homme qu'il aurait choisi. Or, elle s'y refusait obstinément.

— Laissez votre main, cela me fait du bien.

Le murmure de Kal la ramena au présent.

— Vous n'avez pas de fièvre, c'est une bonne chose, dit-elle en écartant de son esprit ses inquiétudes concernant l'éducation de Wulfgar.

Il était bien plus simple de se concentrer exclusivement sur l'homme qui avait besoin de ses soins. Une tâche à la fois plutôt que de s'éparpiller en tous sens. L'homme se redressa difficilement sur un coude, les traits crispés par la douleur.

— Alors, ces hommes endormis, ce sont les vôtres ?

— Oui.

Elle l'aida à se recoucher pour qu'il ne s'agite pas trop. Quand elle avait veillé sur Leofwine, au cours des heures qui avaient précédé sa mort, il était dans un état similaire à cet homme : incapable de savoir qui il était, il ne cessait de poser des questions. Mais quand elle était parvenue à lui faire retrouver son calme, il avait connu quelques moments de lucidité. C'est d'ailleurs à l'une de ces occasions qu'il l'avait mise sur la trace du trésor caché par ses soins.

— Je vous l'ai dit, vous étiez seul et dépossédé de la moindre arme quand je vous ai trouvé. Vous n'aviez même pas sur vous un couteau pour vous nourrir. Je présume que vous avez été attaqué et qu'on vous a dérobé vos armes.

Ses doigts se refermèrent sur le torque qu'il portait au cou.

— S'ils ont pris mes armes, pourquoi ne pas avoir dérobé mon torque ? D'ailleurs, pourquoi est-ce que j'en porte un ? Je ne me rappelle pas avoir possédé autre chose que mon nom, mon épée et un bouclier, pourtant je porte l'équivalent de la rançon d'un roi au cou s'il faut en croire le poids de ce collier.

Consciente de son immense détresse, Cynehild ne savait comment aider ce pauvre homme. Jamais elle n'avait vu quelqu'un porter sur lui tant de richesses et paraître aussi dénué de tout.

— De quel sortilège suis-je la proie ? Pourquoi faut-il que j'endure cette épreuve ? Pourquoi ma tête est-elle emplie d'ombres et de vides ?

Il avait serré les poings et ses traits étaient tirés par une souffrance aussi morale que physique.

— Avez-vous faim ? demanda-t-elle avec autant de calme que possible pour l'apaiser.

Une larme solitaire glissa lentement sur la joue de Kal Randrson. Et ce spectacle lui serra atrocement le cœur. Elle savait réparer et soigner certaines choses, comme un ventre vide et même parfois, un crâne brisé. En revanche, elle n'avait aucun remède pour un esprit accablé.

— Non… Je n'ai pas faim. Ce qui me semble étrange. Mon ventre était constamment tordu par la faim quand je vivais à Ribe. Tout le temps…

Cynehild se força à rire pour alléger l'atmosphère.

— Vous souffriez de la faim alors que vous portez aujourd'hui autant d'or qu'en aurait un seigneur puissant ? Il y a là bien trop de mystères pour une seule nuit, mieux vaut vous concentrer sur autre chose.

Il avait gardé les yeux rivés sur les flammes et laissa un long silence s'étirer avant de prendre la parole d'une voix rauque qui la fit frissonner :

— Ma femme a donné naissance à notre enfant puis elle est morte. Mon fils l'a suivie peu après dans la tombe. Il n'a jamais senti la caresse du soleil sur sa joue, ou la brise du printemps dans ses cheveux. Après leur mort, mon univers s'est assombri et j'ai fait le serment de rendre leurs ombres fières de moi. Hélas, je me retrouve incapable de savoir si j'y suis parvenu. Quel châtiment est-ce là ?

— Eh bien, vous portez de l'or et de beaux vêtements à votre taille. Tout cela est à vous. Peut-être que vos attaquants nous ont entendus traverser les bois et que cela les a empêchés de vous dérober le reste. Je ne sais pas… La seule certitude c'est l'état dans lequel je vous ai trouvé.

— Mon épouse aurait eu grand besoin de tout cet or. Avez-vous des enfants, Lady Cynehild ?

Elle retint un soupir de soulagement. Enfin, il posait une question à laquelle elle était en mesure d'apporter une réponse !

— Un garçon de bientôt quatre ans. Il devient chaque jour plus solide et bien portant, dit-elle en combattant le besoin soudain de serrer son petit dans ses bras. Wulfgar avait l'habitude d'être sans arrêt dans mes jupes et de pleurer dès que je quittais la pièce, maintenant il me répète à l'envi qu'il est un grand garçon et qu'il peut se débrouiller tout seul. Il n'a plus besoin de sa mère, désormais, il veut devenir un guerrier.

Kal Randrson se redressa à nouveau avant de se laisser lourdement retomber sur sa palette, déjà épuisé.

— Est-il ici ou bien est-il resté auprès de votre époux, ailleurs ?

Cynehild se pencha pour raviver les braises du feu plutôt que de répondre immédiatement. Les étincelles s'échappèrent en sifflant et l'un des hommes émit un ronflement sonore. Les bruits habituels de la nuit lui rappelèrent ses devoirs envers les siens. Aussi intime que soit cet échange nocturne, Kal Randrson restait un Danois dépourvu de passé récent mais dont elle pouvait sans peine retracer les actes : il avait combattu et prospéré dans l'invasion qui avait ruiné puis tué son époux.

— Pourquoi pensez-vous que mon époux est ailleurs ?

— Parce que vous ne seriez pas debout au cœur de la nuit pour me veiller s'il était présent. Une beauté comme vous serait jalousement gardée.

Une beauté ? La langue de ce Viking était douce comme du miel… et menteuse. Elle savait pertinemment que son apparence portait encore la trace du chagrin qui l'avait dévastée après la mort de Leofwine : ses courbes étaient trop larges et ses cernes trop sombres. Nul besoin d'observer son reflet dans l'eau d'une mare pour savoir qu'elle avait perdu sa beauté d'antan.

— Mon époux est mort, annonça-t-elle. Mon fils Wulfgar est demeuré auprès de mon père et de ma jeune sœur.

Cynehild songea au sourire angélique de son fils, à son

petit poing serré autour de la garde de son épée de bois. Aurait-il beaucoup grandi à son retour ? Aurait-il gardé cette habitude adorable de passer sa petite langue rose entre ses dents à chaque fois qu'il se concentrait ?

— Je suis impatiente de le retrouver, avoua-t-elle en replaçant le manteau que Kal avait déplacé dans son mouvement.

Il saisit sa main au passage.

— Est-ce que… est-ce que cela devient plus facile avec le temps ? Je souffre tellement d'avoir perdu ma femme et mon nouveau-né. J'ai l'impression que c'était hier et la douleur est intolérable.

Cynehild lui laissa sa main mais baissa le regard. Elle avait donné tant de fois la réponse polie que tout le monde attendait d'elle : oui, elle allait parfaitement bien et s'était remise du chagrin. Mais pas cette fois. Elle voulait lui dire la vérité.

— Après sa mort, tout est devenu gris. Pendant de longs mois, je ne vivais plus vraiment. Je me levais, je m'habillais, je faisais ce qu'on attendait de moi… Seulement, je ne ressentais plus aucune joie. Et puis, un jour, j'ai entendu mon fils rire à une plaisanterie de ma sœur et soudain, mon cœur s'est comme… allégé. J'ai compris que je pouvais encore trouver du bonheur et de la légèreté dans la vie, même si mon cœur ne sera plus jamais le même.

— De la légèreté ? Je ne sais pas si j'ai réussi à en retrouver. J'ai l'impression de chercher un peu de joie depuis des siècles sans y parvenir.

Ses doigts desserrèrent leur emprise autour des siens et elle s'en dégagea, vaguement gênée.

Derrière elle, l'un de ses hommes s'agita dans son sommeil et le moment d'intimité fut brisé.

Elle força sur ses traits un sourire et se releva en brossant sa robe de ses mains. La chaleur de ses doigts s'attardait sur sa main, une sensation qu'elle trouvait étonnamment… plaisante. Troublée, Cynehild fit mine de s'absorber dans la contemplation du ciel par l'ouverture au-dessus de leurs têtes. Elle était une veuve, elle n'aurait pas dû ressentir un quelconque trouble au contact d'un homme.

— Ce coup à la tête a brouillé vos souvenirs, c'est pour cela, je pense, que votre chagrin est aussi cuisant. Vous avez dû survivre à cette peine. Votre cœur a guéri même si vous êtes encore marqué. Vous avez prospéré et tenu la promesse que vous leur avez faite. Accrochez-vous à cette idée.

Il se rembrunit.

— Je finirai par me souvenir de ce que j'ai fait pour y survivre… n'est-ce pas ?

Cynehild mordilla sa lèvre. Quelle réponse lui faire pour qu'il garde son calme ? Au matin, elle irait parler à frère Palni pour qu'il l'aide à trouver comment sortir cet homme de cet enchevêtrement de pensées douloureuses.

— Vous connaissez votre nom et vous savez que vous avez un jour eu une famille que vous aimiez. C'est un début.

— Mais, m'aimaient-ils, eux ?

— Votre chagrin ne serait pas si grand si cela n'avait pas été le cas.

Elle posa la main sur la sacoche qui contenait le présent de Leofwine au fils qu'il ne connaîtrait jamais. Elle avait sauvé cet homme et ne rentrerait pas bredouille auprès de Wulfgar. Au moins un peu de bien avait résulté de ce voyage.

— Vous parlez avec sagesse, milady. Je pourrais écouter votre voix pendant des heures.

Il cligna les paupières et bâilla bruyamment.

— Un autre souvenir me hante… Toka, la sœur de ma femme, m'a maudit. Elle a déclaré que j'errerais pour toujours et que je mourrais sans que personne se soucie de moi.

— Alors, elle a menti. La peine fait parfois dire des choses effrayantes.

Il se frotta les tempes, l'air douloureux.

— Comment pouvez-vous l'affirmer avec certitude ?

— Je vous ai trouvé, et maintenant vous êtes sauf. Vous

n'êtes plus dehors, seul sur cette colline tandis que la vie vous quitte. Vous connaissez votre nom. Nous trouverons les vôtres. Je le promets.

— Laissez-moi chasser aussi les ombres qui vous hantent, souffla-t-il dans un murmure endormi. Douce dame de lumière…

Chasser ses ombres ? Personne ne le pourrait. Cependant, elle n'en dit rien.

— Dormez maintenant. Mon tour de garde est terminé.

Cynehild s'éveilla lorsque les premières lueurs de l'aube pénétrèrent dans la grotte. Son dos et sa nuque lui faisaient mal et ses yeux la piquaient, car elle n'avait dormi que superficiellement sans sombrer tout à fait après que l'un de ses hommes l'avait relevée de sa garde. À chaque fois que son esprit s'abandonnait au sommeil, son vieux cauchemar refaisait surface : elle était chassée et cherchait désespérément un abri sûr sans parvenir à le trouver.

Cette angoisse nocturne ajoutée à son inquiétude de ne pas parvenir à localiser la deuxième partie de l'or caché par Leofwine avait achevé d'épuiser son esprit. C'était bien plus complexe qu'un jeu de *tafl,* à la stratégie duquel elle n'était déjà pas particulièrement performante quand elle s'y essayait.

Lorsque Leofwine, quelques mois après leur mariage, lui avait suggéré de ne plus s'entêter à un jeu fait pour les hommes et de se consacrer davantage à une occupation réservée aux femmes, comme la couture ou le tissage, elle avait accepté sans protester. Seulement, à présent, elle regrettait de ne pas s'être montrée plus persévérante dans son apprentissage. Une veuve avec un jeune fils devait avoir des talents de stratège pour survivre, surtout quand elle devait se rendre en territoire ennemi pour accomplir les souhaits de son défunt époux.

Sans compter que ses inquiétudes ne s'arrêtaient pas là !

Kal revenait sans cesse dans ses pensées. Pourquoi se préoccupait-elle autant d'un ennemi qui avait perdu la mémoire ? C'était un Danois, responsable, avec ses semblables, d'avoir détruit son univers paisible et heureux lorsqu'ils avaient envahi son pays. Comment expliquer, alors, qu'elle se soit sentie tellement... en sécurité lorsqu'il avait pris sa main dans la sienne ?

Elle n'était pas une pauvre femme fragile. Son cœur s'était endurci, comme s'il avait été brusquement pris dans une coque de glace à la mort de Leofwine. Son père lui en faisait souvent la remarque – d'ordinaire lorsqu'elle refusait de le laisser faire à sa guise.

Aussi n'hésiterait-elle pas à adopter la logique pragmatique d'un chef de guerre. Si elle devait pour cela utiliser cet homme comme otage, elle le ferait ! Son devoir allait à son fils avant tout.

Dès qu'elle fut levée, elle alla vérifier l'état de Kal Randrson qui dormait profondément. Il semblait parfaitement paisible, ignorant du tumulte qu'il avait provoqué en elle. Son beau visage rayonnait d'une paix fragile. Dans quelle mesure son amnésie était-elle volontaire ? Le choc avait-il réellement effacé quelques années ou mois de sa vie ou bien *voulait*-il maintenir le voile de l'oubli sur les actes atroces qu'il avait sans doute accomplis dans la folie de cette invasion brutale ?

Lorsqu'il se réveillerait, aurait-il également oublié les secrets qu'ils avaient échangés dans l'intimité de leur conversation nocturne ? Se souviendrait-il qu'il avait tenu sa main dans la sienne ?

La réaction de son corps à ce contact l'avait profondément perturbée. En effet, Cynehild avait cru que tout ce qui, en elle, avait pu autrefois réagir à la présence d'un homme, était mort en même temps que Leofwine.

— Votre Danois a passé la nuit. Il a la tête plus dure que je ne le pensais, déclara frère Palni en la rejoignant. Vous aviez raison, Dieu a choisi d'épargner sa vie, quoique je ne comprenne pas pour quelle raison.

Cynehild l'entraîna à l'écart de la couche de Kal.

— Ce n'est pas *mon* Danois, dit-elle à voix basse. Ne plaisantez pas ainsi, frère Palni.

— Ce n'était pas une plaisanterie, ma dame. C'est vous qui l'avez trouvé et vous encore qui avez insisté pour que nous le sauvions. De fait, il vous doit la vie. À qui serait-il, sinon à vous ? Avez-vous des regrets ?

— Pourquoi aurais-je des regrets, frère Palni ? Pour avoir sauvé une vie ?

— Votre air soucieux me dit le contraire, ma dame. Je vous assure qu'il n'est point besoin de vous laisser abîmer comme une vieille femme par manque de sommeil. Vous n'êtes encore qu'à la fleur de l'âge, il vous reste bien quelques années avant que la flétrissure des ans ne devienne inexorable.

Frère Palni ne pensait pas à mal mais la condamnation de son apparence était limpide dans ses propos. Elle ressemblait à une femme flétrie, et elle l'avait accepté.

Alors pourquoi cette amertume ? Qu'est-ce qui n'allait pas chez elle ? Elle ne se préoccupait plus guère de son apparence depuis le décès de son mari. Le veuvage impliquait des responsabilités bien trop lourdes pour qu'elle s'intéresse à son pouvoir de séduction. Se préoccuper de son visage ou de sa silhouette était réservé à des jeunes femmes comme sa sœur Elene qui n'était pas encore mariée. Les hommes tournaient autour d'Elene comme les mouches autour d'un pot de miel, ce qui ne lui était certes jamais arrivé. Leofwine avait été l'un des rares hommes à lui faire des compliments.

— Il s'est réveillé au cours de la nuit. Nous avons même eu une assez longue conversation, expliqua-t-elle au prêtre.

— De quoi avez-vous parlé ?

Cynehild lui expliqua en peu de mots le contenu de leur échange.

— Ainsi, il n'a aucune idée de la façon dont il s'est

retrouvé au sommet de cette colline ? Comme c'est pratique, commenta frère Palni en enfonçant les poings dans les plis de son habit. Que Dieu me préserve de ces traîtres de Danois ! Soit il ne veut pas que vous sachiez qui il est et ce qu'il a fait, soit, plus grave encore, il souhaite tant oublier les méfaits qu'il a accomplis qu'il refuse de s'en souvenir !

— Connaissez-vous son nom ? Kal, fils de Randr… Il ne me semble pas avoir déjà entendu un tel nom.

— Randr est un nom plutôt commun parmi les hommes du Nord, tout comme Kal, d'ailleurs. Mais je n'ai pas connaissance d'un Kal, fils de Randr en particulier.

Cynehild retint un mouvement d'humeur en voyant le moine feindre de s'abîmer dans la contemplation d'un bout de lainage sur son habit. Elle connaissait ce ton et cette attitude… C'étaient ceux qu'il employait quand il ne souhaitait pas qu'elle pose davantage de questions.

Seulement, en l'occurrence, il lui fallait des réponses !

— Nous ne sommes pas dans un quelconque débat théologique avec père Oswald ! Qu'essayez-vous de me cacher ? Je ne suis plus une enfant qu'il faut préserver de tout, frère Palni !

— Non, non, je ne vous cache rien, ma dame ! C'est seulement que… j'ai la sensation étrange que ce nom *devrait* me dire quelque chose.

Devant son expression sévère, il se passa une main sur le visage, les sourcils froncés.

— Non, cela ne me revient pas. De toute façon, peut-être a-t-il changé de nom après être arrivé sur ces côtes. Peut-être s'est-il créé une nouvelle identité. Vous a-t-il parlé d'un surnom ? Par exemple, l'homme qui possède aujourd'hui les terres qui vous appartenaient se fait appeler Icebeard. Je ne connais ni son nom véritable ni son origine.

— Hélas sa légende lui suffit, soupira-t-elle en songeant qu'il lui faudrait bientôt affronter le dangereux jarl Icebeard.

— Les gens ne parlent de ses hauts faits qu'à voix basse

tant l'homme leur inspire admiration et crainte – il serait capable d'exploits physiques inaccessibles à la plupart des hommes. Ce qu'il a accompli à Basceng est gravé dans la mémoire de tous, il y est devenu une légende. S'il n'avait pas tenu bon, la conquête aurait échoué avant même d'avoir commencé. C'est pour cela qu'on l'a nommé d'après l'un de nos géants légendaires qui, comme lui, a, dans les veines, de la glace à la place du sang.

Au récit de frère Palni, Cynehild frémit. Elle détestait songer aux exploits terrifiants de cet homme, à son habileté légendaire et au rôle essentiel qu'il avait joué dans la victoire contre son peuple. Elle méprisait cet Icebeard de tout son être ; cependant, le jour où elle le rencontrerait, elle contrôlerait son tempérament et ne ferait rien d'aussi stupide que de lui cracher son mépris au visage ou de soulever ses gens pour marcher contre lui. L'avenir de Wulfgar en dépendait et la paix sur ces terres qu'elle continuait de chérir.

Très tôt au début de son mariage, Cynehild avait appris à modérer son tempérament au lieu de se laisser aller à ce que Leofwine appelait en plaisantant ses « accès de rage ».

— Je ne veux surtout pas agacer le jarl Icebeard, lâcha-t-elle dans un souffle.

Frère Palni serra ses paumes l'une contre l'autre comme s'il remerciait le ciel :

— Enfin quelque chose de sensé, ma dame !

— J'aime à croire que je fais toujours preuve de bon sens ! se récria-t-elle, indignée.

— Bien sûr, bien sûr, vous êtes seulement trop tendre de cœur. Père Oswald en fait souvent la remarque. C'est évidemment une qualité chère à notre bien-aimé Seigneur, toutefois, le monde séculier requiert parfois des nerfs d'acier pour protéger les plus faibles. Or, c'est mon rôle de vous protéger, ma dame.

Le moine s'était redressé de toute sa hauteur, l'air soudain solennel.

— Nous irons jusqu'à l'église pour y déposer cette épée, puis nous rentrerons chez nous sans demander au jarl d'enquêter sur cet homme. Nous ne devrons pas même mentionner son existence.

— Comment cela ?

— Laissez le Danois à son sort. Avec de l'eau et des vivres, bien entendu. Il sera parfaitement à l'abri et pourra retourner à son existence, quelle qu'elle soit, dès qu'il aura repris assez de forces. Votre charité ne doit pas aller plus loin, ma dame. Vous devez suivre votre propre chemin, et ce n'est pas le même que celui de cet homme.

— Pourquoi une telle prudence ? Croyez-vous que le jarl Icebeard puisse avoir joué un rôle dans ce qui est arrivé à cet homme ?

Elle jeta un regard vers la silhouette étendue. Son corps était parfaitement immobile… trop, en vérité. Était-il en train d'essayer de suivre la conversation qu'ils avaient à voix basse ?

Cynehild était suffisamment lucide pour savoir que les conseils de frère Palni étaient parfaitement sensés. D'ailleurs, une personne plus raisonnable ou plus stratégique – comme l'était sa sœur Ansithe – n'aurait pas hésité à suivre ces sages conseils. Seulement, elle en était incapable.

— Je n'en ai aucune idée, mais il vaut mieux nous montrer prudents, voilà tout.

Puis, sans attendre son aval, il aboya quelques ordres aux hommes pour accélérer les préparatifs du départ qui lui paraissaient trop longs. C'est alors que Cynehild frappa dans ses mains. À ce signal, tous s'immobilisèrent.

— Certains villageois sont restés malgré notre départ, y compris mon ancienne servante, Luba. Nous essaierons auprès d'elle… peut-être saura-t-elle nous dire qui est cet homme. Quand je vivais ici, elle savait toujours tout sur tout le monde.

— Et si vous découvrez que le jarl est à la recherche

de cet homme parce qu'il a commis un crime ? Ou même s'il n'a rien fait et qu'Icebeard veuille seulement se débarrasser d'une source d'agacement ? Que ferez-vous, alors ? Le garderez-vous secrètement alors que votre ancienne domestique connaîtra son existence ? En quoi cela pourrait-il aider quiconque ? Vous risquez de mettre tout le monde en danger, ma dame. Qui que soit cet homme, il reste un guerrier : il n'est pas une âme douce.

Cynehild détourna encore une fois le regard du prêtre pour revenir au blessé. Certes, Kal Randrson n'était pas un simple villageois, il avait nécessairement guerroyé contre les Saxons pour occuper une telle place dans la société : ses bijoux comme sa musculature le prouvaient. En vérité, elle aurait été incapable d'expliquer l'étrange connexion qu'elle avait ressentie lorsque leurs mains s'étaient touchées, lorsque leurs regards s'étaient mêlés. Quelque chose d'assoupi depuis longtemps en elle s'était brusquement éveillé et pendant les brefs moments de leur conversation, elle s'était sentie… moins seule.

Cynehild ne prenait d'ailleurs conscience de l'étendue de sa solitude que maintenant, car elle n'avait pas mesuré à quel point celle-ci lui avait pesé ces derniers mois.

Alors, peu importaient les sages paroles de frère Palni, elle n'abandonnerait pas cet homme à son triste sort.

— Non, frère Palni, Kal Randrson est un homme bon, je le sens. Et je trouverai le moyen de lui rendre sa vie.

— Comment pouvez-vous savoir quel homme il était alors que lui-même ne se rappelle plus ce qu'il a fait au cours de son existence ? C'est folie, ma dame !

— Mon instinct me dicte de ne pas l'abandonner. Je sens, au fond de moi, que je dois faire davantage pour l'aider.

Chapitre 3

Tandis que frère Palni s'éloignait en maugréant pour aller distribuer ses ordres, Cynehild revint s'agenouiller auprès de Kal et lui secoua doucement l'épaule.

Il ne réagit pas. Elle s'était donc trompée, il n'était pas éveillé un peu plus tôt. Ce sommeil trop profond, malgré le vacarme ambiant, avait quelque chose d'inquiétant.

Elle le secoua plus fort.

— Réveillez-vous. Je vous en prie, réveillez-vous, Kal. Je ne vous laisserai pas seul ici, mais il faut vous réveiller maintenant.

Tout à coup, sa main surgit de sous la fourrure et enserra brutalement son bras. Cynehild retint un cri de douleur. Déjà, les doigts s'étaient desserrés et il se redressa sur un coude, l'air hagard.

— Kal ? Qu'y a-t-il ?

— Je… J'ai eu peur que vous soyez… quelqu'un d'autre. Je… Je ne parviens pas à savoir qui, cela s'est comme… effacé de mon esprit.

Il joignit les mains et baissa la tête en signe de repentir.

— Je vous présente mes plus sincères excuses, milady. J'ai dû croire, avant de reprendre conscience, que celui qui m'avait frappé était revenu achever son œuvre. Je… Je n'ai pas cessé de rêver de cette voix qui m'a appelé « tyran ».

Je suis certain que c'est en lien avec mon agression ; hélas, les souvenirs continuent de m'échapper.

Cynehild frotta son bras douloureux alors que les mises en garde de frère Palni résonnaient à ses oreilles. Kal était un guerrier danois doté d'instincts belliqueux.

— Je vous ai éveillé trop brusquement d'un profond sommeil. C'est une action dangereuse auprès de n'importe quel combattant, mon mari me le disait toujours. Je suis en partie responsable.

Kal pressa les doigts sur ses yeux.

— Vous offrez là une bien faible excuse à mon comportement impardonnable. Je vous remercie pour votre compréhension, Lady Cynehild de Baelle Heale, et j'espère me rendre digne de vos bontés.

— Ainsi, vous vous rappelez mon nom ? souffla-t-elle, troublée de l'entendre prononcer son titre complet.

— De même que notre conversation de la nuit, confirma-t-il avec un lent sourire. Espériez-vous que j'aurais oublié cela aussi ? Comment pourrais-je oublier la si belle dame qui m'a offert le secret pour guérir mon âme de son chagrin ? Étrangement, la douleur de mon deuil me semble plus supportable ce matin, comme si le chagrin s'était… éloigné. Grâce à vous…

Cynehild baissa les yeux pour cacher son embarras. Apparemment, il ne trouvait pas qu'elle ressemblait à une vieille femme flétrie et il n'avait rien oublié de leur échange. C'était flatteur… et troublant.

Néanmoins, rien ne lui disait qu'il n'était pas simplement un séducteur accompli, coutumier des belles paroles. Pourvu qu'elle ne lui ait rien confié de potentiellement dangereux et surtout, qu'il n'ait pas remarqué sa réaction lorsqu'il avait posé sa main sur la sienne la veille. Même si elle s'était promis de l'aider, elle ne devait pas oublier le danger qu'il représentait.

— Si vous craignez d'être attaqué pendant votre sommeil,

c'est que vous avez peut-être subi ce genre d'attaques par le passé.

— En tant que guerrier, les attaques constituent mon quotidien.

— Mais nous sommes en paix désormais.

— La paix ne peut exister sans une vigilance extrême.

— Vous parlez comme frère Palni.

Elle tendit la main pour l'aider à se relever, cependant il parvint à se mettre debout, non sans vaciller dangereusement. Il était encore plus grand qu'elle l'avait imaginé. Son torse était si large et ses jambes si puissantes qu'elle retint son souffle. À la lumière du matin, elle distinguait nettement sur sa peau les cicatrices de blessures qu'il portait comme des marques d'honneur au visage et aux bras. Tout en lui évoquait un combattant invincible.

— Me voilà debout, déclara-t-il d'un ton ferme en dépit de sa pâleur et de ses lèvres pincées de douleur. Je m'engage sur l'honneur à vous servir, Lady Cynehild, pour vous protéger du danger tant que vous en aurez besoin. Mon épée est à vous.

Elle s'efforça de le remercier d'un sourire. Le voir se battre pour elle dans cet état de faiblesse était bien le dernier de ses souhaits, d'autant qu'elle n'aurait sans doute bientôt d'autre choix que de remettre cet homme entre les mains d'Icebeard.

— Pour l'heure, vous êtes encore gravement blessé et vous n'avez aucune arme. Il se peut par ailleurs que vous ayez déjà fait un autre serment auprès d'un seigneur-lige. Mieux vaut garder votre serment d'honneur pour le jour où votre mémoire sera revenue.

Le sourire qu'il lui adressa la réchauffa instantanément.

— Aussi sage que belle... Les dieux ont été immensément bons à mon égard lorsqu'ils m'ont placé sur votre chemin. Je me sens déjà bien mieux qu'hier, même si je reconnais que je ne suis pas au meilleur de ma forme.

— Vous parlez le saxon mieux que beaucoup de Danois, intervint brusquement frère Palni en la faisant sursauter.

Le visage hostile, le moine serrait les poings comme s'il brûlait de frapper Kal au visage alors même que ce dernier était bien plus grand et imposant que lui.

Kal haussa les épaules et examina son manteau, en quête d'indices.

— À une époque, mon père a eu un prisonnier saxon. J'ai appris cette langue ainsi. Il avait l'habitude de dire que j'avais un don pour les langues. Les mots me viennent sans effort et j'en suis infiniment reconnaissant.

— Que savez-vous du jarl Icebeard ? lança frère Palni d'un ton accusateur.

— Icebeard ? Jarl ? balbutia Kal en blêmissant brusquement.

Cynehild retint son souffle.

— Vous voyez, ma dame ! Je vous avais bien dit qu'il...

— Je ne sais pas qui est ce jarl ! Je le jure ! assura Kal, trop vite cependant pour être tout à fait sincère.

— Qui est cet homme et pourquoi aurais-je dû entendre parler de lui ? Si j'ai réagi, c'est parce que « Icebeard » était le nom d'un personnage dans un conte que ma mère me racontait, enfant, un personnage qui me terrifiait. Est-il votre ennemi, milady ? Puis-je être votre champion contre lui ? Parce que ce moine ne l'affrontera pas.

Cynehild ignora l'expression outragée de frère Palni qui levait un doigt menaçant en direction de Kal.

— Icebeard est le nom du seigneur danois qui règne sur ces terres, voilà tout. Peut-être a-t-il adopté ce nom parce qu'il connaissait la même histoire que vous et voulait être craint.

— Craint ? Vous pensez que ce jarl pourrait avoir quelque chose à voir avec ma blessure ? Que nous nous serions querellés ?

Comme elle ne savait comment répondre, il poursuivit, les sourcils froncés :

— Au-delà de ce nom qui inspire la terreur, quelle est sa réputation ? Est-il homme à attaquer un adversaire et à le laisser mourir sur le sol glacé, à la merci des voleurs ? Est-ce ce qu'on appelle « justice » dans cette contrée ?

Toutes ces interrogations touchaient en vérité le point faible de sa stratégie : Cynehild n'avait aucune idée précise de ce à quoi ressemblait l'homme qu'elle devrait bientôt affronter. Si ce n'est que – comme d'ailleurs toute la Grande Armée – son amour pour l'or était immodéré. En l'occurrence, cela ne plaidait pas vraiment en faveur de sa participation à l'attaque contre Kal : pourquoi aurait-il laissé les bijoux et les vêtements de valeur de celui-ci à la portée de n'importe quel voleur de grand chemin au lieu de les prendre ?

— Ma dame est justement en chemin pour découvrir la véritable nature du jarl. Il me semble plus sûr, vous en conviendrez, que vous restiez à l'abri dans la grotte pendant que nous poursuivons notre chemin, intervint frère Palni. Nous laisserons des vivres pour plusieurs jours afin que vous ayez tout le temps nécessaire pour vous remettre pleinement.

Le moine se tourna vers elle.

— Il pourra utiliser son or pour acheter tout ce dont il aura besoin lorsqu'il atteindra le prochain village. Encore qu'il préférera peut-être s'éloigner rapidement des territoires d'Icebeard plutôt que de marcher sur eux.

Cynehild retint un mouvement d'humeur. Non seulement frère Palni faisait fi de ses volontés, mais il osait s'opposer à ses ordres ! Il était supposé être son conseiller, pas son garde rapproché ! Comme si elle n'était pas en mesure de faire ses propres choix !

— Vous refusez de me laisser voyager avec vous ? demanda Kal en s'asseyant avant de prendre sa tête dans ses mains. J'ai mis mon épée au service de Lady Cynehild car je pressens qu'elle est menacée par un danger, même si j'ignore lequel. Elle a à peine dormi la nuit passée.

Frère Palni se renfrogna davantage.

— Vous avez juré allégeance à ma dame sans même savoir si vous n'apparteniez pas déjà par serment à un autre ?

— Vous m'avez découvert seul. Si j'avais été au service d'un seigneur ou d'une dame, j'aurais été en compagnie de camarades. De toute évidence, les gens avec qui j'étais m'ont tourné le dos.

— Peut-être avaient-ils une bonne raison de le faire, fit sèchement remarquer le moine.

— Mes amis ne m'auraient pas abandonné – de même que je sais que je ne les abandonnerais pas en temps d'épreuve.

— Comment le savez-vous puisque vous avez soi-disant perdu la mémoire ?

— Des images me reviennent par moments. Hélas, elles s'effacent avant que j'aie eu le temps de vraiment comprendre ce qu'elles signifiaient, murmura-t-il, abattu.

— Frère Palni, je vous prie de traiter Kal Randrson avec courtoisie, intervint Cynehild d'un ton ferme.

Il était plus que temps de reprendre le contrôle de la conversation pour faire cesser les hostilités entre les deux hommes. Frère Palni avait parfois tendance à se comporter avec elle comme une mère poule protégeant ses poussins, et elle ne le tolérerait pas.

— Avant d'accepter votre proposition, Kal, j'ai une condition.

Kal prit ses mains dans les siennes et assura avec ferveur :

— Tout ce que vous voudrez, milady.

— Ne vous rappelez-vous vraiment rien de cet Icebeard qui gouverne cette contrée ? Je vous ai retrouvé tout près de son domaine, il est donc probable que vous le connaissiez.

— Hélas, je n'ai aucun souvenir précis associé à ce nom, je vous en donne ma parole.

Du coin de l'œil, Cynehild vit frère Palni écarter les bras, exaspéré, en marmonnant :

— Que Dieu me donne la force…

— Je veux retrouver la mémoire, plus que vous ne le

voulez, rétorqua Kal en jetant un regard noir au moine. Depuis quand les hommes du Nord peuvent-ils prendre l'habit monacal, d'ailleurs ?

— Frère Palni est un ami estimé et fiable, intervint Cynehild avant que les deux hommes ne repartent dans une nouvelle dispute. Il m'accompagne dans ma mission : nous devons accomplir la promesse que j'ai faite à mon défunt époux. C'est *mon* expédition, alors cessez ces enfantillages, l'un et l'autre !

Seigneur ! Ces deux-là se comportaient comme s'ils avaient l'âge de Wulfgar ! Pour l'heure, ils la fixaient, bouche bée, stupéfiés par sa déclaration autoritaire.

Frère Palni lui saisit le coude juste après qu'elle eut veillé à l'installation de Kal dans le chariot couvert.

— Avant que nous nous mettions en route, vous devez m'écouter, ma dame.

Retenant de justesse un soupir, Cynehild s'arma de patience pour laisser le prêtre aller au bout de sa pensée.

— Je me méfie de lui plus que jamais, continua le moine à voix basse. Il est bien trop conciliant et accommodant pour être honnête ! Il en sait également plus qu'il ne veut bien l'admettre. Et il n'a eu besoin du soutien que d'un seul homme pour marcher jusqu'au chariot, ce qui signifie qu'il est bien plus fort qu'il ne le prétend. Mon devoir est envers vous, ma dame, pas envers un aventurier dangereux !

— J'ai entendu vos réserves, frère Palni. Il n'en demeure pas moins qu'aller interroger Luba est la meilleure option que nous ayons pour l'heure. Et puis, qui sait, sa mémoire sera peut-être ravivée au cours du voyage et il saura nous en dire plus. Il est tout aussi probable que vos inquiétudes se révèlent exagérées. Comprenez-moi, je refuse d'abandonner un homme blessé simplement parce que cela semble plus facile ou prudent. Comment pourrais-je regarder mon fils dans les yeux si j'agissais ainsi ? Comment puis-je lui apprendre à honorer ses ancêtres et à se comporter comme un Saxon digne, honorable et décent si je laisse un homme mourir alors que j'aurais pu lui porter secours ? Dites-le-moi, frère Palni, car c'est un problème bien trop ardu pour une simple femme.

Le moine secoua la tête en poussant un lourd soupir.

— Je croyais jusqu'alors que votre sœur Ansithe était la plus déterminée de vous trois, je mesure à présent mon erreur.

Le balancement du chariot aggravait sa douleur à la tête à un point insoutenable. Déjà, le trajet jusqu'à ce maudit chariot avait été épouvantable et il avait rassemblé ses dernières forces pour en venir à bout. Après seulement quelques pas, il avait failli s'effondrer, et il ne doutait pas un instant que le moine aurait saisi cette excuse pour l'abandonner derrière eux. Or, Lady Cynehild était son unique espoir de s'en sortir vivant. Et puis, il ne voulait pas s'effondrer sous ses yeux.

Comme le chariot heurtait une nouvelle pierre du chemin, Kal s'appuya sur une main pour ne pas perdre l'équilibre.

— Voyager en chariot requiert un peu d'habitude, lança la jeune femme en brisant le silence gêné qui s'était installé entre eux depuis qu'elle avait pris place à l'autre bout de la carriole. Tout le monde pense que c'est plus confortable, alors qu'un tel voyage peut être éprouvant pour les os. Faites comme moi et bientôt, vous aurez pris le bon tour de main.

— Je vois en tout cas que vous l'avez, confirma-t-il en lui adressant un sourire qui, hélas, devait davantage ressembler à un rictus de souffrance. Quant à moi, je doute de pouvoir un jour m'habituer à ces mouvements intempestifs.

— Je vous comprends. D'ordinaire, j'évite autant que possible de voyager sur de longs trajets.

— Alors pourquoi l'avoir fait cette fois-ci ?

— Pour rendre hommage à mon époux, Lord Leofwine,

qui a un jour dirigé ces terres avant que les envahisseurs ne s'en emparent.

Ses yeux brillaient d'un feu liquide qui rehaussait leur teinte couleur miel, mais ce fut ce nom – Leofwine – qui le fit brusquement frissonner. Il évoquait quelque chose dans sa mémoire fermée. Néanmoins, devant son visage décidé, il ne tenta pas d'exprimer ses inquiétudes trop vagues à voix haute.

Il pressentait un danger sans pouvoir en comprendre la nature. Lorsque la menace se préciserait, il devrait avoir repris assez de forces pour défendre Lady Cynehild.

Tout à coup, les chevaux firent un écart et le chariot tangua. Dans un cri d'alarme, la jeune femme bascula vers l'avant. Elle serait tombée s'il n'avait tendu le bras vers elle. Accidentellement, ses seins se pressèrent un instant sur son bras. Ils étaient aussi doux et sensuels que sa belle bouche délicate et Kal se raidit, soudain troublé.

— Vous devriez suivre vos propres conseils, milady, s'amusa-t-il.

Elle avait repris sa place sur l'étroit banc et lissait les plis de sa robe.

— Est-ce à vous ? demanda-t-il en désignant la magnifique épée qui avait glissé sur le sol.

Elle se pencha pour la replacer à l'abri derrière le banc.

— C'était celle de mon époux. Sur son lit de mort, il a exprimé le souhait que je la rapporte dans l'église où ses ancêtres sont enterrés. En dépit des dangers contre lesquels tout le monde cherche à me mettre en garde, j'ai tenu à organiser cette expédition en son honneur. Mon père était persuadé que je rentrerais au bout de trois jours, de même que frère Palni dont vous avez pu voir la contrariété ; seulement, je suis presque parvenue au but et je ne reculerai pas.

Kal pressa ses doigts sur ses tempes douloureuses. Sans qu'il comprenne d'où lui venait une telle certitude, il pressentait que sa présence au sommet de la colline où il avait été attaqué avait quelque chose à voir avec la venue de Lady Cynehild. Hélas, comme à chaque fois qu'une telle fulgurance s'imposait à lui, elle s'évanouissait aussitôt dans les abysses de son esprit.

— Très impressionnant, commenta-t-il pour qu'elle ne remarque pas son trouble.

— Quoi donc ? Le fait qu'une femme soit capable de se donner un but et de s'y tenir ? Ou bien que je veuille prendre la responsabilité de votre sauvetage ? Ou encore que je prenne le risque de croire en vos intentions pacifistes ? Dites-moi, qu'est-ce donc qui est impressionnant, Kal ? Parlez, à la fin !

Il croisa les doigts sur ses genoux.

— Je trouve impressionnant que vous dirigiez si bien vos hommes, et que vous osiez vous aventurer en territoire ennemi pour honorer le dernier souhait de votre époux, en dépit des risques qu'une telle entreprise vous fait courir. Que vous soyez une femme ne fait qu'ajouter à mon admiration.

— Pourquoi les hommes persistent-ils à croire que les femmes sont toujours des fleurs fragiles incapables d'avoir la moindre pensée cohérente ou de se charger elles-mêmes de leur propre défense ?

Lady Cynehild se pencha vers lui, le regard plein de défi. Mais c'est plus bas que son regard fut attiré, vers l'échancrure de sa robe qui lui accorda une brève vision enchanteresse de sa poitrine. La gorge sèche, il ne put rien répondre.

— Les veuves comme moi apprennent très vite que battre des cils et attendre qu'un homme vienne à leur secours est tout à fait hasardeux. Pourquoi voudrais-je dépendre d'un homme pour me sortir d'un mauvais pas, de toute façon ?

— Parce qu'ils ont été entraînés à se battre à l'épée, contrairement à vous. Or, cela ne demande pas seulement de la soulever et de l'agiter en tous sens.

— Je suis parfaitement consciente de la nécessité d'un solide entraînement, croyez-moi. J'ai fait la promesse à mon époux d'élever notre fils, Wulfgar, afin qu'il devienne un combattant aguerri. Il deviendra un guerrier dont son père serait fier, un homme dévoué, décent et honorable.

Savait-elle à quel point elle était époustouflante quand elle vibrait ainsi d'une passion à peine contenue ? Elle parviendrait à accomplir l'avenir dont elle rêvait pour son fils et mille autres choses encore, cela ne faisait aucun doute.

Lui, en revanche, n'avait rien. Il n'*était* rien.

Alors, il aurait mieux fait de ne pas rêver d'une dame aussi exceptionnelle qu'elle. D'autant qu'elle avait un fils auquel se consacrer, une vie à bâtir pour lui, une famille à retrouver.

Quoique son propre enfant n'ait vécu que quelques jours, Kal l'avait aimé de tout son cœur. Il n'était que trop conscient d'avoir failli en tant que père en ne parvenant pas à le garder en vie.

— Je vous assure, milady, que j'ai toujours trouvé qu'on donnait bien trop de valeur aux fleurs fragiles qui se flétrissent à la première bourrasque. Je ne serais pas en vie si vous étiez prompte à vous évanouir, après tout.

Elle émit un claquement de langue approbateur et les coins de sa bouche se relevèrent en un léger sourire.

Un nouveau sursaut du chariot le précipita soudain sur elle. Cette fois, sa poitrine généreuse se trouva pressée contre son torse. Le temps lui parut suspendu tandis que leurs souffles se mêlaient l'un à l'autre. Fasciné, Kal observa sa langue rose passer sur ses lèvres pour les humidifier alors qu'ils étaient tout proches.

La tentation de goûter la saveur de ses lèvres incarnates lui fit serrer les mâchoires. Il se pencha instinctivement vers elle, et si un dernier sursaut de raison et d'honneur ne l'avait arrêté, il aurait pris possession de sa bouche délicieuse.

Heureusement, il trouva la force de s'écarter et s'éloigna précipitamment, le corps tendu par une vague de désir d'une puissance incroyable.

Cette réaction prouvait une chose : la noble dame surestimait sa supposée bonté d'âme. Visiblement, celle-ci ne s'étendait pas jusqu'à respecter sa place dans ce monde et les dames de haute naissance. Toutefois, il voulait plus que tout lui prouver qu'il pouvait être le genre de guerrier honorable qu'elle venait de décrire : un homme courageux, décent, respectable. Pour elle, il était prêt à essayer.

— Pardonnez-moi, articula-t-il dans le silence embarrassé qui s'étirait, mon équilibre est encore fragile.

Elle baissa les yeux en prétendant refaire le lien de sa ceinture, mais ses joues étaient aussi roses qu'un ciel d'été au couchant.

— Mettez vos pieds bien à plat, ce sera plus aisé de garder l'équilibre ainsi.

— C'est une excellente suggestion, dit-il en s'obligeant à détourner le regard vers une étroite ouverture ménagée dans les planches de bois du chariot.

Il entrevit un muret de pierre et un majestueux chêne aux branches immenses. Aussitôt, un éclair de reconnaissance le figea sur place. Ils traversaient *ses* terres. Les siennes. Il en était sûr.

Son cœur se mit à tambouriner dans sa poitrine et sa bouche s'assécha. Si tout cela était à lui, alors il était ce fameux jarl Icebeard ! Le guerrier qui régnait sur les terres qui appartenaient autrefois à Lady Cynehild ! Il était tout sauf honorable !

La voix qui résonnait en lui se fit soudain plus forte, plus distincte : « C'est ainsi que tombent les tyrans, Icebeard. » La phrase complète martelait un écho insupportable sous son crâne.

La gorge serrée, il posa ses mains sur ses oreilles pour lui échapper. Non, c'était impossible ! Il l'aurait su s'il était un puissant seigneur dénué d'honneur. Or, il se sentait simplement Kal, fils de Randr, né dans un village anonyme près de Ribe, perdu très loin des côtes qui l'avaient vu grandir, et dangereusement attiré par la femme qui était assise non loin de lui. Voilà *qui* il était !

Son cœur lui criait cette vérité contradictoire : il n'était pas un tyran qui faisait régner l'ordre par la terreur. Il ne pouvait être cet homme. Et pourtant…

— Quel air sombre… Inutile de vous accrocher ainsi au banc comme si c'était votre seule planche de salut. Essayez de vous détendre malgré la douleur.

Hélas ! Il ne pouvait lui confier le véritable motif de la souffrance intolérable qui venait d'exploser dans son cœur. Il ne supportait pas l'idée de voir son doux regard empli pour l'heure de compassion, se charger de colère et de haine.

Son seul espoir, car il ne lui en restait effectivement plus qu'un, c'était que la femme chez qui ils se rendaient, cette Luba, infirme son terrible pressentiment.

Il déglutit avec difficulté et parvint à reprendre le contrôle de ses nerfs.

— Pardonnez-moi, milady. Ma plaie me fait terriblement souffrir.

Parfois, dans ses rêves, Cynehild se voyait rentrer à Baelle Heale, son fils à ses côtés, célébrée par tous. Elle remontait le chemin qui menait à la salle centrale, les bannières flottaient au vent et tous venaient la saluer chaleureusement pour avoir ramené la paix dans un pays épuisé par la guerre. Étrangement, dans ses rêves, Baelle Heale ressemblait au paysage qu'elle pouvait observer depuis la charrette tandis qu'ils approchaient de la chaumière de Luba.

L'odeur du charbon et la densité des arbres prouvaient que les bois étaient entretenus et exploités plutôt que laissés à l'état naturel comme c'était malheureusement le cas lorsqu'elle vivait encore sur ces terres. Quant aux champs, ils étaient chargés de récoltes et non en jachère et envahis par les mauvaises herbes.

Cynehild ne savait quoi penser de ces changements. Bien entendu, elle ne pouvait qu'être heureuse pour les habitants d'Ecgmundton ; cependant, cela prouvait aussi que le jarl Icebeard faisait mieux pour ces terres que Leofwine autrefois et son cœur se serrait à cette idée. Elle avait la sensation étrange que c'était là une nouvelle trahison, alors même qu'elle n'en était pas responsable.

En revanche, elle était bien coupable des étranges réactions que la proximité de Kal provoquait en elle. L'aisance de leur échange s'était évanouie comme si elle n'avait jamais existé depuis qu'il l'avait rattrapée et maintenue un instant entre ses bras.

Pendant quelques instants, le cœur battant, elle s'était prise à espérer qu'il tire profit de leur rapprochement. Il lui avait bien semblé qu'il était sur le point de l'embrasser et elle peinait à retrouver son calme quand elle songeait qu'elle n'aurait pas cherché à échapper à ce baiser.

Lui semblait perdu dans ses pensées tandis qu'elle avait passé le reste du voyage à se demander si ses lèvres seraient douces sur les siennes. Quelle honte pour une veuve dont le cœur était supposé avoir été enterré auprès de son époux !

Tout à coup, la charrette fit halte. Cynehild tourna la tête pour observer ce qui se passait à l'extérieur. De la fumée blanche montait paresseusement du toit d'une chaumière isolée. Elle se rappelait l'endroit mais la maisonnette avait été grandement améliorée depuis la dernière fois qu'elle y était venue. Un progrès de plus à mettre au compte d'Icebeard, admit-elle avec amertume.

Quand ils avaient dû fuir pour Baelle Heale, Luba avait refusé de la suivre. Quoique sincèrement attachée à elle, sa servante affirmait que l'amour de ses terres coulait dans son sang et que ni elle, ni son mari, qui était l'intendant de Leofwine, ne fuiraient devant les envahisseurs.

— Tout ira bien, Lady Cynehild, murmura Kal.

— Vous semblez étonnamment sûr de vous pour un

homme qui a perdu la mémoire, répliqua-t-elle avec un petit sourire tremblant.

— C'est seulement que, comme n'importe quel homme sensé, je ne peux résister au besoin de vous venir en aide.

— Êtes-vous aussi beau parleur avec toutes les dames ?

— Je préfère toujours dire la vérité quand je l'ai sous les yeux. Cela m'évite d'avoir à me souvenir de mes mensonges. Et puis… j'ai sincèrement confiance dans votre capacité à persuader quiconque du bien-fondé de vos actions, y compris un chef de guerre ennemi. Y allons-nous, à présent ?

Il lui tendit sa main. À la lumière de cette matinée de printemps, les cicatrices qui marquaient sa peau dorée semblaient presque argentées. Troublée par la vue de ses longs doigts puissants, Cynehild préféra ignorer son offre et fit mine de refermer les liens de sa coiffe.

De toute évidence, il avait vu clair en elle et mesuré sa nervosité derrière son apparence bravache. Or, elle peinait à se rappeler quand Leofwine ou ses sœurs avaient fait preuve d'un tel discernement la concernant. Pourquoi cet inconnu semblait-il mieux la comprendre que quiconque ?

— Attendez dans le chariot sans vous montrer le temps que je pose des questions. Mieux vaut rester prudents, avertit-elle en lui lançant un regard sévère.

— Je ne veux pas que vous sortiez sans protection !

— Je vous assure que frère Palni suffira à assurer ma sécurité.

— C'est vrai… Je ne cesse d'oublier ce très estimé moine, dit-il en laissant une légère fossette apparaître au coin de sa bouche. Eh bien, appelez-moi si jamais vous aviez tout de même besoin d'un guerrier plus habitué au champ de bataille qu'aux prières.

Frère Palni arriva devant la charrette au moment où il prononçait ces paroles, et Cynehild l'entendit marmonner des imprécations contre ces fieffés Danois tandis qu'ils avançaient côte à côte jusqu'à la porte de la chaumière.

Une silhouette féminine entrouvrit l'huis, leur jeta un bref regard et fit mine de refermer aussitôt la porte.

Heureusement, Cynehild eut le réflexe de placer son pied dans l'embrasure.

— Luba ? Est-ce ainsi que tu salues une vieille amie ? Je sais que j'ai plus d'embonpoint que lors de notre dernière rencontre, mais je n'ai pas pu changer à ce point !

— Milady ? balbutia la femme en ouvrant de grands yeux stupéfaits. Après tout ce temps, je n'espérais plus…

Elle ouvrit enfin la porte et s'inclina dans une révérence.

— Nous avons appris pour votre époux, milady. Toutes mes condoléances. Si je m'attendais à vous revoir ici ! Je ne pensais pas que vous reviendriez après le traité de paix instauré avec les Danois. Je vous avoue que nous sommes heureux sous leur loi. Nos terres prospèrent.

Cynehild fit de son mieux pour cacher son trouble. Autrefois, Luba l'aurait courtoisement saluée, elle l'aurait invitée à venir s'asseoir, puis elle lui aurait servi à boire et à manger tout en discutant gaiement. Aujourd'hui, elle semblait plutôt vouloir la voir faire demi-tour comme si son ancienne maîtresse était une visiteuse indésirable plutôt qu'une amie de longue date.

— Le jarl Icebeard m'a accordé la permission de déposer l'épée de monseigneur Leofwine dans la crypte de ses ancêtres, expliqua-t-elle en ignorant l'expression fermée de Luba. Mon époux a formulé ce vœu sur son lit de mort. Ces terres et les gens qui les peuplaient étaient chers à son cœur.

Luba arborait toujours un air méfiant et elle sortit sur le pas de la porte en prenant soin de la refermer dans son dos.

— Pardonnez ma franchise, milady, mais nous ne voulons pas d'une nouvelle guerre. Nous sommes bien lotis. Ma fille vient même d'épouser l'un de ces Danois – un homme avec de belles ressources et des relations haut placées. Le jarl Icebeard lui-même a apporté son soutien à cette union. Vous n'auriez pas dû revenir, Lady Cynehild, ajouta-t-elle dans un murmure contraint. Ni vous ni l'épée de Leofwine. Il faut savoir laisser le passé en paix.

Cynehild cligna les paupières, stupéfiée par les conclusions erronées auxquelles était parvenue son ancienne femme de chambre. La dernière chose qu'elle voulait, c'était bien un conflit ou une révolte ! D'une part, elle n'était absolument pas en mesure de commander à une armée ; d'autre part, elle était venue dans un but précis qu'elle ne pouvait hélas pas dévoiler. Tout ce qu'elle voulait, c'était atteindre cette église, trouver le reste de l'or afin de retourner à Baelle Heale et à sa vie.

— Tu te trompes sur mes intentions, Luba ! Quel mal y a-t-il à saluer une vieille amie ? demanda-t-elle d'un ton apaisant.

Luba prit ses mains dans les siennes et les serra jusqu'à ce que ses jointures blanchissent.

— Alors… Vous n'avez pas l'intention de rester et de causer des troubles, milady ? Vous savez que j'ai beaucoup d'affection pour vous, seulement… ce pays a déjà subi bien trop d'épreuves. Les champs ont trop souvent brûlé et les rivières ont rougi de sang pendant la guerre.

Cynehild hocha la tête solennellement.

— Je suis bien installée à Baelle Heale avec mon père. Mon fils, Wulfgar, devient un solide garçon. Je n'ai aucunement l'intention de briser le traité de paix.

— Le petit Wulfgar ! Je pense souvent à lui, s'écria Luba avec un premier vrai sourire. Cela me réjouit de savoir que ce petit est heureux et bien portant !

— Tu sais que mon invitation tient toujours, Luba. Si tu veux venir avec ta famille à Baelle Heale, tu n'as qu'un mot à dire.

— Ah milady ! Je vous l'ai dit quand vous êtes partie et je le redis aujourd'hui : je ne quitterai cette maison que dans mon cercueil. Mais je vous remercie pour votre gentillesse, Lady Cynehild. Nos vies ont pris des chemins séparés il y a des années de cela, mais je prie souvent pour vous et les vôtres.

Puis, sur une nouvelle révérence, Luba tendit la main vers la porte. Pressentant qu'elle n'était toujours pas prête à l'inviter à entrer, Cynehild lança :

— J'ai besoin de ton aide, Luba. Mes hommes et moi devons rejoindre l'église pour y déposer l'épée de mon époux. Marchons-nous au-devant d'un piège mortel ?

La femme s'immobilisa et poussa un lourd soupir.

— Il vaudrait mieux pour vous que vous restiez à distance des ennuis. Croyez-moi, laissez cette épée loin d'ici et retournez chez vous. Il n'y a plus rien pour vous ici. Pour le bien de tous, évitez de parler aux gens. Et ne mentionnez à personne que vous m'avez rendu visite !

Le ton alarmé de la femme trahissait sa peur. Perturbée par cet accueil étrange, Cynehild insista avec douceur :

— Je ne comprends pas, Luba… Je ne suis arrivée sur ces terres qu'hier, après en être restée éloignée trois ans. Comment ma seule présence pourrait-elle être source de problèmes ?

Luba passa une main sur son visage fatigué et lâcha dans un souffle :

— Le jarl Icebeard a disparu. Il est parti chasser seul hier matin et il n'est pas reparu depuis lors. Il s'est comme… volatilisé. Certains murmurent qu'il a été assassiné. D'autres affirment qu'il s'agit d'un sortilège et qu'il a été enchanté par un esprit de la forêt. Les recherches continuent mais plus personne n'a grand espoir de le retrouver vivant.

Au fur et à mesure qu'elle entendait les mots de Luba, son sang s'était glacé dans ses veines. Cynehild n'osait pas regarder vers frère Palni dont l'avertissement résonnait encore et encore à son esprit. Entre l'apparition de Kal et la disparition concomitante du jarl Icebeard, la coïncidence était impossible.

— Tu ne sais pas avec certitude s'il est mort ? parvint-elle à articuler malgré l'effroi qui l'avait saisie.

— Non, et j'ai peur, milady. S'il a été assassiné ou blessé, la situation deviendra intenable pour nous, Saxons. Les tensions étaient enfin apaisées et, grâce à sa réputation, nous ne subissions plus ni pillages, ni attaques. S'il n'est plus là… Je n'ose imaginer ce qui nous attend. Alors, comprenez-vous enfin pourquoi je ne veux pas être vue en pleine conversation avec vous, milady ? La dame de mon ancien seigneur qui reparaît au lendemain de la disparition de mon actuel maître ! Vous devez bien comprendre…

Cynehild hocha la tête. Elle comprenait parfaitement les réserves de son ancienne servante, à présent. Personne n'irait chercher d'autre coupable qu'elle, qui apparaissait comme par enchantement à l'instant même où le jarl disparaissait !

— Je suis innocente, assura-t-elle, la gorge serrée.

— Cela n'aura aucune importance, hélas. Partez, milady. Soyez heureuse d'avoir été informée de ce péril avant de vous jeter dans la gueule du loup. Lord Leofwine aurait voulu que vous vous gardiez de tout danger.

Sur un dernier sourire navré, Luba disparut dans sa chaumière. En proie à la panique, Cynehild tendit la main vers la porte encore entrouverte en balbutiant :

— Je t'en prie – attends ! Écoute-moi, Luba. J'ai découvert un Danois blessé hier, il dit s'appeler Kal Randrson, mais il a perdu une partie de ses souvenirs. Kal ! Montrez-vous !

Lentement, l'imposant guerrier descendit du chariot, l'épée de Leofwine à la main. Une brise légère écarta ses longs cheveux d'or sombre de son visage.

Luba poussa un hoquet de stupeur et ressortit en faisant un signe de croix.

— Par tous les saints…

— Le connais-tu, Luba ? Dis la vérité. Qui est-il ?

— Ce n'est pas n'importe quel Viking, milady, murmura la femme d'une voix étranglée. C'est le jarl en personne. Et pourtant… il est comme changé. Je ne l'avais encore jamais vu sourire, il arbore constamment un air sombre et menaçant. Au nom de Dieu, que lui est-il arrivé ? s'affola-t-elle soudain. Que lui avez-vous fait, Lady Cynehild ?

Cynehild était bien trop bouleversée pour répondre. Un vertige l'avait saisie devant l'énormité de la situation : elle avait secouru son ennemi après qu'il avait été attaqué. Là encore, la coïncidence était trop forte. Qui que soient les responsables, il ne faisait guère de doute qu'ils avaient attendu sa venue pour passer à l'action, de sorte qu'on puisse la blâmer pour le sort réservé au jarl.

— Kal Randrson est le jarl Icebeard ?

Pour la première fois depuis le début de cet échange absurde, frère Palni avait pris la parole, l'air encore plus abasourdi qu'elle.

— Pour l'amour de Dieu, Luba, ne te joue pas de nous, pria Cynehild qui peinait encore à se rendre à l'évidence.

— Le doute n'est pas permis, milady. Je connais monseigneur ! Le jarl Icebeard est venu en personne dans cette chaumière pour demander que ma fille épouse celui qui est désormais son mari ! Je sais à quoi il ressemble !

Un bourdonnement rugissait aux oreilles de Kal alors que son pressentiment se voyait confirmé.

La femme continuait de parler, de l'appeler « jarl », de plus en plus nerveuse et agitée. Il lutta contre sa mémoire récalcitrante pour tenter de rappeler à lui des souvenirs de cette villageoise, mais elle n'était qu'un visage saxon anonyme parmi d'autres.

Devant la violence de ces révélations, la douleur sous son crâne devenait insoutenable. Il n'était pas un tyran ! Il se préoccupait des siens. Il voulait faire le bien. Il…

La femme continuait de gesticuler mais il n'entendait plus ses mots. Rassemblant toutes ses forces, il articula :

— Tu me connais, femme ? Peux-tu me raconter mon passé récent ?

— Ma fille vous sert dans votre maison, monseigneur, dit la femme en s'abaissant dans une profonde révérence. Vous avez donné une ferme à mon gendre, Haddr, en cadeau de mariage. Vous êtes le seigneur d'Ecgmundton, le domaine qui appartenait à l'époux de Lady Cynehild jusqu'à ce qu'il prenne la fuite plutôt que de défendre ses terres. Je suis peut-être âgée, mais je ne suis pas sénile, je suis sûre de ce que j'avance !

Kal secoua la tête comme pour échapper à ses paroles. Chacun de ses mots lui faisait l'effet d'une piqûre d'abeille, aggravant la douleur sous son crâne. Hélas, dans le brouillard de sa mémoire, le mot *Icebeard* résonnait encore et encore. Un nom qu'il méprisait même s'il l'avait porté. Il le sentait au plus profond de son âme.

Il ne comprenait pas comment il était parti de rien pour devenir le seigneur de ces terres riches et fertiles, et la peur s'infiltrait jusque dans ses os. Il savait cependant comment les hommes faisaient pour s'emparer de terres qui ne leur appartenaient pas, pour amasser des richesses, pour obtenir du pouvoir… Or, il craignait désormais d'apprendre que dans le chaos des batailles, il n'avait guère été meilleur que les autres.

Un haut-le-cœur le saisit. *Tyran.* Peut-être, après tout, méritait-il la mort que son ennemi invisible avait voulu lui réserver. Pourtant, les dieux l'avaient placé sur la route de sa sauveuse. Il avait repris vie grâce aux bons soins de Lady Cynehild. Ce ne pouvait être en vain ?

Cette dernière le fixait pour l'heure comme si une deuxième tête et une queue venaient de lui pousser. Il leva les paumes en l'air et tenta de se protéger contre la violence de son regard. Hélas, la douleur qui lui serrait les entrailles ne laissait pas place aux doutes : elle l'avait déjà jugé.

— Je ne porte pas de barbe, tenta-t-il pitoyablement.

Hélas, les ombres ne quittèrent pas le regard de son ange gardien. Kal sentit son cœur sombrer.

— Je l'ai découvert gisant avec une plaie à la tête, expliqua la jeune femme d'une voix trop aiguë.

Il se retint de tendre les mains vers elle pour qu'elle ne lui échappe pas définitivement. Il aurait voulu la serrer dans ses bras et lui murmurer qu'elle avait bien fait de sauver sa vie, qu'il voulait seulement une chance de lui prouver qu'elle avait vu juste : il y avait de la bonté en lui.

— Il a pris un coup qui aurait dû être mortel. Et tu nous dis que des rumeurs parlent d'un meurtre par un Saxon ? s'emporta frère Palni. Quoi d'autre, femme. Parle, et vite !

— Vous savez comme moi que les rumeurs ne sont pas fiables ! Elles enflent et s'éloignent plus vite de la vérité qu'une biche aux abois !

— La vérité éclatera quand je retournerai là-bas, prédit Kal.

— Je crains surtout que vos gens affirment que Lady Cynehild vous a envoûté. Voyez vous-même, c'est la première chose qu'a pensée cette femme, fit remarquer le moine.

— Il est évident qu'on cherche à me discréditer, confirma Lady Cynehild qui refusait toujours de croiser son regard. Qui pourrait nous vouloir du mal à tous deux ? Dieu m'en est témoin, je n'ai jamais songé à lui faire de mal, au contraire, mes hommes et moi lui avons sauvé la vie. Dites à Luba ce qui s'est passé, je vous en prie, Kal.

La gorge nouée de la voir si distante, il s'exécuta aussitôt :

— Après mon réveil, mes souvenirs sont lointains et fugaces. Je sais que mon nom est Kal, fils de Randr. Je sais que j'avais l'intention de rejoindre la Grande Armée viking après la mort de ma femme et de mon enfant. Hélas, c'est bien tout ce dont je me souviens, jusqu'à ce que je me réveille dans cette grotte où Lady Cynehild m'avait fait porter pour me veiller.

La villageoise blêmit.

— Jarl Icebeard, vous avez véritablement été ensorcelé. Il n'y a qu'une magie puissante pour effacer ainsi la mémoire.

— Il n'est pas besoin de magie pour cela, simplement d'un coup puissant à l'arrière du crâne, s'agaça-t-il.

— Je… Je connais la bonté de Lady Cynehild et je veux croire qu'elle ne vous a rien fait, admit Luba. Seulement, elle a autrefois juré de se venger de ceux qui ont pris ces terres. Beaucoup se rappelleront ses mots et la façon dont elle a levé le poing contre eux, même si ce n'étaient que paroles désespérées.

— Cela suffit ! Ne parlez plus de sorcellerie ou de malédiction ! Lady Cynehild m'a sauvé et je ne permettrai pas qu'on mette en doute sa bonne foi ! Pourquoi m'aurait-elle amené ici si elle voulait me voir mort ? Elle n'avait qu'à m'abandonner à mon sort sur cette colline dans ce cas.

La femme eut une moue perplexe.

— Bien sûr, bien sûr, monseigneur. Tout de même, vous conviendrez que cela ressemble beaucoup à un enchantement.

Kal voulut saisir l'entêtée par les épaules pour la raisonner, mais son champ de vision s'obscurcit et il tomba lourdement à genoux, la tête bourdonnante. L'obscurité glacée lui soufflait qu'il était voué à la solitude éternelle, comme tous les tyrans.

Désespéré, il supplia :

— Je vous en prie, ne me laissez pas, milady. Aidez-moi.

Elle fut aussitôt à ses côtés et glissa son bras autour de ses épaules. Kal se laissa d'instinct aller contre elle et inspira avec soulagement sa senteur florale tandis qu'il puisait du réconfort dans la chaleur de son corps tout proche.

— Pouvons-nous l'emmener à l'intérieur, Luba ? Qui que soit l'auteur de cette blessure, il ne doit surtout pas savoir où se trouve le jarl actuellement. Mieux vaudrait que le ou les coupables continuent d'ignorer son sort. Tu vois bien que cette plaie à la tête n'a rien d'un accident ou d'une quelconque sorcellerie ! Aide-nous, Luba ! Ton jarl te récompensera pour ta loyauté, j'en suis certaine !

Malgré son épuisement, Kal sentit son sang se réchauffer à ces paroles. Il n'était pas seul. Cynehild était de son côté. Elle voyait du bon en lui. Il se raccrocha à cette idée et oublia le reste.

Pour elle, il serait un meilleur homme qu'Icebeard. Il n'était pas son ennemi, du moins il ne voulait plus l'être.

— Une récompense ?

— Oui, plus encore s'il trouve grâce à toi les véritables coupables.

Enfin, la femme ouvrit sa porte en marmonnant :

— Ma fille et son mari sont partis à votre recherche avec les autres. Vous pouvez bien entrer un moment.

Bientôt, la douleur reflua sous son crâne et Kal put recommencer à penser comme le guerrier qu'il était et le seigneur qu'il ne se souvenait pas être. Après sa disparition, il allait falloir qu'il reprenne sa place à la tête de ces terres sans savoir quels obstacles l'attendaient.

— Puis-je compter sur vous, milady ? murmura-t-il.

Elle posa une main apaisante sur son bras.

— Oui. Mes hommes et moi-même, nous vous aiderons à retrouver votre rang, jarl Icebeard.

— Kal, appelez-moi Kal, je vous en prie.

Il jeta un œil vers la petite troupe d'hommes qui accompagnait Lady Cynehild. Ce n'était pas avec quatre hommes qu'il parviendrait à vaincre son ennemi inconnu.

— Avec vous, je me sens plus fort. J'essaierai de vous protéger de tout danger, milady.

Elle lui répondit d'un sourire mutin.

— Je n'ai pas peur du danger.

— Vous devriez pourtant, quoique j'admire votre courage exceptionnel.

Kal ignora le regard ombrageux de frère Palni pour se concentrer sur la beauté lumineuse de dame Cynehild.

Chapitre 4

La petite chaumière de Luba avait connu quelques changements depuis son dernier passage, néanmoins l'essentiel demeurait. Les motifs de la pièce de laine tendue sur le métier à tisser n'étaient pas les mêmes, en revanche la marmite ronronnait au-dessus du foyer, les herbes séchées pendaient au plafond et la table de bois brut était toujours disposée près de l'unique porte.

Cynehild aida Kal à s'asseoir sur le banc de bois posé devant le feu et se laissa tomber à côté de lui, sonnée par les révélations de Luba. Elle avait sauvé la vie de son ennemi, un homme que Leofwine aurait sans nul doute considéré comme un adversaire à éliminer.

— Êtes-vous réellement Icebeard et non quelque double ressemblant ? lui demanda-t-elle en faisant fi de toute raison.

— Je n'ai hélas aucune raison de douter des paroles de votre ancienne servante, admit-il en prenant sa tête dans ses mains. Je ne sais même pas comment j'ai reçu ce surnom, ni même ce que j'ai fait pour obtenir ces terres. Cependant, mon instinct me dit que je ne suis pas sur ces rives depuis bien longtemps. Je ne crois pas être responsable de votre départ, à vous et à votre époux. Je ne *veux* pas en être responsable.

D'un geste nerveux, il serra sa main et elle répondit à sa brève étreinte. Ce qu'elle savait confirmait effectivement ce qu'il pressentait. Tout comme Moir, le mari d'Ansithe, Icebeard n'avait acquis ces terres qu'après l'instauration du traité de paix. D'ailleurs, c'est précisément parce que le domaine était resté longtemps sans seigneur qu'elle n'avait pu entreprendre ce voyage que dix-huit mois après le décès de son époux, quand le calme était enfin revenu sous l'autorité d'Icebeard.

Si elle avait fui, c'était à cause de l'invasion de la Grande Armée tout entière. Il n'en restait pas moins que Kal avait fait partie de cette armée ennemie. Brusquement, elle lui retira sa main. Un réflexe qui n'avait pas de sens parce que, après tout, elle savait depuis le début qu'il était un Viking. Un Viking, oui… mais pas le jarl en personne !

Que Dieu lui vienne en aide ! Elle aurait voulu haïr cet homme, mais il restait le même, celui qu'elle avait secouru, avec lequel elle avait échangé des confidences dans la nuit, celui qui lui demandait son aide. Hélas, elle ne pouvait s'en prendre qu'à elle-même. C'était son propre entêtement à secourir Kal qui l'avait mise dans cette situation. D'ailleurs, ce cher frère Palni ne manquerait pas de le lui rappeler à la première occasion.

— Comment vos attaquants pouvaient-ils savoir que j'étais attendue ? demanda-t-elle encore.

— Nous savions tous ici que vous deviez arriver d'un jour à l'autre, milady, intervint Luba en retirant le couvercle de la marmite pour laisser une bonne odeur de soupe se propager dans la petite chaumière.

— Alors l'objectif de cette attaque semble bien de faire disparaître le jarl Icebeard en me faisant endosser la responsabilité de sa mort. Dans ces circonstances, j'apparais comme la coupable idéale.

Kal releva le visage pour déclarer d'une voix sombre :

— Mon ennemi est fait de chair et de sang. Il faut le retrouver.

— Pour ma part, je vous répète solennellement ce que je

vous ai dit : quelles qu'aient pu être mes paroles au moment de quitter ces terres, ma famille et moi-même avons mis un point d'honneur à respecter le traité de paix. Aucun de nous ne s'en serait pris à vous. Je ne suis là que parce que vous m'avez promis de me laisser passer sur vos terres sans dommage afin d'honorer la promesse que j'ai faite à mon époux.

Sans dire un mot, Kal se leva lentement, puis il s'agenouilla devant elle pour déposer l'épée de Leofwine à ses pieds.

— Nous avons un ennemi commun, milady. Un ennemi qui a commis une erreur puisque vous m'avez sauvé. Je vous suis redevable, à vous et à vos hommes, et je compte bien payer ma dette.

Cynehild l'affronta du regard un instant puis la tension qui l'habitait se desserra légèrement. Elle ne lisait dans son beau regard que sincérité et détermination. Elle peinait toujours à admettre que cet homme puisse être Icebeard ; cependant, son instinct lui soufflait qu'elle pouvait se fier à lui.

Néanmoins, frère Palni insisterait pour qu'ils abandonnent immédiatement leur entreprise et rentrent à Baelle Heale sans avoir déposé l'épée de Leofwine dans l'église. Dès lors, elle n'aurait plus aucun espoir de retrouver le trésor. Échouer si près du but ? Non ! C'était impossible ! Hélas, elle peinait à esquisser la moindre idée pour se sortir de l'impasse ! Si elle ne proposait pas un plan logique et persuasif dans les prochaines secondes, son fils ne pourrait jamais devenir le guerrier accompli dont son mari avait rêvé : l'or qu'elle avait récupéré dans la grotte ne suffirait jamais à la formation de Wulfgar.

Avec un frisson, elle entendit le moine se racler la gorge.

— Ma dame, après mûre réflexion, je crois…

Par miracle, alors qu'il ouvrait la bouche pour parler, Kal l'interrompit de sa voix grave :

— Puis-je prendre la parole ? Quelqu'un tente de tirer avantage de votre visite pour créer de graves problèmes. Il ne fait aucun doute que mon ennemi de l'ombre ne connaîtra pas de repos tant que son objectif ne sera pas atteint. Je dois absolument trouver le ou les coupables, et pour cela, je requiers votre aide, Lady Cynehild, quoique je n'aie aucun droit de le faire.

— Nous savons surtout que celui qui en veut à la vie du jarl Icebeard cherche à vous rendre responsable de ses méfaits, ma dame ! s'exclama frère Palni avant qu'elle ait pu prendre la parole. Nous devons retourner de toute urgence auprès de votre père. Laissons les Danois régler leurs problèmes entre eux ! Vous avez bien vu qu'il était ici parmi ses amis et alliés.

Le moine avait parlé avec indignation et Cynehild leva le menton pour soutenir son regard.

— J'ai fait une promesse à mon défunt époux et je la tiendrai. Mon mari n'a jamais souhaité que ces terres qu'il chérissait subissent davantage d'épreuves. Peut-être, au moment où il a émis ce dernier souhait, était-il bercé par l'idée que les gens se soulèveraient contre leur nouveau maître en voyant son épée revenir auprès de ses ancêtres, mais, quand bien même cela serait, c'était avant le traité de paix. Je n'ai aucune envie de fomenter une rébellion. À mes yeux, la paix a bien plus de valeur que la possession de ces terres. La conclusion qui s'impose est sans appel : la personne qui vous veut du mal est forcément l'un de vos proches, Kal. Vous serez en danger si vous retournez dans cet état de faiblesse physique dans votre maison.

Kal tapota ses doigts sur le banc sans la regarder. Depuis la révélation de son identité, il lui paraissait plus sévère, plus froid, plus… distant.

— Je suis d'accord. Si je rentre ainsi, ils pourront sans peine frapper à nouveau, et cette fois, vous ne serez peut-être pas là pour me sauver.

— Je vous confirme que Lady Cynehild ne sera pas

là pour le faire, car elle sera partie ! intervint frère Palni avec emphase.

— Que faut-il faire, d'après vous ? interrogea-t-elle en ignorant l'éclat du moine. Vaut-il mieux faire savoir à tous que vous êtes bien vivant en dépit des rumeurs ou y aurait-il un autre moyen de circonvenir vos ennemis ?

Kal tendit la main vers elle et saisit ses doigts entre les siens. Une chaleur étrange se répandit aussitôt dans ses veines, remontant le long de son bras. Avec douceur, elle serra sa main et il la laissa aller.

— Comment le saurais-je ? Je ne sais même pas à qui je puis me fier. Je ne sais plus qui je suis, qui sont mes alliés et mes ennemis. Je… Ayez pitié de moi, milady.

Sa détresse était si évidente, si sincère, que Cynehild se sentit émue aux larmes.

— Je vous ai déjà promis mon aide, lui rappela-t-elle gentiment. Mon vœu reste inchangé : je resterai tant que le véritable coupable n'aura pas été démasqué. Mais notre première préoccupation, pour l'heure, est votre santé, conclut-elle en ignorant délibérément l'exclamation outragée de frère Palni.

— Merci. Merci infiniment. J'ai également besoin de temps pour que mes souvenirs reviennent, afin de me rappeler précisément comment tout est arrivé. Ensuite, nous pourrons élaborer un plan pour amener les coupables devant la justice.

— En règle générale, le coupable est celui à qui le crime profite le plus, soupira bruyamment frère Palni. Mais qu'est-ce qu'un simple homme de Dieu comme moi y connaît ?

Cynehild se retint de lever les yeux au ciel devant les plaintes du moine et demanda aussitôt :

— Savez-vous à qui votre mort profiterait ? Qui serait en bonne position pour hériter de vos biens si vous veniez à mourir ?

Kal haussa les épaules, l'air perdu.

— Je n'en ai hélas aucune idée. Le saurais-tu, Luba ?

Cette dernière se rengorgea, fière de son importance nouvelle :

— Votre cousin, Alff, sans aucun doute. Néanmoins, il est malade depuis le mariage de ma fille. Et puis, il n'est pas un meneur d'hommes. Il ne serait sûrement pas choisi par les hommes comme chef, mais peut-être le croit-il… Cela dit, il y en a d'autres qui pourraient vouloir vos terres, monseigneur. Vous êtes célibataire et sans enfants. Les gens parlent. Depuis qu'on vous a entendu dire lors du mariage de ma fille, voilà trois mois, que vous comptiez bientôt prendre femme, les paris sont allés bon train pour tenter de deviner l'identité de votre future épouse. Cette perspective a pu contraindre votre ennemi à passer à l'action plus vite.

— Me marier, vraiment ? répéta Kal d'un air stupéfait.

Cynehild ne put s'empêcher d'arborer un sourire satisfait : ces rumeurs de mariage tombaient très bien, en vérité…

Frère Palni poussa un soupir dramatique en se prenant la tête dans les mains.

— Ma dame, vous arborez à nouveau cette expression qui n'annonce que les ennuis ! Réfléchissez avant d'agir, je vous en conjure ! Vos sœurs vous supplieraient à genoux de ne pas vous précipiter dans de sombres manigances qui ne vous concernent pas. Rentrez auprès de votre jeune fils, par tous les saints !

Cynehild se redressa de toute sa hauteur. Il osait en appeler à ses sœurs ? Ansithe ne prenait que rarement le temps de soupeser ses actions, elle agissait, voilà tout. Et Elene était plus impétueuse encore ! Pour une fois, elle allait *agir*, exactement comme elles l'auraient fait !

Le plan qui avait pris forme dans son esprit lui semblait de plus en plus pertinent : de prétendues fiançailles entre Kal et elle serviraient parfaitement leurs desseins. Cela lui ouvrirait des perspectives inespérées : si elle ne trouvait pas immédiatement le trésor caché, elle aurait ainsi le temps d'aller prier seule dans l'église sans éveiller les soupçons puisqu'elle serait désormais, aux yeux de tous, la fiancée du jarl.

Et puis, la situation lui permettait par ailleurs d'apaiser ses dernières réticences morales. En effet, Kal serait si reconnaissant d'avoir repris possession de ses terres grâce à elle, qu'il la laisserait repartir en paix avec l'or qui revenait de droit à Wulfgar. Elle pourrait tout lui avouer. Oui, dès que sa situation serait rétablie et qu'elle aurait retrouvé l'or, elle n'aurait plus à mentir.

Le fait qu'il soit Icebeard se révélait finalement une opportunité, un signe de plus qu'elle faisait bien de lui apporter son soutien. Et puis, ce n'était pas comme si elle comptait réellement l'épouser. Ce n'était rien de plus qu'une histoire qui leur permettrait de surmonter leurs difficultés respectives.

Menteuse. Le murmure qui monta en elle la glaça mais elle choisit de l'ignorer aussitôt.

— Nous utiliserons nos fiançailles pour expliquer la soudaine absence de Kal, déclara-t-elle avec un sourire de triomphe.

Devant l'expression médusée des trois autres, elle tenta de se persuader que le choc manifeste de Kal n'avait rien de vexant.

— Nous pourrions dire que nous avions un accord de principe concernant ces fiançailles mais que nous voulions d'abord nous rencontrer avant d'officialiser la nouvelle. Cela expliquerait parfaitement que le jarl ait ri en entendant parler de ces paris sur son prochain mariage, puisque personne n'aurait pu deviner qu'il s'agissait de moi. Ce serait une décision parfaitement logique pour tisser une paix durable entre le peuple saxon et le nouveau seigneur viking.

Pour toute réaction, frère Palni lâcha une bordée de jurons qu'un moine aurait dû effacer de sa mémoire en prononçant ses vœux.

— Je finis par me demander si ce n'est pas plutôt vous qui avez reçu un coup à la tête ! Ma dame, songez à ce que vous dites ! Vous êtes en train de parler d'épouser un Viking ! Et pas n'importe lequel, celui-là même qui a pris les terres de votre époux ! Leofwine doit être en train de se retourner dans sa tombe. La réputation d'Icebeard va bien au-delà de ce domaine, comme chef de guerre, il est d'une dureté sans pareille. Il ne fait pas de quartier !

— Quelle belle opinion vous avez de moi, moine, lâcha sèchement Kal. Je croyais que votre Christ enseignait la patience et le pardon.

— C'est aussi bien pour vous que vous soyez blessé et que je sois désormais un homme voué à Dieu, Viking, sans quoi nous nous affronterions en combat singulier !

— Je ne demande que cela !

— S'il vous plaît ! Vous quereller de la sorte ne fait que donner l'avantage à notre ennemi commun, s'exclama Cynehild en levant les mains pour obtenir le silence. Gardez votre calme, frère Palni. Je n'ai aucune intention d'épouser réellement le jarl Icebeard. Nous avons seulement besoin d'annoncer nos fiançailles, la supercherie ne durera que le temps de démasquer son ennemi. Nous tendrons un piège pour le capturer dès que Kal sera suffisamment remis pour rentrer chez lui.

— Mais qu'y gagnez-vous, ma dame ? J'ai beau y réfléchir, je ne saisis pas. Vous allez vous retrouver fiancée sans intention de vous marier. Alors que votre père n'est même pas informé !

— J'y gagne la justice.

— Pour un Viking ? Seigneur ! Je vais tenir ma langue et prier pour qu'une intervention divine vous ramène à la raison.

— Vous ne comprenez pas, frère Palni. Je gagne à n'être pas injustement accusée d'avoir voulu commencer un conflit, d'une part. D'autre part, je serai en mesure d'accomplir le vœu de mon époux. Si je me rendais seule maintenant déposer l'épée de Leofwine dans l'église du village, je serais aussitôt accusée d'avoir fomenté sa disparition. Ou bien blâmée pour ses blessures si jamais il vient avec moi.

Le moine ne se dérida pas en dépit de ces explications tout à fait légitimes.

— Votre père n'approuverait nullement.

— D'après la loi saxonne, en tant que veuve, je suis autonome et je peux contracter moi-même des alliances. En conséquence, le point de vue de mon père sur la question n'a que peu d'importance.

— Je vous en conjure, ma dame. Acceptez de rentrer à Baelle Heale. Vous avez fait presque tout ce que Leofwine vous a demandé. Laissez cette femme déposer l'épée en votre nom auprès de ses ancêtres. Retournez auprès de votre fils. Il a besoin d'une mère – vivante !

Cynehild ne baissa pas les yeux pour affronter le regard du prêtre.

— Ma promesse faite à Icebeard me l'interdit.

À sa grande surprise, Kal intervint, la voix altérée :

— Milady, votre moine a raison : vous risquez votre vie pour un étranger.

— J'ai confiance en vous pour me protéger. Vous avez fait le vœu de mettre votre épée à mon service. Ce serment tient-il toujours ?

— Plus que jamais !

Cette fois, c'en fut trop pour frère Palni qui quitta la chaumière en tempêtant. Sans se troubler, Kal se leva pour déclarer :

— Je suis honoré par la confiance que vous me portez et j'accepte votre proposition avec la plus grande humilité. Devons-nous sceller notre accord d'un baiser ?

— Un baiser ? balbutia Cynehild. Il ne s'agit que de fiançailles de convenance.

L'ombre d'une fossette apparut au coin de sa belle bouche lorsqu'il déclara :

— Si quiconque me pose la question, je dois tout de même être en mesure d'affirmer que j'ai embrassé ma fiancée. Rester au plus près de la vérité est la meilleure garantie que notre subterfuge fonctionne, n'est-ce pas ?

Le cœur battant, Cynehild hocha la tête et fit un pas vers lui.

— Une sage précaution, en effet, souffla-t-elle en se haussant sur la pointe des pieds avec l'intention de déposer un chaste baiser sur sa joue.

Cependant, il l'entoura de ses bras et prit ses lèvres. Cela ne dura pas plus d'un instant, suffisamment néanmoins pour qu'une chaleur traîtresse se répande dans tous ses membres, de la pointe de ses pieds au sommet de sa tête. Un long frisson la parcourut.

Déjà, il l'avait relâchée et hochait solennellement la tête.

— C'est ainsi que j'embrasserai ma future épouse.

Troublée, Cynehild passa la langue sur ses lèvres qui brûlaient de sentir encore la caresse des siennes. Elle devait s'éloigner, retourner auprès de frère Palni ! Hélas, ses jambes la portaient à peine. Elle se força à raffermir ses genoux tremblants pour s'écarter de quelques pas.

— Nous voilà fiancés…, souffla-t-elle d'une voix plus essoufflée qu'elle ne l'aurait voulu.

— Vous et le jarl Icebeard fiancés…, répéta Luba. Qui aurait pu imaginer cela ? Je me demande si les paris sont encore ouverts.

Kal ôta de son manteau l'une de ses broches et la pressa dans la main de la femme.

— Garde mon secret et tu en auras une autre quand tout sera terminé.

Luba secoua la tête.

— Si quelqu'un me voit avec un tel bijou, on croira que j'ai quelque chose à voir avec votre disparition !

— Garde-la soigneusement cachée pour l'heure, dit Cynehild. Et ne parle à personne de la blessure du jarl.

— Pas même à ma famille, milady ?

— Surtout pas à eux, confirma-t-elle avec autorité. Ils travaillent dans la maison du jarl et il faut à tout prix que son attaque demeure secrète.

— Très bien, alors je ferais mieux de trouver tout de suite une cachette, acquiesça la femme en quittant la pièce.

Cynehild sentait sur elle le regard insistant de Kal, qui finit par demander à voix basse pour n'être entendu que d'elle :

— Que se passera-t-il quand nous aurons découvert le ou les coupables et que nous les aurons amenés devant la justice ?

— Eh bien, nous repartirons chacun de notre côté et reprendrons le cours de nos vies respectives, répondit-elle en affermissant sa voix. Vous en tant que jarl, moi en tant que veuve.

Elle conclut cette déclaration d'une petite toux embarrassée, troublée par le regard impénétrable qu'il posait sur elle. Que pensait-il en cet instant ?

— Je me plierai donc à vos conditions, accepta-t-il en s'inclinant. Nos fiançailles dureront jusqu'à ce que nos objectifs aient été atteints.

Il captura sa main et y posa les lèvres. Elle écarta un peu trop précipitamment ses doigts.

— Encore un baiser ? balbutia-t-elle.

— Ce second accord devait bien être scellé par un autre baiser, milady. Je souhaite que nous trouvions bien d'autres accords à sceller à l'avenir.

Cynehild ignora la tension au creux de ses reins. Elle devait résister à son petit sourire et à son regard entendu. Elle n'allait pas tomber dans ses bras. Son cœur appartenait à Leofwine, même si force était de reconnaître que la glace qui l'avait emprisonnée depuis sa mort était en train de fondre sous l'effet des belles paroles et des baisers de Kal.

— Je pense qu'un troisième accord se révélera inutile, affirma-t-elle avec une conviction forcée.

— Permettez-moi tout de même d'en caresser l'espoir.

— Que voulez-vous que je fasse à présent, ma dame ? intervint frère Palni fort à propos en revenant à l'intérieur. Quelqu'un aura nécessairement remarqué la présence de vos hommes dans les alentours et on posera des questions. Sans vouloir anéantir votre plan, je ne peux m'empêcher de lui voir de nombreux défauts. N'auriez-vous pas dû en discuter sérieusement avant de… ?

Cynehild n'était pas d'humeur à subir une nouvelle salve de reproches, aussi l'interrompit-elle pour distribuer ses consignes :

— Retournez à Baelle Heale afin de rassembler plus d'hommes. Nous pourrions avoir besoin de leurs armes. Sans le chariot, vous irez bien plus vite.

— Mieux vaudrait que je me rende auprès de Lord Moir dans ce cas. La route n'est guère plus longue et j'y trouverai plus d'hommes. Je répète que vous devriez venir avec moi, quoique je sache déjà que vous ne m'écouterez pas. Vous êtes trop entêtée pour votre propre bien.

— Ne pourriez-vous faire les deux ? Demander l'aide de Moir d'abord, puis vous rendre à Baelle Heale ? J'aimerais que vous fassiez parvenir un message à mon fils. Je voudrais que vous le lui remettiez vous-même. Sans compter que père Oswald pourrait avoir connaissance d'un remède pour aider à recouvrer la mémoire.

Cynehild fit de son mieux pour contenir le chagrin qui lui serrait le cœur à l'idée de ne pas rentrer vers son fils. Elle voulait prendre son tout-petit sur ses genoux et sentir son odeur. Ce n'était pas le moment de faiblir ! Elle agissait dans son seul intérêt ! Elle devait s'y tenir !

Frère Palni parut encore plus contrarié, si c'était possible.

— Nous ne devrions pas perdre un temps aussi précieux,

ma dame ! Cela rallongera grandement mon voyage et je refuse de vous laisser seule avec ce…

— Non ! coupa-t-elle fermement. Je veux que vous vous rendiez auprès de Wulfgar. Promettez-le-moi. Après réflexion, vous irez d'abord à Baelle Heale, de la sorte, vous ne risquez pas de vous perdre en coupant à travers des terres que vous ne connaissez pas.

Vaincu par la force de sa détermination, le moine baissa la tête en signe d'assentiment.

— Où m'attendrez-vous le temps que je revienne ? À la grotte ?

Cynehild se tourna vers Luba qui était revenue sans la broche.

— La chaumière du charbonnier est-elle toujours vide ? Celle qui se trouve au milieu des bois ?

— Vous vous rappelez cet endroit, milady ! Je n'y ai plus seulement pensé depuis que le vieil homme est mort ! Il était bien trop solitaire à mon goût, celui-là ! Sa chaumière est toujours vide, d'après ce que j'en sais. Vous êtes incroyablement intelligente de vous en être souvenue !

— Parfait, dans ce cas, nous y resterons à l'abri en attendant votre retour, frère Palni. Cela me semble bien plus raisonnable que de chercher refuge dans la grotte. Nous y serons bien pour les quelques jours qu'il vous faudra pour revenir.

Le moine ne manqua pas de maugréer de nouveau mais il finit par accepter à demi-mot. Kal et Cynehild échangèrent un regard et elle détourna aussitôt les yeux en devinant son petit sourire complice.

— Ma fortune a tourné le jour où je vous ai rencontrée, Lady Cynehild. Tout comme Luba, j'admire votre bon sens et votre sagacité. J'admets qu'une journée de plus dans cette maudite charrette aurait sûrement eu raison de moi.

Avant leur départ, Luba rassembla quelques provisions et leur donna autant d'informations qu'elle le put. Pendant ce temps, frère Palni et ses hommes déposaient le nécessaire dans le chariot.

Comme elles se trouvèrent seules un instant, Luba se pencha vers elle pour murmurer :

— Ce ne serait pas une mauvaise chose que vous l'épousiez pour de bon, milady, maintenant que j'y réfléchis. Il est fort bel homme et il vous traiterait bien. J'ai bien vu la façon dont il vous a embrassée. Et puis, je connais quelques philtres d'amour qui pourraient se révéler utiles.

Au même instant, Cynehild observait la façon dont le soleil de l'après-midi accentuait les méplats du beau visage de Kal. Sa peau couturée de cicatrices plus ou moins anciennes n'enlevait rien à son charme viril, bien au contraire. Elle admira la façon dont il se déplaçait tandis qu'il apportait son aide à frère Palni en portant des coussins de plume plutôt que de rester assis malgré ses blessures.

Aussi ne put-elle s'empêcher de rougir en entendant la suggestion de Luba. Cependant, rien ne pouvait effacer la triste vérité : cet homme demeurait un ennemi tant qu'elle n'avait pas récupéré l'or qui revenait à Wulfgar. Si elle acceptait de jouer son rôle dans cette mascarade, c'était uniquement pour son fils et pour épargner à son ancien peuple la douleur de nouveaux affrontements. Certainement pas parce qu'elle songeait sérieusement au mariage avec lui.

— Cela n'arrivera pas, assura-t-elle tout haut comme pour mieux couvrir la petite voix en elle qui lui rappelait sa mauvaise foi.

Kal posa sur la chaumière de guingois un regard peu flatteur. Son foyer, lorsqu'il était enfant, n'était guère plus grand que cette cahute branlante. Le confort n'y serait sans doute pas meilleur que dans la grotte, toutefois il était d'accord avec Cynehild : il serait plus simple de s'approvisionner en étant ainsi cachés à proximité du village. Luba pourrait leur apporter le nécessaire. Et puis, il y avait une grange à demi effondrée qui permettait de cacher le chariot.

Malgré la fatigue, il tenta une fois de plus de mettre ses pensées au clair. Cynehild se mettait en danger en acceptant de le protéger, néanmoins il n'était plus certain de connaître la véritable raison d'une telle attitude. Il lui était sincèrement reconnaissant et il ne doutait nullement de sa bonté, toutefois il préférait ne pas se flatter outre mesure en allant s'imaginer qu'elle caressait secrètement l'idée de se voir récompensée en devenant femme de jarl. Non, c'était autre chose qui la poussait à agir.

Il y avait à sa visite une cause qu'elle tenait à garder secrète, il en était certain. D'ailleurs, il avait la sensation tenace de connaître cette cause, hélas, comme à chaque fois, sa mémoire, sur le point de s'éclaircir, demeurait inexorablement voilée. Inutile de compter sur ses souvenirs, il allait devoir trouver un autre moyen de la conduire à révéler son secret.

Cependant, il jouait là un jeu dangereux. Le souvenir de sa bouche douce et tremblante sous la sienne ne le quittait pas un instant et son corps tout entier brûlait de ressentir à nouveau l'ivresse incroyable de ce baiser. Il voulait cette femme. Il la désirait avec une force implacable qui l'inquiétait.

Seulement, il faudrait, pour voir son désir satisfait, que ce soit elle qui vienne à lui. Non seulement il n'était pas homme à s'imposer à une femme – il en était certain –, mais en outre Cynehild semblait particulièrement tenir à son indépendance et à sa liberté d'action face aux hommes. Elle vivrait sans doute toute entreprise de séduction trop poussée comme une atteinte à sa liberté. Cette femme aussi courageuse que volontaire voulait prendre ses propres décisions et il ne l'en admirait que plus.

— L'endroit vous paraît convenir ? demanda-t-elle en le rejoignant à l'intérieur.

Ses cheveux dorés s'étaient échappés de sa coiffe et elle

portait une trace de boue sur la joue droite. Kal la trouva plus belle que jamais. Il émanait d'elle cette aura incroyable, une sorte d'éclat presque magique qui lui coupait le souffle. Dans ces moments-là, il se demandait si elle n'était pas bel et bien l'un de ces anges chantés par les chrétiens.

Comme il tardait à répondre, subjugué, elle reprit d'un ton hésitant :

— Quoiqu'elle n'ait plus été utilisée depuis quelques années, le toit ne semble pas en trop mauvais état. Dès demain, mes hommes entreprendront de rendre cet abri encore plus sûr.

Kal leva enfin les yeux. De fait, il y avait seulement quelques trous dans le chaume.

— Cette chaumière devra être rebâtie convenablement après notre départ. J'ai du mal à croire que je n'ai pas été informé de son existence et de son délabrement par le passé.

— Comment savez-vous que vous n'en étiez pas informé ?

— Parce que je connais la valeur d'un bon abri.

Il s'efforça de ne plus penser au taudis où il avait grandi. Un endroit comme celui-ci aurait tant signifié pour lui et les siens et il l'aurait laissé ainsi se dégrader ? Il se refusait à le croire. En effet, si c'était le cas, quelle sorte de chef était-il ?

— Permettez-moi une question franche, milady. Faites-vous tout cela simplement pour déposer l'épée de votre défunt mari dans l'église ?

Les mains légèrement tremblantes, elle se mit en devoir de trier les herbes que lui avait données la servante sur la table branlante.

— Je n'ai pas voyagé jusque-là pour abandonner si près du but.

Comme l'un de ses hommes arrivait avec une brassée de fougères et un autre avec des oreillers de plume, elle en profita pour s'éloigner en leur distribuant ses ordres. Il resta un instant immobile, fasciné par le mouvement de ses jupes autour de ses jambes, qui lui permit d'entrapercevoir ses fines chevilles.

La voix de Luba, qui les avait accompagnés pour les aider à s'installer, le tira de sa rêverie :

— Lady Cynehild a été une excellente épouse pour mon précédent seigneur. L'avoir pour femme ne serait pas une mauvaise chose, croyez-moi. Et puis, sa silhouette est plaisante, n'est-ce pas ?

Elle installa des fourrures sur les fougères qu'elle venait de disposer au sol pour constituer une couche.

Un mariage avec ce bel ange de lumière qui lui avait sauvé la vie ? L'idée était plus que tentante… Seulement, la douleur qui l'avait atrocement fait souffrir à son réveil, aussi vivace qu'au lendemain de la mort de Ranka et de leur fils, avait beau s'être légèrement apaisée depuis qu'il avait quitté la grotte, elle lui semblait encore trop forte pour qu'il envisage de renouer une telle relation.

D'autant que le mariage avait de quoi l'effrayer. Au début, avec Ranka, tout n'avait été que passion : aux disputes passionnées succédaient des retrouvailles plus passionnées encore. Puis, peu à peu, son impatience de retrouver sa femme s'était muée en appréhension, car il ne savait jamais dans quelle humeur elle serait à son retour. Peu avant sa mort, elle se montrait constamment revêche, lui reprochant sans cesse son manque d'ambition quand il faisait tout son possible pour sortir de la misère. Ce n'était pas la relation maritale dont il avait rêvé.

Ce qu'il voulait, si jamais il se remariait, c'était trouver une partenaire pour partager ses doutes et ses victoires, pour échanger des confidences, quelqu'un aux côtés de qui il pourrait vieillir paisiblement.

— Je t'assure que je n'ai nul besoin d'une marieuse, répondit-il enfin. Je prendrai pour femme celle que j'aurai choisie – j'imagine que tu m'as déjà entendu répéter cette phrase, non ?

Luba terminait déjà de disposer les fourrures.

— Au mariage de ma fille, vous avez admis devoir vous marier bientôt afin d'avoir des fils. Votre cousin Alff a répliqué qu'il fallait alors vous assurer d'en prendre une qui puisse porter des enfants forts et en bonne santé. Vous avez approuvé. Or, Lady Cynehild a un bel enfant. C'est une femme vigoureuse qui en portera bien d'autres, si Dieu le veut. Je dis seulement que cela vaut la peine d'y penser, jarl. Méditez le destin que vous voulez pour vous.

Kal se raidit en songeant que la commère avait sans doute fait le même genre de remarque à Cynehild. Il ne s'étonnait plus qu'elle ait paru plus nerveuse qu'une jument tout à l'heure.

— Je ne ferai aucun plan pour mon avenir tant que je n'aurai pas repris le contrôle de mon domaine et puni le coupable. J'ai besoin de temps pour guérir, grâce aux bons soins de Lady Cynehild, et de temps pour réfléchir à ce qu'il convient de faire pour redevenir le jarl Icebeard.

Luba fit une révérence.

— Je comprends, monseigneur. Sachez que vous pouvez compter sur moi et les miens.

— Tant mieux. Maintenant, retourne à ta chaumière et vaque à tes affaires comme si de rien n'était pour ne pas éveiller la curiosité des autres villageois. Garde le secret et tu obtiendras plus d'or.

La femme obéit avec empressement et Kal la regarda s'éloigner en espérant qu'il faisait bien de se fier à elle. Elle semblait certes loyale, mais les apparences pouvaient être trompeuses.

— Quelle commère ! Elle veut à tout prix jouer les marieuses ! tempêta Cynehild en arrivant dans la chaumière un instant après le départ de la villageoise. En dépit de sa promesse de garder le silence, je suis certaine qu'elle va chercher à placer un pari sur nous !

Kal fit de son mieux pour ne pas rire devant cet accès de

colère. Elle était adorable ainsi, les joues rouges d'embarras et de rage mêlés, les mains plantées sur ses hanches rebondies.

— J'en conclus que vous avez entendu le contenu de notre conversation ?

Elle interrompit les cent pas furieux qu'elle venait d'entamer.

— Luba a toujours eu une tendance à se mêler des affaires des autres, mais là, on frôle le ridicule. Elle a caché des herbes qui empêchent le ventre des femmes de s'arrondir parmi celles que je lui ai demandées pour soigner votre blessure ! Je… Je veux que vous sachiez, Kal, qu'en dépit de ses insinuations, je n'ai aucune intention de vous épouser, ni… quoi que ce soit d'autre qu'elle aurait pu suggérer.

Le rouge lui monta aux joues et elle se mordilla la lèvre en un geste délicieusement tentateur dont elle ignorait de toute évidence l'effet immédiat qu'il eut sur lui. Kal lutta contre l'envie brutale de l'attirer sur les fourrures.

— Ce que j'essaie maladroitement de dire, c'est que notre relation devra rester strictement platonique malgré les apparences.

Platonique… Le mot lui fit l'effet d'un coup de massue. La main qu'il était sur le point de tendre vers elle resta immobile. Cynehild et lui étaient liés par une attraction puissante qu'elle préférait à l'évidence nier. Mais il l'avait sentie frémir de volupté sous son baiser.

— Nous trouverons une excuse pour justifier notre séparation quand le temps viendra, assura-t-il d'un ton calme.

— Je… Très bien. Je voulais simplement m'assurer que vous compreniez entièrement la situation.

— Je comprends. Toutefois, il devra y avoir un peu d'affection dans nos rapports si nous voulons convaincre nos peuples que nous avons accepté de nous rencontrer en face à face pour discuter de nos fiançailles.

— Il n'y avait pas de tels gestes d'affection au début avec mon mari, protesta-t-elle. C'était une union arrangée par mon père. L'affection et la tendresse sont arrivées plus tard, alors, j'ai su que mon cœur n'appartiendrait plus jamais à un autre homme.

Kal serra les mâchoires lorsqu'un éclair de jalousie l'assaillit. Tandis que l'intimité n'avait fait qu'attiser agacement et mépris de la part de Ranka, Cynehild semblait avoir été sincèrement éprise de son époux. Ce qui signifiait qu'il lui faudrait combattre un fantôme pour la séduire et la convaincre de profiter de l'incroyable attraction physique qui existait entre eux. Il ne lui restait plus qu'un seul espoir : que la belle dame découvre, avant que leurs chemins ne se séparent, qu'elle n'avait pas enterré tout son cœur auprès de ce Leofwine.

— Votre dévotion envers votre mari perdure par-delà la tombe.

— Ce n'est pas seulement cela. J'ai un fils à élever, je veux qu'il devienne un guerrier qui aurait forcé l'admiration de son père. Je dois me consacrer exclusivement à lui.

— Pourtant, vous n'êtes pas venue avec lui…

Il la vit se fermer et comprit qu'il l'avait malencontreusement blessée.

— Voyager peut être très dangereux. Sa sécurité est la première de mes inquiétudes. Le garder auprès de moi dans une telle entreprise aurait été une bien piètre idée. Et puis, il doit bientôt commencer un entraînement sérieux, et rester dans les jupes de sa mère n'est pas le meilleur moyen de l'y préparer. Mais il me manque douloureusement à chaque instant.

Quoiqu'il ne doutât pas de son amour maternel, son discours lui parut une fois de plus… récité, comme lorsqu'elle parlait de son époux. Craignait-elle qu'il ne se fasse de fausses idées sur elle ? N'essayait-elle pas plutôt de lutter contre elle-même en multipliant de la sorte de prétendues bonnes raisons de ne pas céder au désir évident qui existait entre eux. Malgré la grande proximité qu'il ressentait dans leurs échanges, Cynehild semblait toujours vouloir dissimuler ses véritables sentiments et émotions.

Il tenta de se concentrer sur ses souvenirs. Pourquoi avait-il accepté qu'elle vienne sur son territoire en premier lieu ? Que voulait-il d'elle ? Il n'avait pu inviter la veuve de son ennemi sans une bonne raison. Il pressa ses doigts sur ses tempes.

— Vous êtes pâle, s'alarma-t-elle soudain. Vous en avez trop fait aujourd'hui. Si vous ne vous allongez pas tout de suite, mes hommes vous y contraindront.

Il leva un sourcil amusé.

— Croyez-moi, je serai plus tenté de me soumettre à vos ordres si vous les enrobez de miel plutôt que de vinaigre. Que diriez-vous d'une douce promesse ? Comme : « Allez au lit, Kal, et je viendrai vous border. »

— J'y songerais… si vous aviez quatre ans.

— Malgré mon âge vénérable, j'aime toujours être accompagné au lit. Alors, qu'en dites-vous, milady ?

Elle rougit.

— Cessez de me distraire. Mon fils s'y essaie sans arrêt en pure perte. Vous avez besoin de repos immédiat.

Kal voulut se lever de sa chaise mais sa vision s'obscurcit et il retomba lourdement sur le siège.

— Le soleil sur mon visage me réchauffe agréablement, marmonna-t-il. Je vais rester assis un moment et réserver le lit pour plus tard, quand ma fiancée sera d'humeur plus indulgente.

Il croisa les bras sur son torse et ferma les yeux pour éviter toute protestation. Il entendit la jeune femme pousser un soupir avant de concéder :

— Jusqu'à ce que le chariot soit déchargé, vous pouvez rester là. Mais n'abusez pas de ma patience, vous perdriez.

Il entendit les claquements déterminés de ses chaussures s'éloigner sur les pierres du chemin.

— Viking ! Je sais que vous êtes éveillé !

La voix de stentor du moine retentit avant qu'il ne laisse quelque chose tomber sur le plancher avec fracas.

Kal entrouvrit un œil pour le refermer aussitôt.

— Vous avez peut-être trompé ma dame avec vos jolis mots et vos regards séducteurs mais vous ne m'aurez pas, moi. Je sais quel genre d'homme vous êtes. Si quoi que ce soit devait lui arriver – quoi que ce soit –, je viendrai vous chercher. Et croyez-moi, vous préférerez être mort sur cette colline. Mes talents au couteau sont indubitables.

Kal se redressa nonchalamment sur son siège. Si quoi que ce soit arrivait à Lady Cynehild, frère Palni n'aurait pas le temps d'agir, car il se chargerait lui-même de l'agresseur. Mais il n'allait tout de même pas manquer une occasion d'exaspérer le moine indiscret.

— Les prêtres chrétiens ne sont-ils pas supposés prononcer des vœux de paix et de charité ?

L'air belliqueux, l'homme de Dieu approcha son visage du sien dans une tentative d'intimidation risible quoique courageuse.

— Il m'arrive parfois de ne pas parvenir à respecter scrupuleusement mes vœux.

— Hum… Je ne manquerai pas de garder vos mots à l'esprit, frère Palni. Faites bon voyage !

Sur un dernier regard noir, le moine s'éloigna, son habit sombre agité par ses grands pas irrités.

— Permettez-moi de tenter une dernière fois de vous convaincre de me suivre, ma dame, commença frère Palni.

Debout près de son cheval, il arborait un visage plissé d'inquiétude.

— C'est inutile. J'ai donné ma parole au jarl et à Dieu lui-même de veiller sur lui. Je sais que vous considérez une telle promesse comme parfaitement déraisonnable, il n'en reste pas moins que je refuse de l'abandonner à un destin incertain.

Comme frère Palni semblait plus malheureux encore, elle posa une main rassurante sur son bras. Rien de ce qu'elle aurait pu dire ne l'aurait convaincu du bien-fondé de sa décision. Lui aurait-elle parlé de l'or enfoui qu'il n'aurait sans doute pas compris son insistance. Comment comprendre, en effet, que l'or caché dans l'église représentait bien plus à ses yeux qu'une simple richesse matérielle ? C'était l'ultime présent de Leofwine à son fils et la preuve que, dans son dernier souffle, il avait tenu à assurer l'avenir de Wulfgar. Cynehild comprenait également ce dernier vœu comme un témoignage de confiance envers elle – enfin, il avait montré qu'il la croyait capable de donner un avenir à leur fils, et pas seulement de s'occuper du foyer. Il était impensable qu'elle trahisse une telle confiance. Or, si elle se soumettait aux suppliques du prêtre, c'est exactement ce qu'elle ferait.

— Pourquoi quelqu'un d'autre ne pourrait-il se charger de l'épée ? tenta-t-il encore.

— Ce ne serait pas pareil et vous le savez tout comme moi, frère Palni.

— Vous êtes en grand danger, ma dame. Kal Randrson vous a déjà menti – il a préféré taire sa véritable identité jusqu'à ce qu'il ne puisse plus la cacher. Et je peux vous le dire sans l'ombre d'un doute, personne n'obtient le pouvoir et la réputation d'Icebeard en faisant preuve de scrupules. Il joue avec vous. Alors pourquoi garder votre parole d'honneur face à un homme qui en est de toute évidence dépourvu ?

— Eh bien, frère Palni, mieux vaut que je n'informe pas Moir de ce que vous pensez des hommes devenus jarls !

— Les circonstances dans lesquelles le mari de votre sœur est parvenu au pouvoir sont tout à fait particulières et vous le savez fort bien. Le jarl Icebeard, en revanche…

— Je crois qu'il préfère être appelé Kal. Icebeard est le nom d'un géant de glace qui l'effrayait lorsqu'il était enfant.

— Peu importe ! Cet homme veut plus de vous que ce que vous êtes prête à lui donner, ma dame. J'ai vu la façon dont il vous regardait… Il vous convoite.

Pour maîtriser le trouble que ces mots faisaient naître en elle, Cynehild laissa la colère l'envahir :

— Vous commencez par me considérer comme une vieillarde incapable de séduire un homme, et maintenant vous affirmez que ce pauvre homme blessé ne peut contrôler sa concupiscence face à moi ! Il faudrait vous décider, frère Palni ! Et puis, si c'est là ce qui vous inquiète, je ne suis plus une jeune fille innocente qui perdrait la tête pour un beau visage.

— Cela reste à voir, répliqua-t-il sombrement.

Cynehild se massa les tempes en fermant les yeux pour contenir son exaspération. Kal voulait-il réellement plus qu'elle n'était prête à donner ? La désirait-il comme frère Palni semblait le croire ?

Le moine tritura rageusement son rosaire tout en maugréant à propos de la folie des femmes qui se mêlaient de politique.

Comme si souvent par le passé, Cynehild dut prendre sur elle pour ne pas hurler sa frustration. Leofwine avait à maintes reprises adopté cette même attitude condescendante au cours de leur mariage. Afin de préserver l'harmonie de leur relation, elle avait appris à ravaler ses opinions. Seulement, Leofwine n'était plus et il était hors de question qu'elle fasse taire sa volonté concernant cette expédition.

— Je vous prie de ne pas oublier à qui vous vous adressez, frère Palni, reprit-elle d'un ton sec. Et vous feriez aussi bien de vous rappeler que je suis moi aussi douée de raison.

— Pardonnez mon offense, ma dame. Je peine toujours à comprendre ce que vous espérez accomplir. Cette femme a-t-elle vu juste ? Souhaitez-vous que ces fiançailles fictives se concluent par un véritable mariage ? Voulez-vous redevenir la maîtresse de ces terres ? Est-ce pour cela que vous avez tant insisté pour venir sans votre fils ? Dieu me commande de toujours dire la vérité si elle peut aider, or, en l'occurrence, il me semble important de vous dire que, quoique vous soyez encore pleine de charme, vous n'êtes plus dans votre prime jeunesse. Icebeard ne verra sans doute aucun inconvénient à vous mettre dans son lit, mais de là à vous épouser…

Blessée et outragée, Cynehild articula d'un ton froid :

— Je n'ai pas un instant songé à ces fiançailles avant qu'il nous faille trouver une excuse pour rester ensemble afin de nous protéger mutuellement ! Pourquoi les gens persistent-ils à penser que je souhaite me remarier ? Et pourquoi personne n'accepte que je puisse prendre mes propres décisions ?

— C'est seulement que… vous n'êtes pas entrée dans les ordres à la mort de votre époux, ma dame. La plupart des femmes qui souhaitent rester veuves dévouent leur vie à Dieu, à son Église et aux bonnes œuvres.

— Pas alors que j'ai un jeune fils sur lequel il me faut veiller ! Et je n'ai par ailleurs jamais caché que je n'ai pas suffisamment la vocation pour devenir religieuse.

Elle appréciait sincèrement le réconfort de la religion, et la prière lui avait été d'un grand secours quand Leofwine avait été capturé. Néanmoins, elle savait les heures interminables que les religieuses passaient à genoux, dans le silence absolu, et cette vie-là n'était certainement pas pour elle !

— Je vous en prie, frère Palni, accordez-moi le droit de choisir mon chemin, pria-t-elle en se radoucissant.

— Je pense seulement à vous, ma dame. Même avec ce Viking à vos côtés, vous risquez d'être blâmée pour ce qui lui arrive. Je ne voudrais pas que toute cette histoire s'achève sur un goût de malheur pour vous.

— Devez-vous toujours être si pessimiste ? Nous pourrions aussi bien gagner un nouvel allié de poids dans cette histoire.

Elle s'approcha pour lui parler à voix basse et lui remettre la pochette remplie de pièces d'or.

— Remettez ceci à Elene pour qu'elle le cache. Wulfgar pourrait en avoir besoin bientôt.

— Dieu tout-puissant ! Les Vikings n'apprécient guère de se voir ainsi déposséder de leur or ! souffla le moine en blêmissant.

— Il ne s'agit pas de *son* or. Il appartient à mon fils.

Malgré son regard méfiant, le moine hocha la tête.

— Mon pessimisme, comme vous l'appelez, m'a bien souvent tiré d'un mauvais pas, mais je ferai comme bon vous semblera et je m'abstiendrai de vous demander où, exactement, vous avez pris cet or.

Le moine monta en selle après avoir attaché le sac à sa ceinture. Il lança un dernier regard vers la chaumière avant de tourner son regard vers elle.

— Je reviendrai bientôt, ma dame. Soyez prête à partir sans délai. Et restez aussi loin que possible de la demeure du jarl.

— Je partirai quand mon entreprise sera accomplie, répliqua-t-elle en levant le menton. Allez maintenant, avant que vous ne soyez découvert. Plus vite vous partirez, plus vite vous serez de retour.

Comme frère Palni ouvrait la bouche, sans nul doute pour émettre de nouvelles protestations, elle se détourna. Inutile de lui laisser voir à quel point son manque de confiance la blessait.

Chapitre 5

Comme elle retournait à l'intérieur de la chaumière après le départ de frère Palni et d'une partie de ses hommes, Cynehild prit brutalement conscience de l'énormité de ce qu'elle avait fait. Soudain, le souffle lui manqua.

Seulement, elle refusait de laisser ses peurs la pétrifier. Après tout, elle avait déjà dû affronter de bien plus grands dangers lorsque la horde barbare avait menacé Baelle Heale. Avec l'aide de ses sœurs, elles avaient défait les envahisseurs. Cette fois-ci, elle était seule et c'était l'occasion de prouver à tous les siens qu'elle n'était pas la jeune femme faible et fragile qu'ils voyaient trop souvent en elle.

Lorsqu'elle entra, Cynehild vit que Kal s'était finalement étendu sur le lit et gardait les yeux rivés au plafond. Ses joues étaient plus pâles qu'elle ne l'aurait voulu, néanmoins il était conscient.

— Quels autres secrets me cachez-vous ? demanda-t-elle tout bas en s'approchant.

— Des secrets, milady ? J'aimerais les connaître moi-même, soupira-t-il en se soulevant sur un coude. Quel venin ce moine a-t-il encore distillé dans votre esprit ? Posez-moi toutes les questions que vous voudrez et je jure de vous donner les réponses que ma mémoire voudra bien m'accorder.

Sa voix semblait si calme, son discours si cohérent, que Cynehild voulait terriblement croire en sa sincérité.

— De quoi vous rappelez-vous ? Après aujourd'hui, certains souvenirs ont dû vous revenir. Vous savez sans doute comment vous en êtes arrivé à diriger ces terres.

— Je sais que j'ai tenu bon contre l'ennemi à Basceng. Mon corps n'était plus que souffrance, de cela je me rappelle, mais j'ai refusé de reculer. Enfin, ce sont eux qui ont laissé une faille dans leur muraille et nous les avons envahis. Après cette victoire décisive, on a parlé de moi comme… comme d'un géant, d'un être prodigieux. Alors j'ai choisi le nom d'Icebeard, car je voulais que mes ennemis aient peur avant même de m'affronter.

— C'est… Cela semble si simple.

— C'est pourtant la vérité. En un siège, ma légende était faite. Les gens ont ensuite brodé de multiples histoires sur moi, dont la plupart ne recèlent sans doute pas une once de vérité. J'imagine que ma stature a également joué un rôle décisif dans la naissance de ma légende. Avec ma taille, peu de monde se risque à m'offenser ou à combattre contre moi.

Kal détourna le regard. Dans la faible lumière du jour, son expression était indéchiffrable.

— Voulez-vous savoir autre chose, milady ?

— Pourquoi avez-vous gardé votre identité secrète ? Pourquoi ne m'avez-vous pas au moins prévenue que vous pensiez être Icebeard ?

— Je n'ai jamais eu l'intention de vous trahir, quoi qu'en dise frère Palni. Malgré toute sa supposée piété, il n'a pas encore le pouvoir de lire dans les esprits.

Kal releva les yeux vers elle, ses prunelles sombres la transperçant. Elle se sentit faible de tellement vouloir le croire alors qu'il était son ennemi.

— Vous devez comprendre… Je n'ai jamais voulu vous mentir. Je voulais seulement m'assurer que mes soupçons étaient fondés. Que se serait-il passé si je vous avais fait part de mes doutes et que vous ayez insisté pour que nous rejoignions directement la maison seigneuriale ? Et si je m'étais trompé ? De ce que vous m'aviez dit du jarl Icebeard, j'imaginais sans peine qu'il n'était pas homme à pardonner à quiconque affirme posséder ce qui lui appartient.

— Et maintenant que vous savez ? Êtes-vous homme à ne rien pardonner ?

— En dépit de l'évidence, je vous assure que j'ai toujours bien du mal à me reconnaître en Icebeard. J'aime à croire que je ne prendrais jamais aucune décision qui ne soit tempérée par le pardon, moins encore quand mon ange gardien est concerné. Voilà ce que vous êtes pour moi, douce Cynehild. De cela, je suis sûr, quand bien même j'ignore encore quel homme je suis réellement.

Une mèche sombre tomba sur son front, et l'espace d'un instant, il ressembla à un petit garçon espiègle plutôt qu'à un guerrier impitoyable heureux de sa réputation terrifiante. En vérité, ce qu'il venait de lui dire était tout à fait ce qu'elle aurait souhaité pour Wulfgar : utiliser une solide réputation pour ne pas avoir à risquer sans cesse sa vie ou celle de ses hommes.

Ses doigts la démangeaient, tant elle brûlait d'écarter cette mèche de cheveux rebelle. Seigneur ! Luba et frère Palni lui avaient mis en tête des idées qui n'avaient rien à y faire, moins encore depuis qu'elle avait assuré à Kal qu'elle ne s'intéressait ni à lui, ni au mariage.

Les doigts crispés sur sa ceinture, elle s'obligea à ne pas faire un pas de plus vers lui. Elle était une veuve respectable, pas une jeune femme encline à se jeter à la tête d'un trop séduisant guerrier.

Son amour pour Leofwine ne pouvait disparaître, il était éternel. Chaque matin depuis le jour de sa mort, elle répétait sa promesse d'amour éternel. Ce matin seulement, pour la première fois, elle avait oublié de le faire dans l'agitation générale du départ. Prenant subitement conscience de son oubli, le poids de la culpabilité pesait lourdement sur son cœur.

Troublée d'en prendre conscience seulement maintenant, elle se hâta de répéter les paroles habituelles. Hélas, à son grand désespoir, celles-ci sonnèrent comme de simples mots et non comme un vœu lourd de sens et d'émotion.

Pour distraire sa gêne, Cynehild se mit à trier les herbes séchées – romarin, feuilles de framboisier et… *armoise* ! Hélas, cette découverte ne fit qu'ajouter à son embarras : Luba n'avait pas prêté la moindre attention à ses protestations – à moins qu'elle ne l'ait tout simplement pas crue lorsqu'elle affirmait ne pas être attirée par Kal –, car l'armoise avait des propriétés abortives puissantes.

Ses doigts hésitèrent un instant avant de saisir les plantes incriminées pour les ranger dans son aumônière. Elle les rendrait très vite à Luba.

— Quelque chose ne convient pas avec ces herbes ? s'enquit Kal.

— Luba s'est trompée et je ne voudrais pas risquer de les mélanger aux autres par erreur, voilà tout. N'en profitez pas pour changer de sujet.

— Je ne fais rien de tel ! Croyez-moi, je suis au désespoir de n'être pas en mesure de changer le passé. Hélas, je n'ai pas ce genre de pouvoir. De toute façon, pourquoi accorder une telle importance à ce que j'avais l'intention de faire avant de vous rencontrer ? Cela n'a plus de sens, désormais !

— Il ne s'agit pas seulement du passé, Kal. Frère Palni est persuadé que vous trouverez une bonne raison de me faire venir jusque dans votre demeure ; or, il pense que ce serait une grave erreur.

— Ni vous ni moi ne devrions aller là-bas tant que vos hommes ne seront pas de retour ! Ce serait bien trop dangereux, se récria-t-il. Peut-être, finalement, que ce moine n'est pas l'imbécile pour lequel je l'ai pris, ajouta-t-il avec un sourire.

— Vous êtes incorrigible !

Il rit.

— J'espère que c'est un compliment dans votre bouche.

Cynehild leva les yeux au ciel sans pouvoir retenir un sourire.

— Frère Palni semble croire que vous êtes l'un de ces hommes qui charment les femmes sans effort et leur font faire ce qu'ils veulent.

— J'aimerais beaucoup rencontrer celui qui saurait vous faire faire ce qu'il veut. Vous êtes bien trop déterminée et entêtée pour cela.

Cynehild froissa sa robe entre ses doigts nerveux.

— Vous ne me connaissez pas du tout.

— Au contraire, je vous connais mieux que vous ne le croyez.

Il accompagna cette affirmation d'un lent regard approbateur sur son corps, depuis son visage jusqu'à ses pieds. Elle le sentit s'attarder sur les courbes généreuses de ses seins, et plus bas, là où la robe s'évasait sur ses hanches.

Leofwine l'avait souvent regardée ainsi. Elle se souvenait avoir détesté quand il le faisait. Elle avait l'impression qu'il la considérait comme un simple objet, un reflet de son propre désir. Alors pourquoi ne ressentait-elle pas le même agacement devant le regard de convoitise de Kal ?

Cynehild agrippa le bord de la table et les jointures de ses doigts blanchirent contre le bois. Qu'est-ce qui lui prenait, aujourd'hui ? D'abord, elle oubliait de prononcer son vœu de dévotion éternelle et voilà qu'elle mettait en cause le comportement de son défunt époux !

C'était précisément ce genre de pensées critiques qui avaient causé des disputes entre eux au début de leur union. Aussi, elle avait très tôt appris à tenir sa langue et elle avait ainsi obtenu un mari aimant et attentionné.

Elle s'obligea à prendre trois longues inspirations et détendit ses mains sur le bois. Une fois qu'elle eut repris le contrôle de ses émotions, elle releva le regard vers la couche où Kal était allongé. Abrité sous d'épaisses fourrures et la tête soutenue par un oreiller de plume, il la regardait avec insistance, comme pour savoir s'il était parvenu à la rassurer.

— Dites-moi une chose… En toute honnêteté, ignorez-vous réellement l'identité de celui qui s'en est pris à vous ? Je vous préviens, je ne resterai pas à vos côtés si vous vous servez de moi. J'ai un jeune fils qui a besoin de moi, Icebeard !

— Pour vous, je suis Kal. Je ne nie plus que j'ai un jour été Icebeard, seulement, je veux redevenir simplement Kal. Et puis, n'est-ce pas vous qui avez suggéré que nous jouions les fiancés ? Ma future épouse ne m'appellerait pas autrement que Kal, argumenta-t-il d'un ton apaisant, comme s'il parlait à un cheval effrayé.

— Très bien… Kal.

— Quant à savoir qui se joue de qui, je vous retourne la question, Cynehild. J'ai eu le temps de penser à cette histoire de fiançailles depuis que je suis allongé ici. Je suis convaincu qu'il y a plus là-dessous que vous ne voulez bien me le dire. Pourquoi vouloir encore m'aider après avoir appris qui j'étais réellement ? Qu'y a-t-il sur mes terres que vous voulez au point de secourir un homme que vous devriez détester ? Pourquoi tenez-vous tant à apporter vous-même cette épée dans l'église ? Si je n'ai pas posé toutes ces questions auparavant, c'est parce que j'ai confiance en vous, en votre sincérité, même si vous ne portez pas d'alliance.

Cynehild baissa les yeux sur ses mains nues.

— J'honore mon défunt époux avec ou sans mon alliance ! Mon anneau marital reste en sécurité à Baelle Heale.

— Ce que je veux dire, Lady Cynehild, c'est que vous m'avez sauvé la vie et que j'ai une dette immense envers vous. Or, Icebeard ou Kal, je paie mes dettes. Un jour, j'espère que vous aurez suffisamment confiance en moi pour me dire la véritable raison de votre venue sur ces terres et que je saurai honorer cette confiance.

Elle serra les dents pour contrôler un brutal accès de colère. Les mots de Kal avaient une résonance désagréable.

Quoiqu'il ait utilisé un ton dénué de toute supériorité, ses paroles en elles-mêmes lui rappelaient la condescendance dont Leofwine faisait souvent preuve à son égard en l'incitant à se fier aveuglément à lui sans jamais proposer l'inverse et… Seigneur ! Depuis sa mort, elle peinait à formuler une seule critique sur son mariage et voilà qu'elle venait de le faire deux fois en quelques minutes !

Elle obligea son corps à se détendre. Se retrouver de nouveau sur ces terres… Voilà ce qui causait ces réactions involontaires ! Cela lui rappelait la jeune femme têtue qu'elle était avant de devenir la femme de Leofwine et la mère de Wulfgar. Seulement, son impétuosité d'alors ne lui manquait pas ! Pas plus que les incessantes querelles qui l'opposaient alors à son époux. Une vie conjugale harmonieuse amenait une existence satisfaisante.

Frère Palni avait tenté de la mettre en garde contre les effets que son retour à Ecgmundton pourrait avoir sur ses nerfs. Il avait eu raison… une fois de plus. Lorsqu'elle était perturbée comme en ce moment, elle avait tendance à prendre de mauvaises décisions.

— Veuillez laisser mon mariage en paix ! Vous ne savez rien de la promesse qui me lie à mon défunt époux, répondit-elle d'un ton coupant. Considérez le sujet comme clos, je vous prie.

À sa grande stupeur, alors qu'elle s'attendait à le voir s'emporter devant son ton abrupt, il éclata de rire.

— Votre esprit et vos manières franches sont deux choses que j'apprécie chez vous, Cynehild. J'ai l'intuition que vous devez être très douée au *tafl*.

— Je retiens surtout qu'il n'y a que deux choses que vous appréciez chez moi, répliqua-t-elle avec un sourire en coin.

— En quête de compliments, milady ? Dois-je mentionner que la couleur de votre robe révèle l'éclat incomparable de vos yeux et que la finesse du tissage met en valeur vos courbes enchante…

— Assez ! Respecter mon esprit sera amplement suffisant ! se récria-t-elle dans un rire gêné. Hélas, je ne joue pas au *tafl*.

— Quel dommage… Vous seriez une adversaire de choix.

Comme elle rougissait de nouveau, Cynehild décida de trier des graines pour préparer un porridge. Sur le dessus du panier que lui avait donné Luba, elle découvrit une quenouille et de la laine. C'était là une attention délicate de la part de son ancienne servante.

Contrairement à ce que croyait sa famille, Cynehild détestait les multiples étapes contraignantes qu'impliquait le tissage d'un vêtement. Il fallait d'abord carder la laine, puis l'enrouler précautionneusement autour de la quenouille avant d'attacher le premier fil au fuseau pour commencer le filage. Non, elle n'aimait rien de ce travail long et rébarbatif. Ce qu'elle aimait, en revanche, c'était la satisfaction d'avoir créé un vêtement pratique à partir de rien. Et puis, le déroulage de la laine entre ses doigts avait le don d'apaiser ses pensées. Avec un petit sourire reconnaissant, elle posa la laine et les instruments de filage de côté pour les utiliser plus tard.

Frère Palni était en route, à présent. Elle l'imaginait sans peine en train de raconter à Moir et Ansithe comment elle était tombée sous le charme dangereux d'un Danois et comment il avait tenté de l'arracher à ses griffes…

— Milady, vous êtes silencieuse. Vous ai-je offensée ? J'aime entendre le son de votre voix.

Sans se retourner vers lui, elle répondit :

— J'ai suggéré l'idée de ces fiançailles fictives sur une impulsion – un trait de caractère dont je ne suis pas coutumière. À présent, je me demande ce qu'il se passerait réellement lors d'une telle alliance entre Danois et Saxons. Je ne comprends rien aux projets politiques des Danois. Que comptent-ils faire de la Mercie maintenant qu'ils contrôlent l'essentiel du territoire saxon ? Je ne me rends jamais à la cour et je sens bien que je joue là un jeu dangereux dont je ne maîtrise aucunement les enjeux.

— Vous regrettez déjà de m'avoir fait cette offre ?

— Oh non, le regret n'est pas dans ma nature. Ma plus jeune sœur assure que je suis têtue comme une mule.

— Et c'est à cet entêtement que je dois la vie. Continuez d'être entêtée, continuez de me sauver la vie, Cynehild. Non seulement vous aurez ma reconnaissance, mais en outre, tout comme votre servante, je pourrais vous donner de l'or.

Cynehild sentit soudain l'air lui manquer. Ce n'était pas l'or de Kal qu'elle voulait, mais celui que Leofwine avait laissé pour leur fils ! Son cadeau d'adieu pour Wulfgar, cet enfant avec lequel il avait passé si peu de temps. Cet or serait finalement la seule chose tangible que celui-ci recevrait de son père. Elle aurait voulu pouvoir expliquer cela à Kal, mais les mots restèrent coincés dans sa gorge.

— L'unique rétribution que je veux, c'est de pouvoir tenir la promesse que j'ai faite à Leofwine, rien de plus.

— Les femmes sont décidément un mystère à mes yeux. Elles l'ont toujours été, à vrai dire. Ma mère est morte quand j'étais très jeune, alors je n'ai jamais appris d'elle. Néanmoins, je reconnais volontiers qu'elles ont leur utilité.

Il avait fait cette remarque avec une nonchalance qui la mit en rage. C'était typiquement masculin de parler ainsi des femmes. Exactement comme Leof… Elle ferma brièvement les yeux pour effacer cette pensée involontaire. Depuis l'instant où elle avait appris la capture de Leofwine, elle avait tout fait pour ne pas penser de mal de lui. Seulement, il n'était pas un saint, mais un homme.

— Une utilité ? Je refuse d'être utilisée comme un pion dans le jeu politique, siffla-t-elle entre ses dents, la voix soudain tremblante de rage. C'est exactement ce qu'a fait mon père en me mariant à Leofwine, de même qu'il tente d'arranger le mariage de ma sœur Elene. Alors je ne laisserai plus aucun homme agir de la sorte à mon égard.

Kal garda le silence un moment avant de reprendre :

— Je ne voulais pas vous froisser. Mes mots n'avaient pas grand sens et je m'en excuse. Je voulais simplement dire que dans le peu de souvenirs qui me reviennent, j'ai côtoyé plus d'hommes que de femmes et que la vie maritale n'a pas toujours été simple pour moi. Vous m'avez dit que votre mariage était une union de convenance, et pourtant vous êtes tombée amoureuse de votre époux. J'avoue me sentir jaloux.

— L'arrangement a fonctionné pour nous, voilà tout. Pourquoi en seriez-vous jaloux ?

Elle referma sans y penser les doigts autour du fuseau. Aussitôt, le poids habituel au creux de sa paume apaisa sa tension.

Comme elle tournait le visage vers lui, elle se sentit happée par les profondeurs marines de ses yeux.

— Je suis jaloux parce que j'ai vu avec quelle dévotion vous honoriez sa mémoire. Ma défunte femme n'aurait jamais agi de même pour moi.

— Ce n'est qu'une spéculation de votre part. Vous ne savez pas réellement comment elle aurait réagi à votre mort.

— Hélas, c'est la vérité la plus pure. Ranka et sa sœur aînée, Toka, étaient faites sur le même moule : deux beautés dont l'ambition a fini par noircir les âmes. À moins que je n'aie jamais su y faire, ce que tend à prouver la colère que j'ai déclenchée chez vous il y a un instant. J'avoue ma maladresse dès lors qu'il s'agit de comprendre le cœur d'une femme.

— Je ne connaissais pas votre femme, Kal. Néanmoins, quand vous vous êtes réveillé après votre blessure, vous étiez ravagé par le chagrin de sa mort. Vous teniez à elle.

Kal baissa le regard et avoua dans un murmure :

— Ce n'était pas du chagrin causé par sa perte, c'était de la honte et de la culpabilité que je ressentais. Le chagrin du deuil n'était que pour mon fils. Quand je suis parti pour la foire, Ranka m'a dit que je ne rentrerais jamais à temps, que notre enfant mourrait. Ce qui s'est passé lui a donné raison. Notre enfant n'a survécu que quelques heures après mon retour. Elle était déjà morte. J'ai juré sur leurs tombes que, si jamais je possédais un jour des terres, je m'assurerais de prospérer avant de me marier de nouveau.

— Est-ce pour cette raison que les champs semblent si fertiles ? Tout sur le domaine a l'air prospère et entretenu avec soin.

— Je... Je crois que c'est là mon œuvre, oui. Je ne veux pas que quiconque souffre comme j'ai souffert de la faim. C'est désormais en mon pouvoir de l'éviter, c'est mon devoir.

— Tout cela par sentiment de culpabilité ?

— Je le crois, malgré ma mémoire défaillante. Je pense que nombre de mes actions ont été dictées par une certaine morale. Ainsi, je suis par exemple certain de n'avoir jamais tué un homme ailleurs que sur le champ de bataille. Néanmoins, ne surestimez pas ma bonté d'âme – et ne la sous-estimez pas.

— Ne vous inquiétez pas, je tâcherai de vous juger avec impartialité. Vous verrez, la chance vous sourira bientôt, vous pourrez reprendre votre devoir envers votre peuple.

— Vous et moi, nous n'avons pas besoin de chance, douce Cynehild. Seulement de ma force et de votre esprit.

Soudain, il écarta les couvertures et se leva, torse nu. Elle le vit vaciller légèrement, comme s'il n'était pas tout à fait sûr de son équilibre. Cependant, elle restait pétrifiée, incapable de faire le moindre geste tant elle était fascinée par le spectacle qu'il offrait. Sa peau dorée semblait chaude et douce. Malgré elle, son regard suivit la fine ligne de poils qui descendait vers ses chausses. Affreusement gênée par le cours qu'avaient pris ses pensées, Cyn se détourna brusquement et feignit de s'abîmer dans la contemplation de la laine. Néanmoins, son esprit refusait d'effacer l'image de ce torse sculptural. Elle n'était pas censée remarquer la nudité des hommes, pour l'amour du ciel !

Or, non seulement elle avait fort bien remarqué, mais elle voulait en voir plus ! Incapable de résister à la tentation, elle jeta vers lui un regard en coin. Il n'avait pas bougé. Les bras le long du corps, la tête légèrement penchée comme s'il tentait de deviner les pensées qui la traversaient, il rivait sur elle son regard intense.

Sa bouche s'assécha brusquement. Bien malgré elle, sa peau s'éveillait, comme impatiente de sentir la caresse de ses doigts forts. Rapidement, elle saisit de ses mains tremblantes la tunique qu'il avait laissée tomber près du lit et la jeta vers lui.

— Habillez-vous.

Saisissant le vêtement au vol, il eut un lent sourire.

— Nous devons d'abord discuter de certaines choses…

— Je quitterai cette cabane et ne reviendrai pas si vous ne vous couvrez pas sur-le-champ, déclara-t-elle en reculant précipitamment vers la porte. Vous cherchez à me distraire ! Croyez-vous que je ne voie pas clair dans votre petit jeu ? Ma sœur tentait de me distraire elle aussi, quoique d'une tout autre façon, lorsqu'elle perdait au *tafl*.

— Ah ! Alors vous jouez au *tafl*, finalement ! s'écria-t-il d'un ton triomphant. Excellent. J'ai hâte de mettre mon expérience du jeu au défi de votre talent. Cela fait bien trop longtemps que je n'ai pas eu un adversaire digne de ce nom.

— Je n'ai aucun talent ! Croyez-moi, j'ai été ravie de pouvoir abandonner ce jeu lorsque Leofwine a déclaré que les femmes n'y connaissaient rien et n'avaient aucun besoin de s'y exercer.

Kal passa sa tunique par-dessus sa tête, masquant enfin son torse magnifique.

— Ah ? Votre époux pensait cela ? Alors, vous ne savez réellement pas jouer ?

Une fois de plus, sa remarque nonchalante eut le don de la mettre en fureur. Il voulait se moquer d'elle parce qu'elle n'avait pas les talents d'un combattant au jeu ? Elle avait assez subi cela quand elle était mariée, rien ne l'obligeait à serrer les dents désormais.

— J'en sais assez pour savoir que les pions sont sacrifiés dès lors qu'il s'agit de protéger le roi. Je refuse d'être sacrifiée. Ma vie a de la valeur. Tout comme celle de mon fils.

D'un geste brusque, elle ouvrit la porte et annonça :

— Je reviendrai quand ma colère sera retombée. Si vous voulez me parler, veillez à porter une tunique et à me traiter comme votre égale.

Et sans attendre de réponse, elle s'éloigna d'un pas rapide vers le bois environnant. Là, à l'abri des regards, elle posa les mains sur ses genoux et prit de longues inspirations. Ce n'est que lorsque son sang eut cessé de battre à ses oreilles qu'elle se redressa. Seigneur ! Perdait-elle l'esprit ? Elle avait été à deux doigts de courir dans les bras d'un inconnu pour poser la joue contre son torse. Elle était suffisamment calmée, à présent, pour comprendre que c'était d'ailleurs là l'unique raison de sa colère. Cet homme lui faisait décidément perdre toute retenue.

Le mieux à faire, pour l'heure, était de se tenir occupée jusqu'à ce que ces émotions involontaires disparaissent d'elles-mêmes. Alors seulement, elle retournerait à son chevet – sereine, résolue, redevenue la veuve sage dont le cœur appartenait à son défunt mari.

— Revenez, je vous en prie ! Vous m'avez mal compris !

Kal bredouilla ces paroles en regardant avec désespoir la porte qui venait de se refermer. Seul le silence lui répondit et son cœur se serra.

Au bout de quelques minutes, la voix de Cynehild qui s'adressait à ses hommes lui parvint. Comptait-elle partir ? Elle avait toutes les raisons d'être en colère contre lui. Il aurait dû savoir que les femmes de Mercie n'appréciaient guère le spectacle d'un homme à demi nu. Il aurait dû lui obéir aussitôt plutôt que de se repaître du spectacle de son trouble : ses pupilles s'étaient dilatées et elle avait involontairement passé la langue sur ses lèvres.

Il s'était comporté comme un imbécile et elle le lui faisait payer. À raison.

Kal pressa les doigts sur ses tempes douloureuses et se laissa tomber à genoux. Là, il pria tous les dieux qui auraient pu l'entendre de l'aider à devenir un homme meilleur – un homme qui pourrait être digne de son attention. Il avait sans doute travaillé dur pour obtenir tout ce qu'il avait désormais en tant que jarl Icebeard, cependant, sans l'aide et le soutien de Cynehild, il risquait de perdre absolument tout. Surtout, depuis qu'elle était entrée dans sa vie, rien ne comptait plus pour lui, sinon parvenir à être digne de son respect.

Au-dehors, tout était redevenu calme. Kal serra les poings. Se lever pour aller voir où elle en était ne serait certainement pas bénéfique. Il devait respecter son souhait et attendre qu'elle choisisse de revenir.

— Pardonnez-moi, murmura-t-il. Revenez-moi.

L'ombre du crépuscule avait envahi les trois quarts de la grange attenante à la chaumière lorsque Cynehild ne trouva plus de tâche à effectuer. Heureusement, elle avait retrouvé son calme. Elle pouvait retourner auprès de Kal sans craindre de se troubler sous son regard intense. L'attraction incontrôlable qu'il exerçait sur elle s'expliquait simplement par le fait qu'elle manquait d'affection. Il était parfaitement logique, dans ce contexte, qu'elle soit attirée par le premier homme séduisant qui ne la traitait pas comme une veuve sans attrait.

Quand elle retourna à la chaumière, le feu était presque éteint. Le froid s'était introduit entre les murs, pourtant Kal était assis sur sa palette. Exactement comme Leofwine ou son père…

Avec un soupir las, elle marmonna entre ses dents :

— Pourquoi les hommes semblent-ils incapables de faire quoi que ce soit dans une maison ?

Comme il ne disait rien, elle se tourna vers lui. Il ne la regardait pas et ses lèvres étaient serrées.

— Vous êtes revenue, lâcha-t-il enfin. Je craignais que vous ne soyez partie pour de bon. Je ne voyais pas l'intérêt de raviver le feu pour moi seul.

La détresse de son ton la toucha.

— J'avais à faire, expliqua-t-elle tout en agitant les braises jusqu'à ce que les flammes se raniment.

Elle ajouta plusieurs morceaux de bois et la chaumière se réchauffa rapidement. Ensuite, elle approcha des flammes le pot de graines qu'elle avait mises à tremper avant de partir afin d'accélérer l'évaporation de l'eau.

— Je m'excuse de vous avoir mise en colère. Vous avez vu de la moquerie là où il n'y avait qu'une curiosité sincère. Pourquoi n'auriez-vous pas joué au *tafl* ? J'ai connu bon nombre de femmes expertes à ce jeu. De même que j'ai connu des guerrières qui étaient bien meilleures combattantes que certains hommes. Néanmoins, j'ai conscience que mon attitude suffisante vous a mise hors de vous. Je pense que… peut-être, j'ai cherché à vous éloigner avant que vous ne décidiez par vous-même de m'abandonner.

Touchée par ses excuses sincères, Cynehild prit le temps d'assembler son fuseau avant de répondre avec douceur :

— J'accepte vos excuses.

Une fois de plus, elle semblait l'avoir jugé trop vite. Comme il faisait mine de vouloir se lever, elle lui fit signe de rester au repos. Il se laissa lourdement retomber sur les fourrures, visiblement éprouvé.

— J'ai profité de votre absence pour réfléchir à ma situation, reprit-il, et je pense que celui qui s'en est pris à moi n'a rien laissé au hasard. Je ne sais pas qui avait connaissance de votre venue dans mon entourage. Je ne sais même pas ce que je faisais en haut de cette colline. Je vous prie de me croire sur ce point.

Il prit une inspiration et elle attendit, sentant qu'il n'en avait pas encore fini.

— Votre moine avait raison : j'ai manqué d'honnêteté à votre égard et je vous ai, par là même, mise en danger. Je savais, du moins je pressentais qui j'étais et je vous l'ai caché pendant notre trajet. J'aurais dû vous faire suffisamment confiance pour savoir que vous feriez le bon choix avec toutes les informations en votre possession. Pourrez-vous me pardonner ? J'ai sincèrement besoin de votre aide, milady – en tant qu'égale et non comme un pion à sacrifier.

Troublée par ces mots, Cynehild tira trop fort sur le fuseau, le fil se rompit et l'axe roula au sol jusqu'à Kal. Il le ramassa et le lui tendit. Elle vint le reprendre en faisant de son mieux pour ne pas toucher sa paume ouverte. Néanmoins, elle sentit ses joues s'embraser. Il y avait de quoi se sentir perturbée ! Aucun homme ne lui avait jamais dit vouloir la considérer en égale !

— Je vous crois, souffla-t-elle, décontenancée.

— J'ai beau me concentrer de toutes mes forces, mes souvenirs continuent de m'échapper. J'ai beau savoir que j'étais bel et bien le jarl de ces terres, je suis incapable de connaître mes alliés. Comment pensez-vous que je doive agir dans ces conditions ? Si je me présente à la porte de ma maison en posant la question directement, ne risquerai-je pas de perdre mon seul avantage ?

— Luba pourrait peut-être en savoir un peu plus, suggéra-t-elle. Pas un commérage n'échappait à ses oreilles autrefois. Les gens avaient l'habitude de se confier à elle lorsqu'ils venaient lui demander des remèdes et des baumes. Vous rappelez-vous au moins si vous étiez seul sur cette colline ?

Kal serra les poings.

— Le seul souvenir qui me revient sans cesse, c'est cette

voix dans mon dos : « C'est ainsi que tombent les tyrans, Icebeard. »

— Cette voix avait-elle un accent saxon ? Quelle langue parlait-elle ?

— C'était du danois. Quant à l'accent, je ne saurais même pas dire s'il s'agissait d'un homme ou d'une femme ! Je suis sûr en revanche que cette personne voulait ma mort et que votre arrivée a contrarié ses plans.

— Je n'ai vu personne.

— Il est néanmoins possible qu'on vous ait vue. Ce qui expliquerait les rumeurs autour de ma disparition et de ma mort supposée. Cela vous fait courir un grave danger.

Tout à coup, il eut un sourire en complet décalage avec la gravité de leur échange.

— Vous voyez, je vous confie chacune de mes pensées comme à une égale.

Cynehild ne put que lui rendre son sourire.

— Nous risquons en effet d'avoir besoin de votre épée plus tôt que nous ne le pensions. Qui sait à qui Luba risque de parler…

— Je n'en suis pas si sûr. Elle semblait avide de récompense. Si elle veut plus d'or, elle gardera le silence.

— Peut-être. À moins qu'elle ne s'estime redevable envers vous pour le mariage de sa fille ? Cette union semble lui tenir à cœur.

— Hum… Mon instinct me souffle que c'est l'appât du gain qui motive ses actions. De même que je sens que votre promesse à votre époux n'est pas votre unique motivation.

À ces mots, Cynehild sentit une sueur froide la glacer. L'envie de se confier à lui devenait presque douloureuse. Elle devait cependant tenir un peu plus longtemps. Dès que l'or serait en sécurité, elle lui expliquerait tout.

— Eh bien, le simple sens de l'humanité joue un rôle, c'est certain, répliqua-t-elle en s'efforçant de ne pas rougir.

— Il est extrêmement rare de rencontrer quelqu'un qui ne souhaite pas acquérir de richesse, Cynehild.

Les yeux baissés, elle tira un nouveau fil de laine.

— Vous êtes un esprit cynique, Kal.

Il eut un rire chaud qui la fit vibrer de la tête aux pieds.

— Je suis surtout un patient insupportable ! Je déteste rester étendu sans rien faire. Cela m'empoissonne l'esprit. Je ferais mieux de me lever et de m'entraîner pour m'assurer que je peux encore tenir correctement mon épée, car je crains que nous n'en ayons bientôt besoin. Après tout, quelqu'un veut ma mort, et ce n'est pas en restant allongé que je l'empêcherai d'obtenir ce qu'il veut !

Comme il voulut se lever, elle prit un ton sévère :

— Vous n'avez guère d'autre choix que de faire ce que je dis, commença-t-elle avant de sourire en pointant sa couche du doigt. Ne suis-je pas la seule ici à pouvoir vous fournir une épée ? Or, je doute que vous soyez en mesure de soulever celle de Leofwine pour le moment. Mon père avait coutume de dire qu'elle était bien trop lourde et ne convenait qu'aux hommes solides.

Kal montra les muscles de ses bras avec une indignation feinte.

— Dois-je en conclure que je ne suis pas assez solide ?

— Loin de moi cette idée. Mais il n'en reste pas moins que vous peinez toujours à trouver l'équilibre et que vous n'êtes pas en état de lever la plus légère lame qui soit.

— Je pourrais au moins utiliser un bâton, dans ce cas, rétorqua-t-il en se levant pour de bon.

Il s'immobilisa presque aussitôt, le visage livide.

— Tout tourne…

En un instant, elle le rejoignit et posa une main sur son bras pour l'aider à s'étendre sur sa couche.

— Vous avez besoin de repos, pas d'entraînement.

— Je ne cesse de commettre des erreurs avec vous, il semble que je sois condamné à m'excuser sans cesse auprès de vous, douce Cynehild. Toutefois, il ne fait nul doute que je me reposerais davantage si j'avais un peu de compagnie.

— Ne comptez pas sur moi. Vous dormirez seul !

Il referma ses doigts sur les siens, la voix soudain inquiète :

— Vous n'êtes plus en colère contre moi, n'est-ce pas ? Je crois que je ne supporterais pas que vous m'en vouliez.

— Calmez-vous, dit-elle tout bas en l'incitant à s'allonger complètement. Je vais devoir changer votre bandage et ensuite, je veux que vous vous reposiez.

Il accepta de se mettre sur le côté, mais tandis qu'elle commençait à dénouer son bandage, il demanda d'un ton angoissé :

— Si je m'endors… je ne vais pas encore une fois tout oublier, n'est-ce pas ?

— J'espère que non.

— Je me souviendrai toujours de vous, je le sais, murmura-t-il d'une voix déjà à demi assoupie. Je vous suis redevable pour toujours. Quoi que vous me demandiez, si c'est en mon pouvoir, je vous le donnerai.

Cynehild sentit sa gorge se serrer. Kal n'avait aucune idée de ce qu'il lui promettait. Pourtant, elle avait sur le bout de la langue l'aveu de sa quête. Comprendrait-il le sens de la promesse qu'elle avait faite à Leofwine ? Et l'importance du trésor pour l'avenir de Wulfgar ?

Non ! C'était trop risqué. Elle ravala ces mots dangereux. C'était une chose de déposer une épée au nom de l'honneur d'un guerrier, c'en était une autre de dérober de l'argent dans une église et sur des terres qui ne lui appartenaient plus, même si, au sens moral, l'or appartenait bel et bien à Wulfgar.

— Je n'oublierai pas votre promesse, prenez garde, dit-elle gentiment tandis que ses paupières se fermaient.

Chapitre 6

L'obscurité était totale lorsqu'il rouvrit les yeux. L'espace d'un instant, désorienté, Kal se demanda où il était. Puis son corps se détendit à mesure que ses derniers souvenirs lui revenaient sans peine. Il savait où il se trouvait et pourquoi.

Les braises rougeoyaient dans le foyer, ne dispensant plus qu'une légère chaleur. Un léger mouvement dans un coin de la chaumière attira son regard. Cynehild était assise devant une imposante pile de laine. D'une main, elle tournait un fuseau d'un geste expert, enroulant la laine pour en faire du fil. La quantité de laine filée au bout de la quenouille était impressionnante. Soudain, sous son regard fasciné, elle rompit d'un geste sûr le fil et récupéra rapidement la pelote de laine pour la déposer sur la table à côté de trois autres de la même taille.

À la faible lueur des braises, sa chevelure prenait des reflets d'or chaud. La scène qu'elle offrait respirait l'harmonie et la paix du foyer. Brusquement, une vague de nostalgie l'envahit tandis qu'une image de sa mère occupée à filer la laine lui revenait en mémoire. Il avait oublié que la voir ainsi occupée à ce simple rituel avait coutume de le rassurer.

— Quels sont les démons qui troublent votre sommeil ? demanda-t-il pour ne plus laisser ses pensées divaguer vers le passé.

Un passé qu'il ne souhaitait pas ressusciter. Cela lui avait demandé bien trop d'efforts d'apprendre à vivre uniquement dans le présent après la mort de Ranka et de son fils.

— Qu'est-ce qui vous fait dire que des démons hantent mes nuits ?

Elle posa le fuseau et la quenouille sur la table d'un geste un peu sec, car l'une des pelotes roula en travers de la table avant de tomber au sol.

— C'est la seconde nuit que je vous découvre éveillée. Ne dormez-vous donc jamais ?

Elle alla récupérer la pelote et joua un instant avec elle. Une ligne de contrariété apparut entre ses sourcils finement arqués.

— C'est une habitude que j'ai prise lorsque mon fils était bébé. La nuit est silencieuse et solitaire, c'est le meilleur moment pour réfléchir en paix – il n'y a plus que moi et mes pensées.

— À quand remonte la dernière fois où vous avez correctement dormi ? Répondez-moi honnêtement.

Elle alla secouer les cendres pour raviver le feu. Une étincelle siffla et crépita avant de s'éteindre.

— Je n'ai pas de réponse à cette question, honnête ou non. Ce soir, je m'assure simplement de mener à bien deux choses : veiller sur vous et terminer de filer la laine pour pouvoir la tisser.

Kal décida qu'il ne lui servirait à rien d'insister.

— Que comptez-vous en faire ? Tisser ces pelotes pour en faire un vêtement ? Je me rappelle fort bien le cliquetis du métier à tisser de ma mère.

Son visage s'éclaira d'un sourire amusé quand elle expliqua :

— Si j'essayais de tisser cette laine, elle s'emmêlerait et se casserait sans cesse. Je n'ai fait que la toute première étape : désépaissir la laine. Ce fil est encore bien trop grossier pour être tissé.

Elle alla poser deux pelotes sur la quenouille et attacha

les extrémités entre elles avant de mettre le fuseau en mouvement.

— Maintenant qu'elles sont d'épaisseur égale, une fois filées entre elles, elles donneront un fil plus solide, expliqua-t-elle. Après cette seconde étape, Luba lavera et colorera la laine ainsi obtenue avant de l'installer sur une navette pour en faire un vêtement.

Il la regarda faire un petit moment, apaisé par sa présence, puis elle se leva et lui tendit deux pelotes, dont celle qui était issue de son dernier filage.

— Regardez par vous-même quel fil est le plus solide.

Kal parvint à rompre le premier sans peine, mais le second lui demanda bien plus d'effort.

— Faut-il absolument que le fil soit aussi solide que celui-ci ?

— Eh bien, cela aide si l'on veut des vêtements qui durent dans le temps.

— Je vois que toutes vos réponses sont prêtes, s'amusa-t-il.

— C'est que mon fils me pose les mêmes, reconnut-elle. Quand il peine à s'endormir, il me regarde filer la quenouille et me demande de lui raconter les exploits des guerriers les plus courageux. De temps en temps, cependant, il s'intéresse au filage.

Kal serra inconsciemment le poing sur la boule de lainage. Sa mère l'avait-elle autant aimé que Cynehild semblait aimer son fils ?

— Il doit être plus grand à présent, et faire ses nuits, sans quoi vous ne l'auriez pas laissé.

— C'est vrai, il dort sans peine à présent. Mes insomnies sont revenues avec cette expédition, je le reconnais. Je ne dois pas être faite pour voyager. Quoi qu'il en soit, filer la laine me repose presque autant que le sommeil. J'en profite pour repenser aux événements de la journée et voir comment le lendemain pourrait être meilleur.

Il hocha la tête, bien qu'il ne soit pas dupe. Il était prêt à parier qu'elle avait perdu le sommeil tout récemment, depuis qu'elle l'avait découvert en haut de cette colline, sans quoi ses yeux auraient été bien plus cernés dès le premier jour de leur rencontre.

— Le sommeil se rattrape difficilement…

Elle se leva pour approcher un pot du foyer.

— Je ne l'oublie pas. D'ailleurs, j'avais l'intention de dormir dès que j'aurais fini la laine. Seule, ajouta-t-elle en levant un sourcil d'avertissement.

Kal eut un sourire en coin, et s'il inclina la tête, il ne détourna pas pour autant le regard. Il voulait savoir ce qui se passait précisément en elle, il voulait connaître ses pensées les plus intimes. La jalousie lui mordait le cœur à chaque fois qu'il songeait à son époux.

Elle embrasa un roseau et s'approcha de lui pour poser une main fraîche sur son front.

— Vous avez dormi longtemps. Il n'y a pas de fièvre et votre plaie semble en bonne voie de guérison, aucun sang frais n'a taché le bandage.

Elle jeta de côté le roseau consumé, les plongeant dans la semi-obscurité de la chaumière. Il aurait voulu poser la main sur la sienne pour qu'elle l'y laisse. Au contact de sa peau, il avait l'étrange sensation que les ombres de son esprit s'étiolaient. Néanmoins, il la laissa s'écarter pour inspecter le contenu du pot qui s'était mis à bouillir.

— J'ai toujours guéri rapidement. Cette fois, il faudra que je me remette encore plus vite qu'à l'accoutumée, car nous n'aurons que peu de temps pour agir. Maintenant que je peux réfléchir plus aisément, tout me semble limpide : on me fera chercher, et très bientôt je serai déclaré mort. Je ne sais absolument pas si mes hommes me garderont leur loyauté si je devais… ressusciter.

— D'autant qu'il n'y a, à ma connaissance, que Jésus qui soit parvenu à revenir d'entre les morts, ajouta-t-elle, pince-sans-rire.

— Certes… Et puis, même si je parvenais à accomplir ce miracle, je n'ai pas tellement envie de mettre leur loyauté à l'épreuve.

— Donc vous avez décidé qu'il serait plus sage de retourner chez vous avant que quiconque ne vous déclare mort, c'est cela ? Ne disiez-vous pas que ce serait bien trop dangereux de retourner au village sans hommes avec vous pour tenir une éventuelle contre-attaque ? Vous étiez tombé d'accord avec frère Palni sur ce point…

— Je ne dis pas qu'il faut y retourner de ce pas. Seulement, les circonstances pourraient changer avant que votre moine ne se décide à revenir, répondit-il. Je dois savoir ce qu'il se passe dans ma demeure.

— Que voulez-vous que nous fassions, exactement ?

— Vous pourriez retourner parler à Luba. Voyez si son gendre sait quoi que ce soit sur ce qui se dit au village.

Kal se mordit la lèvre, pensif. Il ne parvenait pas à retrouver une information importante à propos du gendre de Luba : pour quelle raison avait-il autorisé sa fille à épouser l'un de ses hommes ? Il était certain d'avoir agi avec une intention claire ; hélas, celle-ci lui échappait.

— Je persiste également à penser qu'il y a un risque que Luba trahisse ma présence. À mon avis, il nous faut nous mettre d'accord sur une histoire cohérente dès ce soir plutôt que d'attendre demain, au cas où nous serions découverts.

— Une histoire ?

— Celui qui m'a attaqué ignore tout de nos prétendues fiançailles, comme tout le reste de mes gens. Aussi, il nous faut rester aussi près que possible de la vérité. Je pourrais affirmer que j'ai gardé la nouvelle pour moi jusqu'à ce que je sois certain que nous étions bien accordés.

— Je me demandais… Y a-t-il une autre femme qui pourrait s'attendre à une proposition de votre part ? Ou simplement une femme avec qui vous auriez eu des relations privilégiées. Cela pourrait créer des difficultés supplémentaires…

— S'il y en a une, les choses n'ont pas pu aller très loin, quoique je ne puisse en jurer, à cause de cette maudite mémoire.

Cependant, il savait, au fond de son cœur, qu'aucune femme ne l'attendait et c'était une vérité douloureuse.

— Quoi que nous fassions, il ne faut surtout pas laisser deviner votre perte de mémoire, cela donnerait trop de force à votre ennemi. Vous avez raison, rester aussi près que possible de la vérité me semble une excellente idée.

— Ce ne sera guère aisé avec ces ombres qui obscurcissent mon esprit, souffla-t-il. Je me pose tant de questions. Quelle sorte d'homme étais-je ? Ai-je mérité la réputation terrifiante qui entoure Icebeard ?

Elle interrompit un instant ses mouvements experts sur le fuseau pour lever le visage vers lui.

— Ce n'est pas le plus important, Kal. Demandez-vous plutôt quel genre d'homme vous voulez être désormais. Serais-je restée avec vous si je vous avais trouvé terrifiant ? Icebeard, ce monstre qui rampe dans vos cauchemars, ce n'est pas vous. Plus maintenant.

Ces mots lui firent du bien. Les yeux clos, il savoura la douceur de ses paroles. Sa dame croyait en sa bonté et même si lui-même en doutait encore, c'était assez pour l'heure.

Soudain, il se tendit en réalisant ce qu'il venait de penser : *sa* dame ? Hélas, elle ne l'était pas… Cynehild avait une vie loin de lui. Elle avait accepté de jouer les fiancées pour des raisons qui lui appartenaient et qui avaient tout à voir avec son défunt mari et son fils. Rien avec lui.

Son sang battait douloureusement à ses tempes tandis qu'il s'efforçait de réfléchir. S'était-il jamais senti aussi à l'aise avec sa femme qu'avec Cynehild ? Il n'en avait pas souvenir. Leur relation n'avait jamais été aussi simple et naturelle. Avec Ranka, il avait failli à ses devoirs d'époux.

C'était pour cette raison qu'il avait refusé de prendre femme tant qu'il n'avait pas été certain de pouvoir l'entretenir correctement, elle et les enfants qu'elle lui donnerait. De cela, au moins, il était certain.

Comme son ventre protestait bruyamment, il prit conscience qu'il mourait de faim. De fait, il n'avait rien avalé depuis son départ du village, des heures plus tôt. Cynehild se leva aussitôt et lui servit un peu du contenu du pot qui restait sur le feu…

— Je vous ai tenu ce porridge au chaud dans l'espoir que votre appétit se réveille. Un peu de nourriture vous aidera à guérir, et puis, c'est une bien meilleure occupation que de vous torturer avec des questions dont la réponse vous échappe.

Il plissa le nez et marmonna d'un air vaguement écœuré :

— Du porridge ?

— Qu'est-ce qui ne va pas avec le porridge ? Tout le monde aime le porridge. Mon fils adore ça !

— Ce n'est pas l'un de mes plats favoris, dit-il en tentant d'esquisser un sourire. N'y a-t-il vraiment rien d'autre ?

— Pitié… Je ne suis pas d'humeur à vous préparer autre chose, dit-elle en le servant généreusement.

— Je croyais que vous aviez accepté de m'apporter vos soins ?

Elle pointa sa cuillère en bois d'un geste menaçant vers lui ; cependant, la lueur amusée de son regard démentait tout agacement.

— Eh bien, vous vous trompez. Votre mémoire ne vaut rien et vous avez été bien trop gâté par le passé ! Vous exigez de la nourriture à votre goût, comme le jarl que vous êtes !

— Exiger ? Certainement pas. Je ne fais que demander humblement. Je n'oserais jamais vous donner d'ordre, soyez-en certaine !

Elle lui apporta le bol fumant.

— Comptez-vous me nourrir ? demanda-t-il avec un sourire en coin.

Elle lui tendit une cuillère de sa main libre.

— Je vous crois parfaitement capable de soutenir une cuillère de porridge puisque vous affirmez être en mesure de porter une épée.

— Je vois… La cuillère avant l'épée… Sage décision.

Tandis qu'il s'absorbait dans la contemplation de la fumée qui s'élevait au-dessus du bol, Cynehild retourna à son filage. La douleur sous son crâne refusait de partir. Il ne pouvait s'empêcher de penser, encore et encore, à ce qui se passerait si l'endroit où il se terrait était découvert. Plutôt mourir que de laisser quiconque s'en prendre à la jeune femme.

— Frère Palni va bientôt revenir avec davantage d'hommes, dit-elle enfin, comme si elle avait deviné le tour soucieux qu'avaient pris ses pensées. Et peut-être même ma sœur Ansithe dont le talent à l'arc est prodigieux et son époux Moir qui est un valeureux guerrier viking.

— Vraiment ? Vous allez devoir me parler de leurs exploits.

— Je vous en parlerai quand vous vous déciderez à manger. Prenez une bouchée et je commencerai mon récit.

Kal se décida à porter une cuillerée à ses lèvres. En vérité, le geste lui coûta plus qu'il ne l'aurait cru. Il dut se concentrer pour y parvenir, néanmoins l'effort en valait la peine. Le porridge avait bien meilleur goût que dans son souvenir ! Celui de Ranka était âcre, comme si elle l'avait brûlé et trop salé. Celui-ci était chaud et doux.

— De toute évidence, ma mémoire est défaillante. Ce porridge est délicieux !

Avec un sourire satisfait, Cynehild se mit en devoir de lui raconter comment sa sœur avait affronté et vaincu une horde de Vikings venus à l'assaut de Baelle Heale. Elle donna à son récit les allures d'une aventure ; seulement, il savait à quel point les sœurs avaient dû être terrifiées. Cette Ansithe paraissait être une femme d'exception, mais il était également certain que Cynehild avait dû faire preuve d'un courage exemplaire quoiqu'elle tût entièrement ses propres exploits.

Tandis qu'elle parlait, Kal lutta pour porter chaque cuillerée à sa bouche. Il sentait la jeune femme le surveiller du regard, néanmoins elle le laissa faire sans intervenir. Il en ressentit une immense gratitude.

Soudain, la cuillère racla le fond du bol. À sa grande surprise, il découvrit qu'il avait tout mangé. Aussitôt, son estomac gronda à nouveau, lui rappelant qu'il n'était pas rassasié.

— Vous avez fait vite pour quelqu'un qui n'aime pas le porridge, lança-t-elle en lui apportant un linge pour s'essuyer la bouche.

— Entre votre récit et le goût délicieux du porridge – ou plutôt de *votre* porridge –, j'avoue que c'était un plaisir.

Elle baissa les yeux sans pour autant s'écarter.

— Faire du porridge n'a rien de compliqué.

Il saisit sa main et ressentit un frisson de joie lorsqu'elle ne la lui retira pas.

— Vous ne devriez pas refuser les compliments mérités, douce Cynehild.

— Les compliments sont pour ma jeune sœur, Elene. Pour ma part, je suis une veuve respectable avec un fils. La beauté de ma jeunesse a disparu il y a longtemps, emportée par le chagrin de la perte de mon époux.

Kal serra les mâchoires. Qui que soit l'imbécile qui avait diffusé ce poison dans son esprit, il méritait un châtiment ! Elle ne pouvait voir la beauté qu'elle irradiait en cet instant, illuminée par la lueur des braises. Il aurait pu contempler chacun de ses traits une éternité sans se lasser. Néanmoins, pressentant qu'elle ne supporterait pas les compliments sur son apparence, il se contenta de demander :

— Pourquoi votre sœur pourrait-elle en recevoir et vous non ?

Elle retira sa main d'un geste un peu brusque.

— Eh bien, parce que Elene devra bientôt prendre un

époux. Mon père a de grandes ambitions la concernant pour veiller à ce que notre famille prospère.

— Et quelles sont ses ambitions, vous concernant ?

— Je n'ai nulle intention de me remarier jamais. Lorsque mon fils sera suffisamment grand, je suppose que je devrai rejoindre un couvent. Plusieurs de mes tantes et cousines l'ont fait avant moi. C'est un destin bien assez satisfaisant pour une femme touchée par la flétrissure de l'âge.

Kal tenta un instant d'imaginer Cynehild en robe de nonne, mais il échoua lamentablement, distrait par la courbe de ses lèvres.

— Il n'y a rien de flétri chez vous. J'ai l'impression que vous n'avez aucune hâte de rejoindre la vie monacale.

— En effet. D'une part, mon fils a besoin de moi et je confesse que je n'ai aucune inclination pour la vie religieuse. J'espère que ma vocation se sera renforcée quand le temps sera venu. Regardez frère Palni ! De guerrier païen, il a trouvé sa voie sur le chemin de Dieu.

Plutôt que de faire un commentaire désagréable sur l'insupportable moine, Kal dit gentiment :

— Je me sens bien mieux après ce repas. Vous êtes une excellente guérisseuse.

— Ce compliment-ci, je peux l'accepter.

— Vous préférez surtout les actes aux paroles ! Mon bol vide vous flatte bien davantage que mes mots, s'amusa-t-il. Je saurai m'en souvenir la prochaine fois que je voudrai vous flatter.

Elle lui tendit un autre bol de porridge.

— Racontez-moi plutôt ce dont vous vous souvenez de votre arrivée sur ces terres, au lieu de dire des sottises.

Kal ferma brièvement les yeux. Des images lui traversaient l'esprit. Il se voyait agenouillé devant le roi des Danois pour prêter allégeance. Et plus tard, encore une fois à genoux pour demander aux dieux de rendre le sol saxon fertile. Il était alors entouré de nombreuses personnes, Saxons et Danois.

— J'ai juré au peuple qui vit ici de tout faire pour eux et je le pensais. Je ne veux pas que quiconque souffre de la faim comme ma famille en a souffert.

— Votre mémoire commence à revenir. C'est un excellent signe.

— Il semble bien que votre porridge soit la meilleure médecine pour mon mal. Néanmoins, impossible de me rappeler le nom des autres seigneurs alentour, ni même celui de mes gens.

— Pour l'heure, concentrez-vous sur la nourriture. C'est l'essentiel.

Très vite, il eut terminé son second bol et leurs doigts s'effleurèrent lorsqu'il lui rendit le récipient, provoquant une étincelle qui se répercuta dans tout son corps.

Cynehild lui adressa l'un de ses sourires radieux qui lui donnaient l'impression que rien de terrible ne pouvait advenir en ce bas monde tant qu'elle lui souriait. Il ne cessait de s'étonner qu'en seulement deux jours – moins, en vérité ! – il se soit mis à attendre chacun de ses sourires avec impatience et anxiété. De même qu'il cherchait constamment une raison de lui toucher la main.

Elle, nonne ? Cette idée lui était insupportable. Heureusement, il lui restait du temps pour la faire changer d'avis.

La teinte rosée de l'aube illuminait la chaumière lorsque Kal s'éveilla. Cynehild était penchée au-dessus du foyer et attisait les braises à l'aide d'un bâton. Quand il toussa, elle sursauta.

— Pardon, je vous ai effrayée…

— Non, non, je vais vérifier que vous n'avez pas de fièvre.

Elle s'approcha et posa sa main chaude sur son front. Une tache de cendre marquait sa joue gauche. Sans réfléchir, il l'effleura du doigt.

— De la cendre, dit-il doucement.

— C'est une habitude que j'ai prise, enfant, avoua-t-elle en rougissant. Ma nourrice me disputait toujours quand je dessinais dans la cendre et arrivais tachée. Vous n'avez plus du tout de fièvre, déclara-t-elle d'un ton satisfait. Je vous ressers du porridge ?

Kal hocha la tête avant de s'inquiéter :

— Vous avez l'air épuisée. Vous auriez dû demander à l'un de vos hommes de me veiller pour vous reposer un peu.

— C'était inutile puisque je ne songeais pas le moins du monde à dormir avec tout ce que j'avais en tête. Mieux valait les laisser se reposer, nous aurons sans doute bientôt besoin de leurs épées.

Elle feignit de s'intéresser aux pelotes de laine qu'elle avait accumulées sur la table.

— Il ne sera peut-être pas besoin de faire appel à la violence. Si l'on pense que je me suis seulement absenté pour retrouver ma fiancée, cela mettra mon attaquant dans une position délicate. Pour mon retour, il faudra me débarrasser de ces bandages afin que personne n'apprenne que j'ai été blessé.

— Votre attaquant connaît la gravité de votre blessure, lui. Pour être au plus près de la vérité, ne pourrait-on dire que nous étions convenus de nous retrouver au sommet de Hangra Hill, mais qu'à mon arrivée, je vous ai découvert alors que vous veniez de subir une attaque ? Puis, je vous aurais soigné avant votre retour.

— Cette version a certes le mérite de s'approcher de la vérité ; seulement, elle laisse au véritable coupable la possibilité de vous blâmer et de prétendre que vous m'avez jeté un sort.

— Pourquoi vous aurais-je attaqué pour ensuite vous sauver ?

— Cela n'aurait rien d'étrange pour une ensorceleuse, vraiment. Vous savez comme moi qu'aux yeux des gens du Nord, les Saxons ont des mœurs étranges, et inversement.

Il ne serait que trop aisé, pour mon ennemi, de jouer sur les frayeurs de nos peuples. Non, le danger serait trop grand, or j'ai juré de vous protéger.

Aussitôt, une image du corps brisé de Cynehild s'imposa à son esprit. Son ennemi tenterait-il de l'atteindre en s'attaquant à elle s'il apprenait l'attachement grandissant qu'il ressentait envers la jeune femme ?

— Quand le temps sera venu, je saurai vous protéger, répéta-t-il d'un ton presque féroce.

— Je ne doute pas de votre bonne foi, Kal, mais n'oublions pas votre état de faiblesse. Nous rendre au village trop tôt pourrait nous faire courir un grand danger ! De toute façon, je ne sais même pas pourquoi j'ai proposé ce plan ! Ces fiançailles étaient une idée ridicule…

Comme elle inspirait, le tissu de sa robe se tendit sur ses seins généreux. Troublé, Kal s'obligea à détourner le regard. Leurs fiançailles n'étaient aucunement réelles, il fallait qu'il l'accepte ! Hélas, son instinct ne cessait de lui souffler que ces fiançailles étaient précisément ce dont il avait besoin. Une alliance avec Cynehild lui permettrait de sécuriser son pouvoir sur ses terres en s'octroyant l'appui du peuple saxon et de sa famille. Sans même parler de son âme qui se réchauffait à sa seule vue ou de son corps qui réagissait à chaque fois qu'elle s'approchait de lui.

— Que vous doutiez de moi et de ma force, je le comprends sans peine, reprit-il doucement, mais pourquoi doutez-vous ainsi de vos idées ?

Elle poussa un soupir avant d'admettre dans un souffle :

— Je sais tenir une maison et j'ai un certain talent dans nombre des tâches demandées aux femmes. Néanmoins, mon défunt époux m'a toujours conseillé de rester à bonne distance des enjeux politiques et des affaires des hommes. Il avait sans doute raison.

En plus de l'habituelle jalousie, Kal ressentit cette fois une vague de mépris à l'encontre de son mari. Elle l'avait peut-être aimé, mais d'après les quelques bribes d'informations qu'il avait pu glaner, l'homme avait visiblement eu tendance à rabaisser l'esprit critique et indépendant de sa femme.

Comment pouvait-il lutter quand son rival était un fantôme qui ne pouvait plus commettre de tort ? De toute évidence, elle était aveugle à ceux qu'il lui avait causés de son vivant. Ne voyait-elle pas la façon condescendante dont il l'avait traitée, comme si elle lui était inférieure ? Kal ne pouvait certes pas lutter contre un spectre, néanmoins il fit le vœu de lui montrer qu'il estimait ses avis et ses conseils.

— Vous ne devriez jamais laisser quiconque – moins encore un homme – affirmer que votre esprit n'est pas assez habile pour les enjeux politiques. Nombre de femmes sont bien meilleures stratèges que les hommes. Prenez votre idée, par exemple… Elle m'offre ce dont j'ai le plus besoin présentement : du temps.

Cynehild rougit furieusement avant de revenir à leur premier sujet :

— Admettons… Dans ce cas, comment nous sommes-nous officiellement rencontrés ? Quand ? Et pourquoi auriez-vous gardé nos fiançailles secrètes ? Ces questions nous seront nécessairement posées, que nous cachions ou pas votre blessure. J'y ai pensé et repensé toute la nuit et je persiste : cette idée de fiançailles est affreusement bancale.

— Je proteste ! Pour commencer, œuvrer à la paix demeure une noble intention qui peut être comprise de tous en ces temps troublés. Nous dirons qu'afin d'assurer la sécurité et la prospérité de ces terres, j'ai pris contact avec votre beau-frère ou votre père pour discuter d'une alliance. Quant à vous, votre excuse pour être venue à ma rencontre est déjà trouvée : vous venez déposer l'épée de votre défunt époux dans l'église, selon ses vœux, afin d'être libre de recommencer une nouvelle vie auprès de moi.

L'espace d'un instant, leurs regards s'attachèrent l'un à

l'autre, comme si ces mots avaient une résonance particulière, puis elle baissa brusquement la tête.

— Oui, la simplicité est la clé. Nous dirons donc que nous voulions tous deux nous assurer de notre bonne entente avant de finaliser les négociations.

— Voilà. Et si j'étais parti à votre rencontre sans mes hommes, c'était pour protéger votre nom et votre honneur de toute rumeur. Et puis, un peu aussi pour vérifier par moi-même que votre père ou votre beau-frère n'avaient pas travesti la vérité en exagérant vos charmes. Il se trouve qu'ils en étaient bien loin.

Pris d'une brusque inspiration, il posa la main sur la sienne, heureux de voir qu'elle ne reculait pas.

— Pour que cela fonctionne aux yeux des autres, il doit y avoir une attraction évidente entre nous, Cynehild. Ce serait mieux si tout le monde nous pensait amoureux.

— Amoureux ?

Il hocha lentement la tête sans quitter du regard sa belle bouche aux lèvres sensuelles.

— Vous pourriez essayer ? Vous pourriez prétendre que vous me désirez ? Au moins un peu ?

Elle baissa les yeux mais ne retira pas sa main. Kal sentit son souffle se bloquer. Si elle refusait, il ne tenterait plus rien. Mais si elle acceptait…

Au moment où il abandonnait tout espoir, elle releva les yeux. Il se perdit dans les profondeurs de ses iris. Fasciné, il laissa son regard glisser vers sa bouche pulpeuse si rouge. Le besoin de prendre ses lèvres lui coupa le souffle.

— Je peux… essayer, lâcha-t-elle dans un murmure.

— Bien.

Avec une lenteur délibérée, il se pencha pour effleurer ses lèvres. Il n'avait pas eu l'intention de s'attarder, mais la décharge qu'il ressentit à ce simple contact l'incita à prolonger l'instant de volupté. Enfin, il s'écarta. Osant à peine respirer, il lâcha sa main et l'observa, inquiet de sa réaction.

Instinctivement, elle porta ses doigts à sa bouche.

— Pour qui était-ce ? demanda-t-elle d'une voix légèrement tremblante. Nous sommes seuls.

Les raisons pour lesquelles il l'avait embrassée étaient trop complexes à ses propres yeux pour qu'il parvienne à les exprimer à voix haute. Dire qu'il avait cru qu'un simple baiser suffirait à apaiser un peu son désir, il se retrouvait pris à son propre piège. Chaque fibre de son être brûlait désormais de la faire sienne.

Kal s'obligea à se lever et porta son bol vide jusqu'à un seau d'eau pour le rincer.

— Je voulais vous remercier pour le porridge, prétendit-il.

— Pour le porridge que vous avez affirmé détester ?

— Et maintenant, j'adore cela ! C'est une raison bien suffisante pour qu'un homme embrasse une femme, non ? Surtout si elle est sa fiancée.

— Les fiançailles n'ont jamais conféré à qui que ce soit le droit de s'embrasser en toute impunité, il me semble.

— Vraiment ? C'est interdit en Mercie ? Eh bien, dans ma culture, au contraire, ces attentions sont vivement encouragées entre les jeunes gens à marier. Nous considérons ce genre de gestes affectueux comme un plaisir sain et un excellent moyen de savoir si les fiançailles déboucheront sur un mariage prospère.

Elle baissa le menton, rougissante.

— Nous suivrons mes règles, en la matière, si vous voulez bien.

— Les règles ne sont-elles pas faites pour être brisées ? En particulier quand on peut en retirer du plaisir ?

Elle ouvrit la bouche pour répliquer, puis sa langue passa sur sa lèvre inférieure et, à sa grande surprise, elle demanda :

— Alors, ce baiser était… plaisant, pour vous ?

— Vous voulez une autre démonstration du plaisir que j'ai pris à vous embrasser ?

Il vit ses joues s'embraser de plus belle et ne retint pas

un sourire de satisfaction. L'air affreusement embarrassé, Cynehild reprit d'un ton pincé :

— Je tiens à ce que mes règles ne soient pas enfreintes, Kal. Je suis sérieuse. Vous devez comprendre que je n'ai nulle intention de partager votre couche. Je vous l'ai dit, mon cœur demeure auprès de mon époux dans sa tombe.

— Les plaisirs de la chair ne vont pas toujours bien avec la vie maritale, fit-il gentiment remarquer.

— À mes yeux, ils ne peuvent exister hors des liens du mariage.

Elle voulait qu'il respecte ses règles ? Très bien… En revanche, il allait lui donner de bonnes raisons de les enfreindre elle-même. Bientôt, très bientôt, il espérait qu'elle comprendrait que la vie méritait d'être vécue pleinement plutôt que de s'accrocher à des lambeaux de souvenirs dont la perfection n'était que fictive.

— Nous poursuivrons cette conversation quand il fera jour, allez vous reposer, dit-elle en enfouissant ses mains dans les plis de sa robe.

Retenant un soupir, il bâilla copieusement, écrasé par une soudaine vague de fatigue. Il s'allongea sur la couche et marmonna :

— D'accord, mais n'oubliez pas : mes gens devront croire à nos fiançailles, Cyn.

— Personne ne m'appelle Cyn, répliqua-t-elle en se raidissant comme s'il avait de nouveau transgressé l'une de ses fameuses règles.

— Pourquoi cela ?

— Eh bien… Ma mère n'aimait pas les surnoms. Je m'en tiens donc au nom traditionnel qu'elle m'a donné.

— Il y a une grande différence entre un surnom et un nom… spécial. Votre époux n'usait-il pas d'un nom spécial pour vous ? Vous savez… l'un de ces noms que l'on murmure dans l'obscurité de la nuit partagée…

— Mon mari n'a rien à faire dans nos conversations, il est mort.

— Nous sommes bien d'accord sur ce point.

Ils s'affrontèrent un instant du regard. Lorsqu'elle se mordilla la lèvre, Kal dut lutter pour ne pas la prendre dans ses bras et lui montrer à quel point il était bon de vivre au lieu de partager la tombe de son époux.

— Ma famille m'appelle Cynehild, répéta-t-elle, butée.

— Quel mal y aurait-il à donner un nom spécial à une dame devenue une amie, Cyn ?

Une dame devenue une amie…

Était-ce ainsi qu'il la voyait ? Cynehild se passa à nouveau les doigts sur ses lèvres qui la brûlaient toujours. Elle en voulait davantage, inutile de le nier. Elle avait été tout près de passer les bras autour de son cou pour l'empêcher de mettre fin à leur baiser.

Cependant, il s'était écarté. Il avait agi dans un but précis, certainement pas parce qu'il la trouvait attirante. Comment l'aurait-il pu ?

Les paroles qu'elle avait surprises dans la bouche de son père et de son voisin résonnaient encore à ses oreilles. Les deux hommes se lamentaient sur la perte de sa beauté d'antan et son père affirmait s'estimer au moins soulagé qu'elle ne cherche pas un nouvel époux.

Alors, inutile de se bercer d'illusions parce que Kal l'avait embrassée. Ce n'était rien de plus qu'une… qu'une plaisanterie. Leur relation n'était que duperie. Il n'y aurait ni mariage, ni sentiment naissant comme ce qu'elle avait connu avec Leofwine. D'après son expérience, l'amour solide et durable naissait dans les souvenirs partagés, avec des efforts de part et d'autre. Cet amour n'avait rien de commun avec la chaleur brutale qui s'était emparée d'elle lorsque Kal avait posé ses lèvres sur les siennes.

Ce qu'elle ressentait envers lui, ce n'était rien d'autre que l'aiguillon du désir ; or, le désir finissait toujours par disparaître, tôt ou tard. Il ne savait rien d'elle, de sa personnalité, de ses aspirations. Pas plus qu'elle ne le connaissait. Pourtant, son cœur continuait de lui souffler que Kal était un homme bon. Elle s'efforça de faire taire cette voix importune…

Une fois assurée qu'elle maîtrisait de nouveau sa voix, Cynehild répéta :

— Vous devez prendre du repos à présent que votre faim est rassasiée.

— Tout comme vous, Cyn.

Sa voix douce, rauque, presque caressante s'enroula autour d'elle comme un charme puissant.

— Je vous offrirais bien ma couche, reprit-il, mais vous avez déjà décliné cette proposition pour des raisons qui vous appartiennent. Sachez que mon offre demeure… au cas où vous changeriez d'avis.

— Je ne change jamais d'avis, répondit-elle en se raidissant.

— Cyn, sachez que je n'ai jamais forcé une femme. C'est votre choix, pas mon exigence, qui prime. Toujours.

Les membres raidis, Cynehild s'abîma dans la contemplation du feu. Hélas, l'image de leurs deux corps emmêlés sur le lit refusait de quitter son esprit. Le plus effrayant était que cette image ne la faisait nullement frissonner d'horreur. Bien au contraire. Il y avait même une force inconnue en elle qui trouvait l'idée excellente et maudissait sa pudeur.

Leur bref baiser l'avait fait se sentir vivante… Une sensation qu'elle n'avait plus ressentie depuis… bien avant la mort de Leofwine, si elle se montrait tout à fait honnête. Bien malgré elle, tout son corps frémissait d'impatience à l'idée de ressentir cela à nouveau.

Elle conserva cependant le visage tourné vers le foyer en entendant Kal arranger les fourrures sur lui. Pour renforcer sa volonté vacillante, elle se rappela toutes les excellentes raisons qu'elle avait de ne pas se laisser aller à son désir.

— Cyn ? Vous êtes-vous endormie debout ? Dois-je vous porter au lit ?

— Laissez-moi m'occuper de moi-même. Si vous voulez aller mieux, dormez. Et seul.

— Quelle cruauté, belle dame. Pas même un petit baiser pour que mes rêves soient plus doux ?

Cynehild resserra les pans de son châle autour d'elle.

— Certainement pas, souffla-t-elle, la gorge serrée tant l'envie de se laisser aller à ce badinage la pressait.

Chapitre 7

Avait-elle bien fait ?

C'était une chose de discuter avec Kal au beau milieu de la nuit, c'en était une autre de mettre en œuvre ce qu'ils avaient décidé. Serait-elle capable de feindre des sentiments pour lui ?

Ansithe aurait bien ri de la voir dans une telle situation, alors qu'elle était connue pour ne jamais prendre la moindre décision sans avoir élaboré un plan précis au préalable. Cependant, Ansithe ne connaissait que l'ancienne Cynehild. Elle ne savait rien de la femme qui voyageait de son propre chef, avait sauvé un guerrier blessé, complotait pour découvrir un ennemi mortel tapi dans l'ombre et était impatiente de jouer au *tafl.* D'ailleurs, elle-même n'était pas certaine de bien connaître la femme qu'elle était en train de devenir.

En revanche, elle était sûre d'aimer cette femme. Elle aimait surtout ne pas être considérée seulement pour ses talents domestiques. Tenir une maison, prendre soin des autres et faire des vêtements solides et jolis… Voilà toutes les activités pour lesquelles Leofwine l'avait félicitée.

Mais depuis qu'elle avait découvert l'étendue de la sphère ordinairement réservée aux hommes, Cynehild comptait bien l'explorer. Ainsi, elle laissa Kal encore assoupi sous la garde de ses hommes et suivit ce que son instinct lui dictait. Ils avaient besoin d'en savoir plus sur ce qui se passait dans la demeure du jarl et Luba devait être seule chez elle à cette heure de la matinée.

— Luba ? appela-t-elle en frappant fermement à la porte de la chaumière.

— Milady ? Je vous ai prévenue de rester à l'écart, s'affola la femme en la tirant précipitamment à l'intérieur. Le jarl Icebeard est-il toujours en vie ?

— Il vit, oui. Et il a besoin de savoir ce qui se trame sous son toit. Tiens, je crois me souvenir que tu admirais particulièrement mon châle vert. Il irait fort bien avec ta robe.

Luba se redressa aussitôt, les yeux écarquillés de plaisir.

— Un cadeau ? Pour moi ? C'est trop d'honneur, milady, je ne saurais…

— J'y tiens, au contraire ! Kal… Le jarl veut que j'en apprenne plus sur la situation de sa maison et je suis certaine que tu pourras m'aider. Tu as toujours l'œil et l'oreille aux aguets et tu racontais les histoires mieux que n'importe lequel des guerriers de mon mari.

— C'est que les hommes *croient* toujours qu'ils savent…, répliqua Luba avec un rire entendu. Mon gendre passe son temps à pérorer en oubliant que nous avons toujours vécu sur ces terres. Mon mari n'était pas différent. Si vous saviez les ennuis et les dettes qu'il m'a laissés en mourant… C'est un miracle que je sois là devant vous aujourd'hui, pour ça, oui !

— Votre gendre a-t-il entendu quoi que ce soit de nouveau concernant la disparition du jarl ?

Luba s'approcha et baissa la voix pour lui confier :

— Ma fille m'a rapporté que Lady Toka parlait sans cesse de sorcières et de géants de glace. Elle affirme à qui veut l'entendre qu'Icebeard a été ensorcelé et qu'il dîne avec la reine des fées. Néanmoins, beaucoup d'autres parlent des sombres intentions des Saxons…

— Qui est cette Lady Toka ?

— Une Danoise. Mariée depuis quelques mois au cousin du jarl. Une femme froide à vous glacer le sang. Toutefois, c'est elle qui a repéré ma fille en train de garder nos oies un jour et qui l'a fait venir travailler dans la demeure du jarl. C'est là-bas qu'elle a rencontré Haddr, alors j'imagine que Lady Toka n'est pas aussi mauvaise qu'il y paraît.

— Ta fille est donc heureuse de son mariage ?

Luba hocha la tête.

— C'est Haddr qui a insisté pour l'avoir, il a convaincu le jarl. Bien sûr, mon philtre d'amour a dû aider.

Soudain, un sifflement sinistre retentit lorsque le vent s'engouffra dans les interstices de la porte. Cynehild se figea, effrayée par ce bruit funeste.

— Les gens viennent toujours me demander mes remèdes, milady, ajouta Luba à voix basse. Il n'est pas prudent que vous vous attardiez, partez, je vous en prie. Dites au jarl Icebeard que je garderai vos secrets dans mon cœur.

— Je reviendrai demain.

— Lady Cynehild, vous prenez des risques terribles ! J'espère au moins que vous n'êtes pas aussi téméraire avec lui..., ajouta-t-elle en souriant brusquement. Avez-vous utilisé les herbes que je vous ai données ? C'est que le jarl est diablement bel homme, n'est-ce pas ? Je ne voudrais pas que vous preniez des risques inutiles et vous retrouviez dans une situation compliquée...

Cynehild préféra feindre l'ignorance pour échapper à cette conversation embarrassante.

— Je ne vois pas de quels risques tu parles. Dès que Kal aura repris sa place de jarl, je pourrai repartir sans me retourner.

— Oh Seigneur ! Les choses de l'amour sont perdues pour vous !

Les ombres qui couvraient presque entièrement le plancher de la chaumière lui apprirent qu'il avait dormi une bonne partie de la journée. Il ne se souvenait pas avoir un jour dormi aussi longtemps. Il s'étira sous les chaudes fourrures. La douleur était encore bien présente, néanmoins elle ne l'empêchait plus de réfléchir posément.

Il avait passé les dernières heures à rêver principalement de Cyn. Ou plus précisément, de sa bouche, et de la sensation délicieuse de ses lèvres sur les siennes. Des images de plus en plus érotiques avaient envahi son sommeil, jusqu'à lui faire oublier celles, sombres et glaçantes de la tombe de sa femme et de son fils.

Cyn avait vu juste : son cœur avait guéri du décès de sa femme depuis longtemps déjà ; simplement, sa mémoire lacunaire lui avait fait revivre l'atrocité de cette mort aussi vivement qu'au premier jour. Il ne restait désormais que la culpabilité qui ne le quitterait jamais. Dans son cœur, il n'y avait plus qu'une douleur fugace. Il était prêt à vivre à nouveau.

Et ce baiser... C'était la quintessence de son désir de vivre. Cyn avait beau prétendre que cela ne se reproduirait pas, il avait senti ses lèvres s'adoucir sous les siennes, il avait vu le rouge colorer ses joues lorsqu'il l'avait invitée à partager son lit. Non pas de honte, mais de désir.

Ce soir, il lui céderait le lit. Il n'y dormirait pas avec elle, bien sûr. Pas tant qu'elle ne l'inviterait pas elle-même. Seulement, il voulait effacer les cernes de fatigue sous ses yeux et chasser les démons qui lui volaient son sommeil.

Il plissa les paupières pour percer l'ombre épaisse. Il n'y avait personne d'autre que lui dans la chaumière. Instinctivement, Kal serra le poing, étonné de constater à quel point il s'était attendu à la trouver auprès de lui à son réveil. L'avait-il fait fuir par des avances trop franches ?

Il lui faudrait se montrer plus prudent s'il voulait qu'elle accueille ses attentions et ses baisers avec impatience. Il s'apprêtait à l'appeler quand il entendit des voix s'élever. La sienne. Et une autre, celle d'un homme. Un Danois. Les deux voix semblaient se disputer.

La voix de l'homme provoqua un frisson qui courut le long de son dos. Ennemi ou allié ? Il ferma les yeux et se concentra de toutes ses forces pour percer les abysses de sa mémoire… Rien.

Il n'avait qu'une seule certitude : ami ou ennemi, il ne devait pas montrer la moindre faiblesse devant quiconque. Au moindre signe, ses ennemis l'assailliraient comme une meute de loups, prêts à le mettre en pièces. Tant de monde devait convoiter sa position et sa fortune.

Kal se leva et vacilla légèrement en ôtant son bandage. Tant qu'il resterait de face, sa blessure demeurerait invisible. Lorsque le vertige reflua, il s'empara de l'épée de Leofwine. Elle lui parut plus légère que dans son souvenir, preuve qu'il reprenait des forces. Prudemment, il la mania. Le poids faillit le faire tomber vers la droite, mais il parvint à rester debout.

— Votre belle-mère a raison ! Le jarl Icebeard n'a pas été enlevé, ni enchanté par qui que ce soit. Pas plus qu'il n'est retenu ici contre sa volonté.

La voix déterminée de Cynehild lui parvint plus clairement à travers la porte entrouverte.

— Alors allez le réveiller.

— Il dormira tant qu'il en aura besoin.

La petite entêtée… Quel courage ! Et quelle folle témérité de s'opposer de la sorte à un adversaire en territoire ennemi !

— Mon jarl ne se comporterait jamais de la sorte, il n'épouserait pas une Saxonne. Il n'apprécie pas leurs manières précieuses, pas plus que leurs battements de cils ou leur esprit frivole. Écartez-vous !

Kal serra les mâchoires, stupéfait de ce qu'il entendait. Précieuse et superficielle ? C'était tout le contraire ! Cynehild brillait par son courage, son efficacité et son bon sens.

— C'est pourtant ce qu'il a fait, rétorqua-t-elle sans se laisser impressionner par l'homme.

Comme elle avait reculé jusque devant la porte pour empêcher son interlocuteur d'approcher, il put admirer sa silhouette par l'entrebâillement. Ses cheveux étaient impeccablement coiffés en un chignon tressé et elle portait une nouvelle robe plus flatteuse qui mettait en valeur sa taille fine et la courbe affolante de ses hanches.

— Je préfère vous prévenir que vous encourrez son courroux à vos risques et périls. Si vous posez ne serait-ce qu'un doigt sur moi, vous aurez à en répondre devant lui.

Kal hocha la tête, approuvant silencieusement ses paroles.

— Jarl Icebeard ! Jarl Icebeard !

L'autre s'impatientait. Kal vit Cyn faire un geste impérieux du bras.

— Asseyez-vous sur cette pierre et taisez-vous ! Vous me remercierez plus tard, quand vous sortirez de cette chaumière en vie.

— Je veux le voir et je resterai tant que je ne l'aurai pas vu de mes propres yeux, déclara l'autre d'une voix menaçante. Si vous vous en êtes prise à lui, vous en répondrez de votre vie, sorcière saxonne !

Sentant la colère enfler dans sa poitrine, Kal décida qu'il en avait assez entendu.

— Qu'est-ce que ce vacarme ? lança-t-il d'une voix puissante en ouvrant grand la porte. Qu'est-ce que tous ces cris ? Quiconque nous dérange de la sorte le paiera cher.

Il passa aussitôt une main autour de la taille de la jeune femme…

— Kal, vous êtes réveillé ! sursauta-t-elle en se retenant de s'écarter. Haddr, le gendre de Luba exige de vous voir. Immédiatement.

— Et je vous ai entendue refuser cette requête pour préserver mon sommeil. Une raison de plus, s'il m'en fallait encore, pour faire de vous ma femme.

— Icebeard ! Jarl…

Kal savait qu'il aurait dû reconnaître l'homme sur lequel il posa un regard sévère, mais sa mémoire refusait de venir à son aide. Le Danois se tenait à quelques pas, l'épée au clair et l'air belliqueux. Kal s'attarda sur le visage couturé de cicatrices et sur la barbe hirsute. Brusquement, des images éparses s'imposèrent à lui : cet homme se tenait debout à ses côtés, leurs boucliers dressés côte à côte pour repousser la charge de l'ennemi. Kal se concentra pour ramener d'autres souvenirs à la surface. En vain.

— Haddr a toujours été impatient. Cela a bien failli nous coûter la victoire à Basceng, lança-t-il avec aplomb.

L'homme baissa les yeux. Visiblement, il avait touché juste.

— Jarl, vous m'avez pardonné mon emportement. Plusieurs fois.

— Et je ne doute pas que tu auras une explication valable pour cette intrusion ? Espérons qu'elle soit meilleure que les précédentes !

Le guerrier ne leva pas les yeux, toujours honteux.

— C'est que… les rumeurs ne cessent pas depuis que vous avez disparu. Alors, quand j'ai vu ma belle-mère avec ce nouveau châle, j'ai voulu savoir où elle l'avait eu.

Kal n'écoutait Haddr qu'à moitié. Il était enivré par la senteur capiteuse qui émanait de Cyn. Un parfum de fleurs et de soleil qui évoquait les soirs d'été, pleins de douceur et d'espoir en l'avenir.

— Il me semble qu'un homme a droit à un peu d'intimité et de tranquillité pour apprendre à connaître sa fiancée ! Tout le contraire de cette invasion !

— Votre… votre fiancée ? Votre cousin n'a jamais mentionné ces fiançailles, je…

— Parce que le cousin de votre jarl se confie à vous ? répliqua Cyn d'un ton autoritaire qui força son admiration.

L'homme se troubla et baissa enfin son épée avant de s'incliner respectueusement.

— Ma belle-mère a parfois tendance à prétendre qu'elle en sait plus qu'il n'en est en réalité. J'ai cru que c'était le cas. C'est qu'il y a des rumeurs inquiétantes, monseigneur. Des Scandinaves ont été aperçus sur vos terres. Et on parle également d'une bande de mercenaires saxons qui transgressent les frontières, ou encore d'une enchanteresse très puissante...

Luba, qui arrivait tout essoufflée à la suite de son gendre, émit un reniflement de mépris parfaitement audible.

— Ce ne sont que des contes à dormir debout pour les enfants. Le jarl a contracté des fiançailles qui bénéficieront à tous sur ces terres, même si certains refusent encore de l'admettre.

Elle assortit cette dernière remarque d'un regard appuyé vers Cynehild, et Kal se retint de rire. Rappelée à l'ordre par l'allusion de Luba, celle-ci se laissa aller contre lui et déclara :

— Nos fiançailles peuvent unir nos peuples ou les déchirer, c'est pourquoi j'ai demandé à mon promis d'agir avec prudence.

Haddr reprit, l'air plus perplexe encore :

— Alors cette histoire de déposer l'arme de son défunt époux était une simple diversion ? Je ne comprends pas, jarl... Vous affirmiez qu'elle avait forcément quelque chose d'autre en tête et que vous n'aviez aucune intention de donner quoi que ce soit à une veuve saxonne.

— Je voulais seulement garder nos fiançailles secrètes jusqu'à ce que le moment soit bien choisi pour les révéler publiquement. Pourquoi gâcher l'issue des paris ?

En dépit de son ton détaché, Kal serra les dents. Ce que rapportait Haddr prouvait qu'il avait été d'une insupportable arrogance. Néanmoins, il était toujours convaincu que Cyn cachait effectivement ses véritables motivations. Cela n'avait pas changé.

Ce n'était cependant pas le plus urgent. De toute évidence, Haddr avait touché le cœur du problème : aux yeux de ceux qui l'avaient connu, ses actions sortaient de l'ordinaire.

— J'en apprends chaque jour un peu plus sur mon fiancé. Ainsi, vous vous êtes moqué, Kal ?

Le ton léger de Cynehild le ramena à l'instant présent. Il saisit ses doigts entre les siens et les porta à ses lèvres d'un air contrit.

— Si je me suis moqué, c'était avant de vous rencontrer, belle dame, et je le regretterai jusqu'à la fin de mes jours.

Elle lui retira ses doigts trop tôt.

— Si vous le dites, souffla-t-elle.

Il dut, hélas, détourner le regard pour revenir à Haddr.

— La prochaine fois, aie davantage confiance dans les paroles de ta belle-mère.

— Je... Oui. C'est seulement... J'ai servi auprès de vous et de votre cousin Alff depuis la bataille de Basceng. Pas une seule fois vous n'avez consacré de temps à une femme hors de la chambre à coucher.

Kal soutint le regard perdu de l'homme. C'était le moment de se montrer convaincant.

— Je n'ai jamais voulu épouser aucune d'entre elles auparavant. Lady Cynehild sera ma femme. N'es-tu pas capable de mesurer la différence qui existe entre elle et les autres ?

Haddr déglutit et marmonna aussitôt des excuses. Devant le visage décomposé du guerrier, Kal sentit un rire irrépressible monter dans sa poitrine. Un rire qui gronda dans sa gorge, rauque, cassé, comme s'il n'avait pas ri depuis longtemps. Un instant plus tard, Cynehild se joignait à lui. Puis Luba. Et bientôt, ce fut au tour de Haddr de rire, quoique avec nettement moins d'enthousiasme.

— Je ne me souviens pas vous avoir jamais entendu rire, Icebeard.

— Eh bien, tu vois le bien que ma fiancée me fait ! déclara Kal en serrant Cyn plus étroitement contre lui.

Ses courbes sensuelles semblaient se fondre naturellement contre ses muscles. Cynehild posa la tête contre son torse, image même du contentement et de la dévotion amoureuse. Toutefois, Kal ne s'y trompa pas. Il sentit le rire qui la secouait encore.

— Kal a gardé la nouvelle de nos fiançailles secrète pour mon bien, indiqua Cynehild pour asseoir un peu plus la crédibilité de leur histoire. Et je lui en suis infiniment reconnaissante. Imaginez-vous ce qui se serait passé si nous ne nous étions pas entendus, Kal ? Le tort que cela aurait causé à nos deux peuples ?

Luba rejoignit son gendre et déclara, dans un même esprit d'apaisement :

— Tous ceux qui vivent sur ces terres seront heureux d'apprendre la bonne nouvelle. Lady Cynehild était appréciée de tous lorsqu'elle vivait ici, autrefois. Plus que son époux, d'ailleurs, ajouta-t-elle avec sa franchise abrupte. Lord Leofwine était très fier, mais il n'avait pas le talent guerrier de jarl Icebeard, pour ça non !

— Luba ! Il ne faut pas dire du mal de ceux qui ne sont plus là ! s'exclama Cynehild.

— Milady, je vous demande pardon, mais il est toujours temps de dire la vérité. Contrairement à vous, je n'ai jamais idéalisé Lord Leofwine. Comment l'aurais-je pu alors que j'ai changé ses premiers langes ? Je n'ai pas honte de dire que le jarl Icebeard s'est révélé un bien meilleur seigneur.

Kal fit de son mieux pour ne pas laisser voir son contentement d'apprendre que le défunt époux de Cynehild n'était pas l'homme idéal qu'elle portait aux nues. C'était là une émotion méprisable, mais somme toute bien naturelle quand on considérait la dévotion que lui témoignait la jeune femme. Néanmoins, il ne voulait pas que les propos de Luba blessent inutilement Cynehild, aussi s'apprêtait-il à intervenir quand Haddr commenta :

— Je ne peux que m'incliner devant l'évidence, jarl. J'ai eu l'honneur de vous servir plusieurs fois sur le champ de bataille et aucun de vos adversaires n'aurait pu l'emporter.

Kal serra instinctivement le pommeau de l'épée qui commençait à peser lourd à son bras. Il savait qu'un jour il avait effectivement surpassé tous ses adversaires ; néanmoins, ce que Haddr ignorait, c'est qu'il peinait désormais à porter une cuillère de porridge à sa bouche. Combien de temps pourrait-il demeurer à la tête de ses hommes s'il n'était plus le guerrier d'autrefois ?

— Votre disparition a plongé tout le monde dans la détresse. Votre cousin était certain qu'il vous était arrivé malheur.

Lorsqu'il pensait à son cousin, la puissante silhouette d'un homme robuste s'imposait à lui. Une voix grave et un tempérament vif, mais aussi un appui sûr.

— Mon cousin voit le mal où il n'y en a aucun, prétendit-il.

— Le pauvre a été terriblement affecté par votre disparition. Il n'a pas quitté le lit depuis votre départ.

— Est-il souffrant ? interrogea Cynehild.

— Il a souffert d'une forte fièvre et a dû garder le lit.

Kal échangea un regard avec Cynehild. Que signifiait cette maladie ? Était-elle feinte ou réelle ? Il aurait donné cher pour pouvoir s'en rendre compte par lui-même, hélas l'heure n'était pas encore venue d'affronter ses proches.

— Qu'il soit indisposé ou non, mon domaine peut bien survivre quelques jours sans moi. Je suis occupé à autre chose, vois-tu ! déclara-t-il avant de planter un baiser au coin de la bouche de Cyn.

Comme elle restait médusée et immobile, il serra à peine les doigts sur sa taille. Aussitôt, elle passa un bras autour de son cou et lui donna ses lèvres.

Kal n'était pas suffisamment fort pour résister à une telle tentation. Il laissa sa bouche s'attarder sur la sienne et retint un grondement triomphal en entendant son léger soupir. Enfin, il la laissa aller.

Son corps tout entier lui semblait soudain revenu à la vie comme après un interminable hiver. Leurs regards s'accrochèrent et Kal vit avec une mâle satisfaction les prunelles élargies de désir de la jeune femme. Il dut lutter pour reprendre une respiration calme.

Heureusement, Luba l'y aida en déclarant d'un air satisfait :

— Te voilà convaincu, Haddr ?

— Je crois que cette union sera un succès, confirma son gendre avec un sourire contraint.

— La prudence avant tout, tempéra Cynehild d'une voix légèrement tremblante. Il ne faut surtout pas aller trop vite, au risque de braquer nos peuples.

La tension entre leurs deux corps était si puissante que Kal préféra s'éloigner. Il posa une main amicale sur l'épaule de Haddr et lança d'un air entendu :

— Tu vois pourquoi j'ai agi comme je l'ai fait, maintenant ?

Ce dernier recula pour s'incliner.

— Je comprends mieux la situation, jarl.

Luba intervint en entraînant son gendre par le bras :

— Laissons-les un peu seuls. Milady, je ne saurais trop vous conseiller de ne plus venir jusqu'à mon humble demeure. Je suis certaine que Haddr saura garder votre secret.

— Jarl, Alff est terriblement inquiet. Vous me permettrez sûrement de…

— Non, coupa Cynehild en posant sa tête contre son torse telle une fiancée éprise. Vous m'avez donné votre parole, Kal. Nous devons nous assurer que ce mariage sera un succès avant d'annoncer notre union à tout le monde. Il nous faut encore quelques jours de répit.

— N'importe qui avec des yeux peut voir que vous êtes compatibles, s'exclama Haddr dans un grand rire. J'ai hâte de pouvoir parier contre les…

— Pas de paris. Lady Cynehild n'apprécie guère ce genre de pratiques.

Brusquement, la douleur explosa derechef sous son crâne et il vacilla légèrement. Tandis que le monde ondulait autour de lui, il s'appuya sur Cyn qui parvint à le maintenir debout sans rien laisser paraître.

— Laissez-nous maintenant, exigea Cyn de ce ton ferme

qui n'était cependant jamais arrogant. Gardez le silence et vous serez récompensé pour votre loyauté.

L'homme jaugea Cyn du regard jusqu'à ce que Luba entraîne son gendre à sa suite. Ils l'entendirent déclarer sans ambages qu'il ferait mieux de montrer davantage de respect à son jarl et que ce mariage était une très bonne chose pour eux tous.

Lorsqu'ils disparurent derrière les arbres, Kal laissa échapper un long soupir et s'écroula sur une pierre qui servait de banc tout près de l'entrée. Heureusement, Haddr avait semblé croire en leur ruse, quoiqu'il n'ait guère paru ravi de voir son jarl épouser une Saxonne.

Restait à savoir combien de temps il leur restait, désormais, avant que lui ou Luba ne résistent plus et révèlent le secret de leur présence.

Dès qu'elle eut fini de discuter avec ses deux gardes pour les rassurer, Cynehild revint vers la chaumière. Le gémissement douloureux qui échappa à Kal, lequel n'avait pas bougé de sa pierre, lui fit lever les yeux au ciel. Il était plus entêté encore que Wulfgar à vouloir faire croire que tout allait bien quand ce n'était de toute évidence pas le cas ! Cette confrontation l'avait épuisé.

— Il est grand temps de retourner au lit, Kal, déclara-t-elle.

— Les demandes de ma dame sont des ordres.

Comme il se hissait difficilement debout, il tenta une révérence maladroite qui lui fit perdre l'équilibre. Cynehild le rejoignit en hâte et le soutint avant qu'il ne tombe. Bien entendu, son geste fut salué d'un insupportable sourire de contentement. Avait-il fait exprès d'exagérer sa faiblesse ?

— Passez le bras sur mes épaules et appuyez-vous sur moi, ordonna-t-elle néanmoins, convaincue qu'il ne pouvait feindre les lourds cernes noirs qui apparaissaient sous ses yeux.

— Je ne pourrais rêver d'une meilleure guérisseuse.

— Pourquoi cela ? Parce que je ne parviens pas à me mettre en colère, même lorsque vous faites quelque chose d'aussi stupide que de retirer votre bandage ?

— Pour cela… et pour vos yeux magnifiques.

Une fossette apparut sur sa joue.

— Je vous ai fait rougir.

— Et si vous me laissiez plutôt m'occuper de votre blessure au lieu de dire des sottises ?

Elle le conduisit à l'intérieur et le fit asseoir près de la table pour examiner sa plaie. Heureusement, la blessure ne s'était pas rouverte. S'il arrangeait ses cheveux, il pourrait très bientôt cacher son crâne, de sorte que personne ne verrait sa blessure.

Tandis qu'elle s'affairait, Cynehild fit de son mieux pour ignorer l'emballement de son pouls.

— J'aurais aimé que père Oswald, le prêtre de Baelle Heale soit ici. Il aurait trouvé le moyen de vous faire tenir tranquille. Vous avez besoin de prendre du repos pendant plusieurs jours, pas seulement quelques heures !

Kal se redressa sur son siège, l'air soudain grave.

— Nous n'avons pas des jours devant nous, Cyn. Je sais que Haddr est incapable de tenir sa langue dès qu'il a bu.

— Je croyais que votre mémoire demeurait floue.

— Je me souviens, hélas, de ce trait de caractère. Et je sais qu'il y a autre chose dont je devrais me souvenir… Quelque chose d'important à propos de son mariage avec la fille de Luba. Je ne parviens pas encore à mettre le doigt dessus, mais je sais que c'est là, tout près…

Cyn ne répondit rien. Dès qu'elle eut terminé de replacer un bandage autour de son crâne, elle s'activa à nettoyer la chaumière pourtant parfaitement propre. Cela lui permettait de tenir sa nervosité à distance. Depuis l'altercation avec Haddr, tous les défauts de son plan lui sautaient désormais aux yeux. Nul doute que toute sa famille, et son père en premier lieu, serait ravie de lui énumérer la liste de ses erreurs si elle retournait à Baelle Heale. Elle aurait dû s'en tenir aux tâches réservées aux femmes.

Hélas, il était trop tard pour les regrets. Elle devait aller au bout de son expédition en priant pour que tout se termine bien.

— Advienne que pourra, souffla-t-elle. Au moins, j'ai eu l'impression que nous avions assez bien donné le change et qu'il n'aura guère de peine à croire à nos fiançailles, reprit-elle après un moment. Ainsi, il colportera au moins l'histoire qui nous arrange.

— C'est une façon de voir les choses…

— Cela ne suffira pas, à votre avis ? Devrions-nous chercher un autre abri ? Retourner à la grotte, peut-être ?

Tout en parlant, elle s'activa à raviver les braises et à mettre du grain à tremper. Autant de petites tâches qui lui rendaient un semblant de calme.

— Comment frère Palni et vos hommes nous retrouveraient alors ? Réagir par la panique n'est jamais une bonne solution. Me direz-vous ce qui vous trouble réellement, Cyn ? Je vous sens extrêmement nerveuse.

Il avait adopté le même ton apaisant qu'elle utilisait lorsque Wulfgar se réveillait en sursaut d'un mauvais rêve. Mais contrairement à son fils, elle n'allait pas lui confier ses véritables inquiétudes, aussi reprit-elle d'un ton décidé :

— Notre histoire est simple et elle fonctionne. Vous étiez en route pour me rencontrer. Nous nous en tiendrons à ce que nous avons dit à Haddr s'il faut en arriver là avant que vous n'ayez eu le temps de vous remettre tout à fait.

— Je ne sais pas quoi penser de lui, fit-il remarquer d'un ton pensif avant de demander sans lien apparent : Pouvez-vous m'apporter un couteau et un morceau de bois ?

— Pour quoi faire ? Je vous prépare de quoi manger, vous devriez plutôt vous reposer en attendant.

— Je vais devoir être capable d'utiliser mon épée, et sans doute plus tôt que nous ne l'espérions…

— Quel rapport entre votre épée et un couteau avec un morceau de bois ?

— Je veux le sculpter pour retrouver un peu d'adresse. Hier soir, j'ai eu toutes les peines du monde à porter une cuillère à ma bouche ! Comment puis-je espérer commander mes hommes au combat si je peine à me nourrir ? Mon épouse, Ranka, n'était guère encline à me faire des compliments, néanmoins elle disait que j'étais un sculpteur talentueux. C'est pour cela qu'elle m'avait remarqué. Et puis, un peu comme vous et votre filage, occuper mes mains m'aidera à réfléchir. Vous le faites pour échapper à vos démons. J'ai besoin d'en faire autant.

— Je n'ai pas de démons à combattre, protesta-t-elle sans conviction.

— Vos mains sont sans cesse en mouvement. Je crains que vos démons ne l'emportent sur votre volonté.

Cynehild sentit sa gorge se serrer. Il avait remarqué son agitation perpétuelle. En vérité, il remarquait les plus petits détails de son humeur et c'était à la fois stupéfiant et étrangement rassurant de découvrir une telle proximité avec un inconnu.

— Ne vous méprenez pas sur ces prétendus démons, Kal, dit-elle tout bas. C'est seulement… Mon fils me manque. Je peux contrôler mes pensées quand je file.

— Et moi les miennes quand je sculpte.

Il avait parlé d'une voix calme, néanmoins elle nota du coin de l'œil l'immobilité de son corps. Lui aussi était soucieux.

— Votre maladresse est due au choc que votre crâne a reçu. Si j'en crois vos progrès de ces derniers jours, vous retrouverez vos talents à l'épée, assura-t-elle avec douceur.

— Si je dois me battre bientôt, il me faut m'entraîner. Vous refusez que je reste debout, alors laissez-moi au moins cette activité. S'il vous plaît.

Sa prière l'émut. Après tout, quel mal pouvait-il y avoir à le laisser sculpter un bout de bois sans s'agiter ? Avec un hochement de tête, elle sortit pour revenir avec un morceau de bois et un petit couteau aiguisé.

— J'ai besoin de m'installer dehors, dit-il. Rester enfermé me donne la sensation d'avoir déjà un pied dans la tombe.

— Nous avons un toit sur la tête et la pluie ne va pas tarder, protesta-t-elle.

— J'y verrai plus clair à la lumière du jour. Et il ne pleut pas encore…

Cette fois, il n'attendit pas son accord pour se lever. Il était sur le pas de la porte lorsqu'il se tourna vers elle.

— Voulez-vous vous joindre à moi pour filer la laine ? Votre compagnie m'apaise. À moins que vous n'ayez autre chose à faire ?

Cynehild ouvrait la bouche pour décliner sa proposition, mais ses protestations ne passèrent pas ses lèvres.

— Si c'est là le seul moyen de vous empêcher de faire une nouvelle bêtise…

Il eut un rire joyeux.

— Et moi qui pensais que vous aimiez passer du temps en ma compagnie !

Elle leva les yeux au ciel pour masquer son trouble et se hâta de changer de sujet :

— Qu'avez-vous l'intention de sculpter ?

Il s'installa sur la pierre au-dehors et voulut donner un premier coup de couteau qui manqua sa cible, lui arrachant un juron.

— J'ai pensé faire quelque chose pour votre petit garçon. Un cheval peut-être ? Les garçons de cet âge aiment les chevaux en général. Et ils aiment que leur mère leur fasse des cadeaux.

Sa réponse la laissa sans voix. Un présent pour Wulfgar ? C'était si attentionné de sa part. Décidément, il serait bien trop facile de se laisser aller à apprécier cet homme drôle et généreux.

Mais ce serait une erreur…

N'étaient-ils pas ennemis ? Ce n'était plus si vrai, en toute honnêteté. Quelque chose avait changé entre eux. Quelque part, au cours des derniers jours, il était devenu plus qu'un ennemi, plus qu'un étranger, même. Pas tout à fait un ami, non, mais quelqu'un qu'elle appréciait, sans nul doute.

— Un cadeau pour Wulfgar ? articula-t-elle enfin. Pourquoi ?

— Parce que je veux vous remercier de m'avoir soutenu une fois de plus, tout à l'heure, face à Haddr. Vous avez joué les fiancées énamourées à la perfection. Notre petite répétition d'hier soir a clairement porté ses fruits, ajouta-t-il en plongeant son regard intense dans le sien.

Cynehild baissa les yeux sur sa quenouille pour ne pas avoir à affronter les émotions brutes qu'elle lisait dans les profondeurs de ses iris.

— Je n'ai rien fait d'extraordinaire. J'ai simplement fait ce qu'il fallait. Vous faites bien de ne vous fier à personne pour l'heure.

Il tenta à nouveau de faire glisser la lame sur le bois. Cette fois avec succès. Une longue spirale se détacha du bloc pour tomber à ses pieds.

— Pas même à vous ?

— Je ne vous veux aucun mal, répondit-elle en détournant les yeux.

Ce n'était pas un mensonge. L'or caché dans l'église appartenait de plein droit à Wulfgar. Elle ne volait pas quelqu'un qu'elle appréciait, elle venait récupérer son dû, voilà tout. Elle confesserait la vérité à Kal dès qu'elle le pourrait. Mais pas maintenant… Elle ne pouvait prendre le risque de tout perdre.

— Cela me suffit pour l'heure.

Chapitre 8

— Nous nous étions mis d'accord pour que vous preniez un peu de repos dès que la silhouette du cheval serait esquissée !

Cynehild venait de rentrer après s'être assurée que ses hommes étaient installés pour la nuit. Au lieu de trouver Kal étendu comme elle s'y attendait, elle découvrit qu'il venait de refaire une autre palette avec de l'herbe fraîche, son manteau et des fourrures.

Son sourire, qui n'avait rien de contrit, lui coupa le souffle et elle sentit instantanément son sang s'échauffer. Elle posa les doigts sur ses tempes et se concentra pour reprendre le contrôle de ses sens.

Sa réaction était simplement due à leur proximité constante et au fait qu'elle n'était pas habituée à recevoir les remarques et les attentions flatteuses d'un homme. Rien de plus.

Pour cacher son trouble, elle lui expliqua rapidement l'accord qu'elle avait passé avec ses hommes. Ils étaient tous deux ravis de rester dans l'étable non loin pour veiller sur le chariot et profiter du répit inespéré que leur offrait le voyage. De fait, aucun d'eux n'avait semblé particulièrement impatient d'en découdre à l'épée avec un Danois de sa stature, fût-il blessé ; néanmoins, à force de persuasion, ils avaient fini par accepter de croiser le fer avec Kal ces prochains jours pour l'entraîner.

— Et quelles sont vos conditions pour ce traitement de faveur ? s'enquit-il avec un mince sourire entendu.

— Que vous cessiez de prendre sur vos forces !

— Je le ferai si vous en faites autant. Il est bien plus difficile de dormir convenablement assis qu'allongé. Vous paraissez au bord de l'épuisement, Cyn, je suis certain que votre fils le dirait s'il vous voyait.

Elle serra les lèvres, piquée au vif.

— Vous n'avez aucune idée de ce que dirait mon fils.

— Qui fait l'entêtée, à présent ? Faites-moi ce plaisir. Prenez la couche la plus confortable, quant à moi, je m'installerai sur cette paillasse toute fraîche. Essayez, dites-moi ce que vous en pensez, dit-il en tapotant les fourrures du plat de la main.

Au lieu de quoi, Cynehild fit volte-face en haussant les épaules pour bien lui montrer qu'il en était hors de question. Ce faisant, ses jupes balayèrent le sol et déplacèrent un petit cheval joliment sculpté.

— Oh ! Vous l'avez déjà terminé ? Kal, c'est magnifique ! On dirait vraiment un cheval !

Un sourire éclaira son visage.

— J'y ai travaillé pendant que vous étiez partie. J'ai l'intention d'en faire plusieurs.

Cynehild referma les doigts sur le jouet de bois. Wulfgar allait l'adorer. Elle pouvait presque entendre son cri de joie et d'excitation. Dès qu'il verrait le cheval, il ne se préoccuperait plus guère d'elle. À moins qu'il ne lui accorde au contraire une étreinte affectueuse en remerciement, lui qui avait coutume de déclarer très sérieusement qu'il était trop âgé pour ce genre de tendresses. Son cœur se serra en pensant à son tout-petit qui lui manquait tant.

— Vous êtes très gentil, Kal. C'est un cadeau parfait.

— C'est le genre de jouet dont je rêvais, étant enfant. Mon père avait un captif qui en a fait plusieurs pour moi avant qu'on paie sa rançon et qu'il soit libéré. J'adorais y jouer. Alors, quand Ranka est tombée enceinte, j'en ai préparé un lot pour mon fils. Ranka n'arrêtait pas de me dire d'arrêter, que je défiais les dieux en préparant des jouets pour un enfant qui n'était pas encore né. Elle avait sans doute raison… J'aurais dû l'écouter.

Cynehild s'était figée en entendant cet émouvant récit prononcé d'une voix rauque. Incapable de maîtriser son émotion, elle murmura :

— On pourrait aussi penser qu'attendre un enfant de la sorte, c'est lui réserver un bel accueil en ce monde. Je… Je serai très bien sur le banc où j'ai passé la nuit dernière pour somnoler, je vous assure. Luba m'a apporté davantage de laine à filer. J'aurai de quoi m'occuper pendant la nuit. Ne vous en faites pas pour moi, j'ai l'habitude de me charger moi-même de mon confort.

Elle ponctua ses paroles d'un haussement d'épaules maladroit. En vérité, elle était sincèrement touchée par les attentions continuelles dont Kal persistait à l'entourer alors que c'était lui qui avait besoin de soins. Personne ne s'était jamais autant soucié de son bien-être. Certes, frère Palni pestait et lui reprochait de se mettre en danger mais personne ne s'était jamais réellement préoccupé de son confort.

D'ordinaire, c'était d'elle qu'on attendait tous les arrangements du foyer. Son père en premier lieu. Et Leofwine auparavant… Il n'avait par exemple jamais rien fait de spécial pour ou avec Wulfgar. C'était d'ailleurs l'un des regrets qu'il avait formulés à la fin.

— Un homme doit veiller sur le bien-être des siens.

— Je ne suis pas vôtre, répliqua-t-elle en rougissant brutalement. Je ne suis pas réellement votre fiancée, rappelez-vous !

Il se contenta de sourire sans se troubler avant de reprendre :

— Eh bien, si vous refusez le lit confortable, du moins vous ne refuserez pas cette palette de fortune.

— Je dormirai sur le banc, s'entêta-t-elle.

— Vous tomberez dans votre sommeil. Je vais donc devoir passer la nuit éveillé pour vous surveiller. Et à quoi bon ? Nous finirons tous deux la nuit épuisés sans aucune bonne raison.

Sa voix n'était plus qu'un murmure rauque, persuasif, et un frisson la parcourut.

— Parce qu'il existe selon vous de bonnes raisons d'être épuisé ?

— Sans aucun doute ! Voulez-vous que je vous en montre quelques-unes ?

Sa voix la caressait comme du velours chatoyant. Les jambes coupées, Cynehild se laissa glisser sur le banc, la vision obscurcie par les images tentatrices que ces mots faisaient naître dans son esprit.

Le désir qu'elle lisait dans son regard n'avait aucun sens. Frère Palni ne lui avait-il pas dit qu'elle n'avait plus rien de la jeune femme séduisante d'autrefois ?

Ce n'était sans doute qu'un jeu pour Kal. Une manière de se distraire de la douleur et de l'ennui. Après tout, il ne pouvait pas savoir avec quelle force elle luttait contre l'attraction qui la poussait vers lui, ni le temps qu'elle avait dû passer, seule, au-dehors, pour retrouver un semblant de calme.

— Ce n'est pas du tout ce que je voulais dire, balbutia-t-elle. Cessez de jouer avec mes mots.

— Je joue ? Moi ? Je ne fais qu'essayer de comprendre vos raisons de décliner mon offre.

— Mes raisons ? répéta-t-elle pour se donner du temps, trop affolée à l'idée qu'il devine son trouble pour en dire davantage.

Elle prit un bâton pour agiter les cendres. Aussitôt, une braise jaillit avant de retomber au sol, devenue cendre. Le désir n'était pas différent : il brûlait tout sur son passage en un instant avant de s'évaporer.

— La seule raison qui explique que vous préfériez somnoler

assise plutôt que de vous reposer sur un lit confortable, c'est que vous voulez mes bras autour de vous.

— Vous rêvez ! s'exclama-t-elle, ulcérée.

— J'aimerais avoir une place dans vos rêves, Cyn.

Comme elle poussait un hoquet horrifié, il la prit de court en éclatant de rire.

— Vous êtes si facile à choquer. Et j'adore plaisanter avec vous. Votre visage trahit le choc, tandis que vos yeux brillent d'anticipation.

— D'exaspération, plutôt !

Il pencha la tête de côté.

— Êtes-vous donc tellement exaspérée par moi, Cyn ?

— Cessez de m'appeler ainsi. Je n'ai jamais été Cyn !

Ce n'était pas tout à fait vrai, cependant. En de très rares occasions, son mari l'avait appelée ainsi lorsqu'il se montrait exceptionnellement affectueux. L'entendre dans la bouche d'un autre était perturbant. Mais pas déplaisant pour autant.

En vérité, elle adorait l'entendre prononcer cette unique syllabe de sa voix chaude et grave. À chaque fois, elle se sentait… vivante, comme si ce petit nom portait en lui la promesse d'un futur où elle ne serait plus seulement une sœur, une fille ou une mère.

Instinctivement, elle serra les bras sur sa poitrine. Peu importait qu'il l'appelle ainsi, cela ne signifiait nullement qu'ils partageaient une quelconque intimité ! Dire qu'elle avait passé la majeure partie de la journée à tenter d'oublier la sensation enivrante de sa bouche sur la sienne. Et quand, enfin, elle semblait parvenue à reprendre le contrôle de ses émotions, voilà qu'il la déstabilisait de plus belle !

— Cyn… Cela vous va à ravir. Cynehild me semble bien trop formel pour une femme qui a le sourire si prompt.

— Le sourire prompt ? balbutia-t-elle en se passant malgré elle la langue sur les lèvres.

— Votre sourire illumine cette misérable chaumière, assura-t-il en s'étendant sur la palette qu'il avait arrangée.

Je dormirai ici. C'est bien dommage de laisser le lit vide, mais c'est votre choix.

Sur ce, il ferma les yeux et fit mine de ronfler légèrement. Cynehild leva les yeux au ciel, amusée malgré elle par ses simagrées.

— Je vous l'ai dit : je ne dormirai pas. Avez-vous oublié mes fameux démons ? Vous seriez bien plus à votre aise dans l'autre couche. Nous aurons besoin de vos talents guerriers sous peu.

Cynehild se troubla soudain en s'entendant énoncer tout haut ses peurs. Ils plaisantaient mais leur situation ne prêtait guère à rire. Elle craignait que Haddr ne tienne pas sa langue et que la rumeur se répande dans les parages. Ses hommes étaient de solides combattants, mais ils n'étaient que deux contre qui sait combien d'ennemis.

— Mon bras sera assez fort quand le temps sera venu, promit-il d'un ton apaisant. Ma tête va déjà beaucoup mieux grâce à vos potions, et je suis absolument confiant dans les pouvoirs de guérison de votre porridge et de la sculpture de bois.

— Je ne peux qu'espérer et prier que cela suffise, en effet, s'amusa-t-elle, apaisée malgré elle par son ton détendu.

— C'est vous qui m'inquiétez, Cyn. Vous ne restaurerez pas vos forces en restant assise à filer.

— Seigneur, vous êtes encore plus protecteur que frère Palni.

— Je suis donc meilleur sur un point que ce satané moine ? Parfait ! Je suis constamment jaloux de lui et ne cesse de réfléchir à des moyens de surpasser sa sainteté.

Sur ces mots, il ferma les yeux, l'air concentré. Cynehild retint un rire à grand-peine. Quand il était d'humeur joueuse, Kal était tout simplement irrésistible.

— Je vous vois sourire, intervint-il.

— Comment pourriez-vous voir quoi que ce soit ? Vos yeux sont fermés !

— Je le sens, voilà tout. Continuez. J'adorerais entendre votre rire. Vous en avez envie.

Cynehild émit un son à mi-chemin du rire et du soupir exaspéré. Il était incorrigible !

— Très bien ! Vous gagnez ! De toute façon, frère Palni et moi tombons rarement d'accord sur quoi que ce soit. Cela ne me coûte guère d'admettre votre supposée supériorité sur lui.

Kal rouvrit les yeux et les posa sur elle.

— J'aime gagner… surtout devant une dame à qui je voue une si grande admiration. Certains diraient que je suis fait pour gagner… C'est pour cette raison que j'ai été désigné jarl, j'imagine.

— Vous croyez ?

— Je sais que devenir jarl exige du talent, de la patience et de la chance. Je me souviens de ces mots dans la bouche de mon père. Il est bien plus aisé de naître fils de jarl pour le devenir.

— Vous rappelez-vous avec plus de précision comment vous en êtes arrivé à cette position ?

— Je vous ai déjà dit ce que j'en savais. Je vous raconterai d'autres histoires quand vous aurez dormi, petite entêtée. Maintenant, allongez-vous sur le lit et faites ce qu'on vous dit, pour une fois.

De fait, le lit lui paraissait terriblement tentant tandis qu'une vague d'épuisement semblait la gagner. À sa grande surprise, Cynehild peina à retenir un bâillement.

— Vous pouvez vous montrer franchement irritant, vous savez ?

Ses yeux brillaient d'amusement.

— Raison de plus pour me laisser cette paillasse et prendre le lit, Cyn.

Elle fit de son mieux pour ignorer le frisson délicieux qui la traversa à ces mots prononcés d'une voix chaude et persuasive. Il avait raison, un peu de repos résoudrait ses soucis, à commencer par cette attirance incontrôlable qu'elle ressentait envers lui et qui n'était sans doute qu'un effet de la fatigue.

— Vous ne comptez pas me laisser gagner sur ce point, n'est-ce pas ? souffla-t-elle.

— Pas quand c'est aussi important. Parfois, belle dame, il faut abandonner le champ de bataille et accepter l'inévitable.

Le feu mourant jetait des ombres étranges sur les murs de terre, agité par les courants d'air. Au-dehors, le vent s'était levé et faisait battre la pluie sur le toit. Malgré la chaleur confortable de sa couche, le sommeil refusait de l'emporter.

Cynehild songea à se relever pour filer sa laine, mais elle craignait que tout mouvement n'éveille Kal dont la lente respiration lui parvenait, parfait contrepoint à la pluie battante.

Quand elle était à Baelle Heale, elle avait souvent peur de se laisser aller au sommeil à cause des rêves où Leofwine venait lui rendre visite pour la réprimander de ne pas suivre les instructions qu'il lui avait données. Désormais, ce n'étaient pas ces images qui s'imposaient à son esprit.

À chaque fois qu'elle fermait les paupières, elle se rappelait la chaleur de la paume de Kal sur sa taille et la façon dont sa bouche avait brièvement caressé la sienne. Elle avait beau ne rien savoir véritablement de lui, il avait le pouvoir de faire palpiter son cœur et cela la terrifiait.

Elle s'efforça de détourner ses pensées vers des sujets moins dangereux. Qui frère Palni ramènerait-il avec lui ? Si elle était chanceuse, ce seraient des hommes de Moir. Sinon, ce serait son beau-frère en personne – ou pis encore, sa sœur ! Elle n'imaginait que trop Ansithe, chevauchant tel un ange vengeur, prête à voler à son secours.

Enfants, Ansithe et elle s'étaient constamment disputées tant leurs caractères étaient opposés. Elles s'étaient rapprochées seulement après le mariage d'Ansithe avec Moir. Il n'en restait pas moins que sa sœur ne comprendrait pas pourquoi elle avait pris le risque de venir seule jusqu'ici.

Tout était plus facile quand elle ignorait encore que Kal était le jarl Icebeard, que ce blessé sans identité était en fait un homme attentionné dont elle rechercherait la considération. Si seulement Leofwine ne lui avait jamais donné ce fardeau à porter ! S'il n'avait pas tant insisté pour qu'elle tienne sa promesse. Hélas, il était trop tard pour les regrets. Elle ne pouvait plus reculer.

Elle se blottit sous les fourrures, les genoux contre la poitrine, terrassée par une vague de solitude amère. Elle ne savait plus où elle en était. Voulait-elle vraiment que cette aventure prenne fin ? Depuis qu'elle était avec Kal, elle avait la sensation merveilleuse d'exister vraiment, d'être considérée pour elle-même. Partager quelques baisers avec lui était-il si mal ?

Un gémissement sourd la fit se redresser d'un seul coup.

— Kal ? Tout va bien ?

Dans la pénombre, elle vit son grand corps s'agiter.

— Aidez-moi ! Pitié ! À l'aide… meurs…

Elle se jeta à son chevet et saisit ses mains nerveuses pour les maintenir entre les siennes. Il s'immobilisa aussitôt. Soudain, il ouvrit les yeux et la fixa comme s'il ne l'avait jamais vue. Elle libéra ses mains et posa la sienne sur son visage pour écarter une boucle de sa joue.

— Tu… es en danger ? balbutia-t-il.

— Nous sommes tous les deux en sécurité.

Ses yeux se refermèrent.

— Je veux te savoir en sécurité, *elska*[1].

Elle ne saisit pas le sens de ce mot. Peut-être était-ce le surnom de sa défunte femme ? Son cœur se serra de douleur. Quoi qu'il en dise, il n'avait de toute évidence pas

1. *Elska* signifie « amour » ou « aimer » en vieux norrois.

surmonté le chagrin de sa perte. Cynehild battait doucement en retraite lorsqu'il gémit à nouveau.

— Tout va bien, Kal, souffla-t-elle. Vous êtes en sécurité. Doucement. Je n'ai pas remis de bandage sur votre plaie. Il faut rester calme pour ne pas la rouvrir.

Ses yeux se rouvrirent brusquement, emplis de peur et d'effroi.

— Cyn ? Reste près de moi. Tu… tu n'es pas morte sur la route ? Je… J'ai rêvé que mon ennemi t'avait retrouvée et que j'étais arrivé trop tard pour te sauver.

Devant l'affolement sincère qu'elle lisait dans son regard, Cyn oublia son pincement de jalousie.

— Je suis là. Je ne partirai pas tant que le moment ne sera pas venu que nos chemins se séparent, assura-t-elle.

— Ce… Ce n'était qu'un rêve ? Un horrible rêve, n'est-ce pas ?

— Les mauvais rêves disparaissent très vite, promit-elle du même ton apaisant qu'elle utilisait pour calmer Wulfgar. Tu n'as rien à craindre. Ferme les yeux et rendors-toi. Tout va bien.

— Je ne suis pas en danger ? insista-t-il en se redressant sur un coude pour inspecter la chaumière comme s'il ne reconnaissait rien.

— Personne ne te fera du mal ici.

— Bien. Je suis heureux que tu sois là, Cynehild. Je veux… Je veux être bon pour toi.

Sa voix était douce et elle songea fugacement qu'il était incroyablement facile de le tutoyer.

— Je suis sûr que tu le seras, répondit-elle tout bas.

— Mais le suis-je assez ?

— Allons, du calme. Repose-toi, maintenant.

Elle voulut s'éloigner, soudain consciente qu'elle ne portait que sa chemise et que ses cheveux s'étaient détachés. Le sol froid lui glaçait les pieds.

— Reste avec moi, pria-t-il en saisissant ses doigts.

D'un geste, il l'attira vers lui, la faisant basculer entre ses bras. Cyn resta un instant pétrifiée, le corps pressé contre ses muscles durs. Il n'y avait pas une once de graisse dans ce corps puissant quoique affaibli. Par réflexe, elle posa la main sur son torse nu. Sa peau était chaude et douce sous sa paume. La tentation d'y poser la tête la submergea.

— Kal… Sois raisonnable, tu ne dois pas supporter mon poids, protesta-t-elle bien trop faiblement à son goût.

— Chut, dit-il en posant un doigt sur ses lèvres qui frémirent. Ne gâche pas tout. Reste près de moi.

— Mais, je…

— Tu parles trop.

Il resserra son autre bras autour d'elle, pressant délicieusement ses courbes contre lui. Ses lèvres n'étaient plus qu'à un souffle des siennes. Cynehild ne respirait plus.

— Laisse-moi sentir ta bouche contre la mienne, murmura-t-il. Laisse-moi t'embrasser.

— M'embrasser ? balbutia-t-elle en se passant malgré elle la langue sur les lèvres.

Il ferma les yeux.

— S'il te plaît.

Fascinée, hors d'elle-même, Cynehild se laissa porter par l'instant et se pencha sur lui. Lorsqu'elle effleura sa bouche, elle eut la sensation que le premier soleil du printemps la réchauffait après un long hiver.

Elle aurait dû se lever, s'écarter… Il la laisserait partir, elle le savait. Pourtant, elle resta immobile, sa bouche sur la sienne. Si elle essayait vraiment, elle pourrait arriver à croire qu'il ne s'agissait que d'un rêve.

Il referma les bras autour d'elle, l'attirant plus près jusqu'à ce qu'elle sente tout son corps à travers sa fine chemise. Leurs jambes s'entremêlèrent. Lorsqu'il entrouvrit les lèvres, sa langue glissa d'elle-même pour caresser la sienne. Aussitôt, une puissante vague de désir la fit trembler. Elle voulait davantage.

Soudain, il les fit rouler sur la couche pour se tenir au-dessus d'elle. Lentement, il dessina un chemin de baisers le long de son cou. Incapable de contenir la violence de son désir, Cynehild se cambra contre son corps dur.

Le feu crépita, éclairant ses pommettes hautes et ses larges épaules. Elle laissa son doigt courir le long de sa mâchoire puis dessiner ses belles lèvres masculines. Les yeux plongés dans les siens, il lui sourit avant de déposer de doux baisers sur ses joues, ses tempes et enfin sur le coin de sa bouche.

— Ma chérie…

Contrairement à l'effet qu'il attendait sans doute, ce petit nom la fit se raidir d'un seul coup. C'était celui que lui donnait Leofwine dans les moments d'intimité les premiers mois de leur union, alors qu'il continuait de voir sa maîtresse. Toujours ce surnom, jamais son nom à elle. Cela n'était venu que plus tard. Aujourd'hui encore, elle détestait se souvenir de la solitude atroce qu'elle avait ressentie au début de son mariage.

Elle repoussa fermement Kal.

— Non.

— Qu'est-ce qui ne va pas ? demanda-t-il, stupéfait, en la voyant se lever d'un bond.

Elle lissa de la paume sa chemise qui était remontée haut sur ses jambes pendant leur étreinte, le corps rigide.

— Je suis bien des choses, Kal Randrson, mais je ne serai jamais un corps tout juste bon à réchauffer votre lit.

Il se passa la main dans les cheveux, l'air complètement dépassé.

— Un corps pour… ? Non, bien sûr que non, je ne t'ai jamais considérée de la sorte…

— Pourtant, vous venez de m'appeler « ma chérie », comme vous auriez pu appeler n'importe quelle femme. Lorsque nous sommes ensemble dans un lit, je refuse d'être appelée par autre chose que mon nom ! Je ne veux pas être un corps anonyme !

À sa grande stupeur, un lent sourire naquit sur les lèvres de Kal.

— « Lorsque » ? C'est une nette amélioration par rapport à « si » …

Elle émit un petit claquement de langue agacé et croisa les bras sur sa poitrine.

— Vous détournez le sujet.

Son regard la parcourut lentement, détaillant chaque courbe de sa silhouette et chaque boucle de ses longs cheveux libérés.

— Je ne comprends absolument pas d'où vient cette soudaine colère, *Lady Cynehild*. Je pensais sincèrement que tu voulais ces moments autant que moi. Je n'ai pas voulu te blesser en usant d'un petit nom doux.

— Ce n'est pas un nom. Ce n'est pas *mon* nom.

— Cynehild. Douce Cyn… Est-ce mieux, ainsi ?

— Oui, lâcha-t-elle en s'obligeant à décroiser les bras, soudain embarrassée par son brusque accès de fureur. Vous… Vous avez fait un mauvais rêve et je suis venue pour vous apaiser. Je n'avais aucune intention de partager votre lit. Je tiens à ce que ce soit bien clair.

— Je me souviens, répondit-il sans cesser de sourire. Tu es apparue dans mon rêve, j'ai eu peur. Puis la réalité a été bien plus plaisante.

Cynehild ignora la chaleur qui sourdait au creux de ses reins. Elle était parfaitement consciente de ce qui avait failli se produire. Elle n'était plus une jeune innocente pleine d'appréhension. De fait, s'il n'avait pas commis l'erreur de l'appeler « ma chérie », elle n'aurait jamais cherché à s'arracher à ses bras.

Le souffle court, elle leva les yeux vers le plafond obscur. Si elle était morte avant Leofwine, il aurait eu d'autres liaisons et se serait remarié. Seulement, elle n'était pas Leofwine. Et ce qu'elle ressentait pour Kal n'avait rien de commun avec ce qu'elle avait autrefois ressenti pour son mari. Avec Kal, tout était tellement fort, puissant, irrésistible… Qu'est-ce que cela disait de ses continuelles protestations d'amour et de fidélité éternels envers Leofwine ?

Même en cet instant, elle peinait à se libérer de la sensation délicieuse de la bouche de Kal sur sa peau. Son corps refusait d'oublier avec quelle ardeur il s'était cambré contre le sien. Elle dut rappeler à elle toute sa volonté pour rester à distance.

— Cynehild, je te le répète, quoi qu'il advienne entre nous, ce sera ton choix.

— Je… Nous devrions prendre un peu de repos. Nous aurons de nouveaux défis à relever demain matin.

— Je suis navré d'avoir perturbé ton sommeil.

— Non, non, ce n'est rien, je suis soulagée de voir que vous allez bien.

Pour bien insister sur la nécessité de rejoindre son propre lit, elle bâilla exagérément en se relevant.

— Dormez, milady, dit-il doucement. Je resterai calme pour le reste de la nuit.

— J'aimerais autant, oui, répliqua-t-elle avec un sourire.

Puis elle se glissa sous les fourrures. Hélas, ses membres étaient tendus, raidis par une sourde frustration qu'elle tenta vainement d'ignorer.

Si elle partageait un jour la couche d'un homme, elle tenait à ce que ce soit pour les bonnes raisons, pas seulement pour réchauffer son âme solitaire et ce corps qu'elle avait ignoré depuis tant de mois.

Kal savoura les premiers rayons du soleil qui pénétraient dans la chaumière tout en songeant à l'erreur qu'il avait commise avec Cynehild. Sa réaction brutale à ce simple mot de « chérie » n'avait fait qu'aiguiser davantage sa curiosité concernant sa relation passée avec son mari. Il était de plus en plus convaincu que ce dernier n'avait pas été l'homme exemplaire qu'elle décrivait.

Du moins, il l'espérait de toute son âme. Parce que ce qu'il avait vécu quelques instants en la tenant enfin dans ses bras avait été bien au-delà de son imagination. Il brûlait d'un désir inassouvi qui n'était dirigé que vers elle, mais il devinait qu'une noble dame saxonne ne se fierait guère à la parole d'un jarl danois sur ce point.

— Vous voilà éveillé.

Cynehild venait d'apparaître dans l'encadrement de la porte. Elle avait revêtu sa robe qui cachait l'essentiel de ses courbes affolantes. Ses cheveux étaient sagement serrés et cachés sous une coiffe. Surtout, il nota que le tutoiement intime de la nuit précédente semblait définitivement hors de propos. Néanmoins, son corps réagit aussitôt à sa présence et il dut porter ses regards sur le mur pour ne pas se laisser fasciner par l'objet de ses rêves.

Elle persistait de toute évidence à vouloir que leur relation demeure platonique dans l'intimité alors même que la tension entre eux ne faisait que croître d'heure en heure. Surtout, elle était décidée à ce que tout se termine dès que ses hommes viendraient en renfort.

Il allait devoir trouver un moyen de la faire changer d'avis pour qu'elle admette enfin que leur union pouvait fonctionner. Un moyen de la garder auprès de lui.

Soudain, une évidence s'imposa à lui : le mariage ! Il lui fallait épouser Cynehild pour de bon au lieu de poursuivre ce simulacre de fiançailles.

En dépit de toutes les épreuves qu'elle avait traversées sur ces terres, il était évident qu'elle avait à cœur le bien-être des habitants. C'était l'un des traits de caractère de la jeune femme qui forçait son admiration. Un parmi tant d'autres…

Par ailleurs, elle était attirée par lui. Hélas, en dépit de son attirance pour lui, elle semblait refuser de considérer que leur relation puisse devenir permanente.

De son côté, Kal était convaincu que cette jeune femme forte et courageuse était un cadeau offert par les dieux, une occasion inespérée de donner à son existence un sens nouveau pour ne plus la gâcher.

Malgré lui, ses yeux revinrent se poser sur elle. Le jour naissant donnait à sa peau un éclat magnifique. L'intensité de ses émotions, à chaque fois qu'il posait le regard sur elle, avait quelque chose d'effrayant. Il la voulait de toutes ses forces, alors même qu'il avait conscience que son cœur appartenait encore à un autre. Comment pouvait-il rivaliser avec un fantôme ? C'était un combat perdu d'avance, plus encore quand il se trouvait être celui qui avait pris les terres, sinon la vie, du fantôme en question.

— Avez-vous l'habitude de vous réveiller toujours si tôt ? s'enquit-elle en s'approchant.

— Oui, je crois me souvenir que j'apprécie de passer un petit moment au calme pour réfléchir en paix le matin.

Il risqua un sourire vers elle et apprécia de voir ses yeux se réchauffer avant qu'elle ne fasse volte-face pour retourner devant la porte.

— Pourvu que frère Palni ne se soit pas perdu en route.

— Pourquoi ? Il a l'habitude de s'égarer ? questionna-t-il avec un fond de moquerie.

— Eh bien, cela est arrivé, admit-elle avec un sourire. Dès qu'il sera de retour, nous pourrons organiser la prochaine étape de notre plan. Il est possible qu'Ansithe et Moir fassent partie du voyage.

Sa sœur ? Kal sentit sa gorge se serrer. Il avait besoin de temps seul avec elle.

— Je crains qu'il ne nous faille pas l'attendre avant plusieurs jours. Même s'il trouve son chemin, il faudra du temps pour assembler suffisamment d'hommes. Ce n'est sans doute pas plus mal : mieux vaut, pour asseoir ma légitimité, que nous fassions montre d'une force solide, plutôt que de compter sur un raid par surprise.

Il ne précisa pas qu'il priait toutes les divinités de sa connaissance de lui accorder ce délai supplémentaire pour avoir le temps de la séduire et de lui montrer à quel point ils pouvaient être bien ensemble.

— Je suppose que vous avez raison, admit-elle enfin. Réunir suffisamment d'hommes prendra un peu de temps. Néanmoins, je connais ma sœur, elle insistera pour agir rapidement. Et puis, je m'inquiète du message que frère Palni aura délivré : il faut certes suffisamment d'hommes pour asseoir votre autorité, mais certainement pas une armée entière qui serait perçue comme une invasion.

Kal hocha la tête. Il regrettait à présent de n'avoir pas eu l'esprit assez clair pour donner des instructions au moine. Surtout, il aurait tant aimé savoir combien de temps il lui restait pour parvenir à gagner le cœur de Cynehild !

— Dès qu'ils seront là, vous avez l'intention de rejoindre l'église pour y déposer l'épée de votre mari, puis vous repartirez aussitôt, c'est cela ?

— Je ferai de mon mieux pour rester tant que vous aurez besoin de mes hommes pour reconquérir votre pouvoir. Il faudra nous assurer que le droit est respecté si jamais votre ennemi déclenche un affrontement.

Comme elle posait les mains sur ses hanches rondes, Kal se prit à repenser à la douceur de ses courbes pressées contre lui la veille. S'ils restaient encore un peu isolés au milieu des bois, il aurait peut-être le temps de l'amadouer pour la reprendre dans ses bras sans l'effaroucher. Seulement, il était assez lucide pour mesurer qu'une telle initiative serait fort mal accueillie pour l'heure, aussi proposa-t-il :

— Voulez-vous que nous allions nous promener ? Vos hommes peuvent rester pour garder les lieux et s'assurer que personne n'approche.

— Où voulez-vous vous promener ?

— Dans les alentours. Je me suis dit que cela pourrait

m'aider à retrouver mes souvenirs. Je peux demander à l'un de vos hommes de m'accompagner, si vous êtes trop occupée.

— Non, non, une petite marche vous ferait probablement du bien, vous avez raison. Tout comme à moi, d'ailleurs. Nous pourrons y aller doucement et rentrer dès que la fatigue se fera sentir.

— Parfait. Regardez ! lança-t-il en levant vers elle la sculpture qu'il avait ébauchée pendant ses instants de solitude au petit matin.

— Voici la deuxième pièce de jeu pour votre fils : un guerrier.

— Eh bien ! Combien de pièces avez-vous l'intention de sculpter ? s'amusa-t-elle.

— Autant qu'il le faudra.

— Que voulez-vous dire ?

— J'ai ralenti votre expédition et donc privé cet enfant de sa mère pendant un long moment. Il va me falloir de quoi le convaincre que je ne suis pas un si mauvais bougre.

— Il y a peu de chances qu'il vous rencontre. Mais si cela devait arriver, je suis certaine qu'il verrait la même chose que moi : un homme bon qui souhaite faire ce qui est juste.

Kal posa la main à plat sur son cœur et inclina la tête en un vœu silencieux.

Cynehild revint vers lui et prit le soldat de bois dans sa main. Son sourire lui donna le courage de se lever, empli d'une énergie nouvelle.

— J'ai hâte de partager cette promenade à vos côtés, milady.

Chapitre 9

L'état de la forêt impressionna grandement Cynehild. Elle s'était attendue à retrouver dans ces bois la négligence dont Leofwine avait fait preuve les dernières années – des années au cours desquelles il ne s'était plus concentré que sur la menace grandissante des Danois au lieu de prendre soin de ses gens. Cependant, les bois qu'ils traversaient semblaient parfaitement entretenus. Des troncs étaient régulièrement empilés, fraîchement coupés.

Son regard revenait sans cesse se poser sur la haute silhouette de Kal à ses côtés. Elle avait beau prétendre qu'elle voulait seulement surveiller son état pour s'assurer qu'il ne perdait pas connaissance, la vérité était qu'elle aimait le regarder. À chaque fois que ses yeux se posaient sur lui, son ventre se serrait : l'attraction qu'elle éprouvait envers lui se faisait toujours plus forte.

— Nous devrions rentrer. Mes hommes vont se demander où nous sommes passés, dit-elle en ne trouvant guère de meilleure excuse pour s'éloigner un peu de sa présence obsédante.

Pour la première fois, il ne montrait aucun signe de faiblesse et semblait aller tout à fait bien.

— J'ai bien vu qu'ils n'étaient guère enchantés de vous laisser partir seule avec moi. Je ne doute pas que frère Palni a dû leur faire des recommandations peu enthousiastes me concernant. Ce brave moine a visiblement son idée sur la façon dont nous devons nous comporter, vous et moi.

Cynehild sourit devant son air agacé. Kal semblait presque… jaloux. Cette idée provoqua en elle un trouble délicieux qu'elle se hâta de réprimer. Elle n'avait aucun droit d'espérer qu'il nourrisse de tels sentiments à son égard. Cet espoir était en soi une trahison envers Leofwine.

Elle n'aurait jamais dû entretenir de telles émotions pour un Danois. Pour une fois, frère Palni avait vu juste : à force de veiller sur lui, elle s'était irrémédiablement rapprochée de lui.

Par chance, elle n'avait rien de commun avec sa plus jeune sœur Elene, si impétueuse. Pas plus qu'elle ne ressemblait à Ansithe qui possédait un tempérament de feu. Elle était la sœur raisonnable et sensée, aujourd'hui veuve et en charge d'un enfant, pas une jeune fille passionnée. Et puis, elle avait toujours été fière d'être la plus calme, la plus constante ; celle qui songeait à l'avenir de son fils avant le sien. Pourtant, aujourd'hui, cette calme sérénité se fendillait dangereusement.

— Vos forces commencent à revenir mais elles risquent de vous abandonner tout aussi vite si vous en faites trop, prévint-elle.

— Je vous suis reconnaissant de m'avoir laissé porter l'épée de votre mari à la ceinture. J'ai l'impression d'être sans défense quand je sors sans arme.

Soudain, il s'arrêta et annonça d'un ton grave :

— J'ai juré de vous protéger, Cynehild, même si vous ne me faites pas confiance.

— Pourquoi dites-vous cela ? Ai-je l'air de me méfier de vous ?

Il prit son menton entre ses doigts et observa longuement son visage. Aussitôt, la chaleur désormais familière s'enroula au creux de ses reins. À l'instant où ses lèvres s'entrouvraient pour accueillir avec impatience son baiser, il la laissa aller.

— Vous avez l'air d'une femme qui a besoin d'être convaincue.

Son rire chaud roula sur sa peau comme une caresse et elle se raidit pour lutter contre ce nouvel accès de faiblesse.

— J'espère surtout que vous n'aurez pas à me faire la preuve de votre promesse d'ici un moment.

Elle se détourna un peu trop brusquement, troublée par la force de ses émotions. Elle en était venue à l'apprécier trop vite et trop fort. Elle aimait passer du temps en sa compagnie, bien plus qu'avec Leofwine, même quand elle avait compris qu'elle l'aimait.

À l'époque de son mariage, elle avait, non sans peine au début, accepté l'idée que les hommes et les femmes ne partageaient pas les mêmes sphères au quotidien. Leofwine avait sa routine ; elle, la sienne. Il ne s'approchait jamais de son métier à tisser, pas plus qu'elle n'aurait eu l'idée de toucher à son épée. Et puis, il était mort et elle avait dû apprendre très vite à s'occuper de tâches habituellement réservées aux hommes, comme inspecter les fondations des bâtiments, s'assurer qu'il y avait suffisamment de grain et de provisions ou encore veiller à l'entraînement de son jeune fils.

Leofwine n'aurait jamais reconnu la femme qu'elle était devenue. Elle n'était pas sûre de se reconnaître elle-même. En revanche, elle aimait la sensation d'accomplissement que toutes ces nouvelles charges lui avaient apporté. Et puis, depuis qu'elle avait vu Moir et Ansithe ensemble, elle se demandait si une autre façon de concevoir le mariage était possible.

Non qu'elle songe à se remarier, bien sûr. Sa vie avait pris une tout autre direction et cela lui convenait parfaitement ! La vie maritale n'était plus pour elle…

— Cette épée est très bien équilibrée. Quel dommage qu'elle ne puisse revenir à votre fils. Je m'étonne que votre époux n'ait pas souhaité la lui léguer.

Cynehild se raidit imperceptiblement et chercha aussitôt un moyen de détourner la conversation.

— Vous aurez besoin d'une épée en retournant chez vous. Porter celle-ci justifiera que vous ne portiez pas la vôtre. Si l'on vous interroge, vous pourrez toujours faire taire les racontars en affirmant que notre accord impliquait que je vous remette celle-ci.

Il fronça les sourcils. Sur la défensive, elle ajouta précipitamment :

— J'ai songé que mon excuse était encore la meilleure des stratégies.

Elle attendit ses moqueries, au lieu de quoi il acquiesça :

— Vous avez parfaitement raison. Ainsi, quand le moment sera venu et que j'aurai retrouvé ma position et mes armes, vous pourrez emporter cette épée dans l'église, quoique j'avoue avoir du mal à comprendre l'intention de votre époux.

— Je crois qu'il estimait que ce geste serait une manière de montrer à Wulfgar son héritage, dit-elle prudemment dans une tentative pour ne pas mentir sans pour autant révéler la vérité.

Un héritage en écus sonnants et trébuchants. Du moins si le trésor était encore là. Il pouvait avoir été pillé bien avant que Kal n'arrive à la tête de ces terres. Quelqu'un parmi les proches de Leofwine aurait pu deviner qu'il cacherait des richesses avant de fuir dans l'idée de venir les reprendre plus tard.

— Je comprends, seulement vous n'avez pas amené votre fils avec vous. Quelle raison pourrions-nous invoquer pour expliquer son absence alors que vous venez vous recueillir sur la mémoire de son père ? Est-ce que j'aurais pu exiger dans notre accord de fiançailles que nous nous rencontrions d'abord seul à seule ? S'il faut en croire ma réputation… difficile, cela devrait paraître crédible.

Il conclut ses propos d'une légère grimace et eut un timide sourire avant d'avouer :

— J'ai le vague souvenir de m'être dit que vous remettriez peut-être votre voyage si je ne vous autorisais pas à venir avec lui.

Le jarl Icebeard avait effectivement exigé qu'elle vienne sur ses terres sans son fils. Seigneur ! Tout cela lui paraissait si loin maintenant qu'elle connaissait Kal. Elle peinait à voir en lui le jarl à la réputation terrifiante qu'elle craignait tant d'affronter lorsqu'elle avait gravi cette colline pour le découvrir étendu et blessé.

Elle lui répondit d'un sourire entendu :

— Hélas pour vous, cela ne m'a pas arrêtée. Wulfgar est trop jeune pour voyager de toute façon. Surtout, poursuivit-elle sur une impulsion, en venant sans lui, je voulais vous montrer que je n'avais aucun intérêt pour vos terres, qu'il ne s'agissait ni de revanche ni de fomenter une rébellion saxonne. Une partie de l'héritage de Wulfgar se trouve peut-être ici mais je suis convaincue que son avenir est ailleurs.

— C'est une façon très sensée et raisonnable d'envisager la situation.

Elle rit de bon cœur en avouant :

— Mon beau-frère m'a laissé entendre qu'il serait… prudent de ma part de bien vous rappeler cela à mon arrivée. Apparemment, vos colères sont légendaires puisqu'il en avait entendu parler.

— Hum… Moir m'a tout l'air d'être un homme réfléchi qui pense aux conséquences.

— Oui, il est bien plus sage que je ne l'ai d'abord cru.

— Vraiment ? Qu'avez-vous donc cru au début ? Je suis curieux de connaître cette histoire.

Rougissante, Cynehild accepta de lui conter les événements qui avaient mené à la rencontre d'Ansithe et de Moir. Enfin, elle conclut :

— Je lui suis infiniment reconnaissante de ce qu'il a fait pour tenter de nous réunir, Leofwine et moi, après que ce dernier a été capturé par les Danois. Hélas, en dépit de ses efforts, Leofwine est mort des mauvais traitements de ses geôliers. Avant qu'il ne pousse son dernier soupir, j'ai néanmoins pu passer un bref moment avec lui. C'est un souvenir que je chérirai toujours.

Cynehild se surprit à presser le pas pour rester à la hauteur de Kal qui avait soudain accéléré. C'est alors qu'elle remarqua ses mâchoires serrées.

Elle le rattrapa et le saisit par le bras.

— Nous étions supposés nous promener, pas courir ! Si vous ne ralentissez pas le pas, je vais devoir vous ramener à la chaumière pour vous forcer à prendre un peu de repos !

— Votre mari avait de la chance d'avoir une telle épouse, lâcha-t-il dans un souffle. J'espère qu'il a su l'apprécier et a bien pris soin de vous.

Quelque peu décontenancée par la dureté soudaine de son ton, Cynehild balbutia :

— Il m'a protégée tant qu'il l'a pu. Parlez-moi de votre épouse, demanda-t-elle, curieuse d'en apprendre davantage sur son mariage.

Kal reprit un rythme plus mesuré avant de répondre :

— Nous étions tous les deux très jeunes. Nous nous sommes mariés pour de mauvaises raisons. Elle voulait échapper à sa famille et je voulais en construire une, car tous les miens étaient morts. La même année, les récoltes ont pourri sur pied. Ranka voulait que je parte pour rejoindre l'armée et tenter de construire une meilleure vie ailleurs avant de la faire venir, tandis que je voulais rester jusqu'à la naissance de notre enfant. J'étais… J'étais parti pour vendre notre dernière bête au marché lorsque le travail a commencé. Quand je suis rentré, elle était mourante, emportée par la fièvre, tandis que notre nouveau-né pleurait à ses côtés. Elle a poussé son dernier souffle le jour même. Mon petit garçon, deux jours plus tard. J'étais… J'étais comme fou, de douleur et de honte. J'ai juré sur leurs tombes de faire quelque chose de ma vie comme elle me l'avait demandé.

Cynehild s'efforça de ravaler l'émotion qui lui serrait la gorge pour demander :

— Et vous l'avez fait. Vous êtes un jarl puissant et respecté, vous avez accompli votre serment. Que voulez-vous accomplir de plus ?

Il tourna son visage tendu vers elle.

— Je veux vivre en paix. J'ai vu assez de combats et de sang versé. Ces terres ont besoin de temps pour guérir, tout comme leurs habitants. C'est pour cette raison que je vous ai donné ma permission de venir déposer l'épée de votre époux jusqu'ici, avant même de vous connaître. Oui, je *sais* que c'était la raison de mon accord.

Le malaise s'intensifia en elle. Tandis que Kal parlait de paix et de sérénité, elle était venue avec des intentions nettement plus égoïstes et discutables. Son secret pesait de plus en plus lourd sur son cœur.

— Vous n'imaginez pas ce que ce geste et votre accord représentent pour moi, souffla-t-elle.

— Je crois que je peux le comprendre. Je sais au plus profond de moi que je suis tombé amoureux de ce pays dès l'instant où j'y ai posé le pied.

D'un lent regard scrutateur, il sembla la déshabiller des pieds à la tête.

— Je me suis dit qu'il était tout à fait comme une femme magnifique vêtue d'une robe laide : victime d'une coupable négligence, mais d'une beauté à couper le souffle.

Il avait assorti son compliment d'un regard de dégoût si exagéré sur sa tenue qu'elle s'exclama :

— Kal ! Seriez-vous en train de dire que ma robe est laide à ce point ? Eh bien, vous ne seriez pas le seul ! admit-elle en gloussant. Frère Palni la hait avec une passion toute chrétienne et ma sœur Elene ne manque jamais une occasion de la critiquer. Je conviens qu'elle est terne et informe, néanmoins elle est fort pratique pour voyager.

— Peu m'importe la robe, Cyn… Me laisserez-vous vous dire combien vous êtes belle ?

Affreusement gênée, Cynehild joua nerveusement avec les lacets de son aumônière.

— Eh bien, merci, alors. Force est d'admettre que les terres se portent bien depuis que vous avez pris la tête de la région, bredouilla-t-elle dans une tentative désespérée pour détourner la conversation.

Cette fois, ce fut lui qui rit de bon cœur.

— Pourquoi tenez-vous tant à changer de sujet ?

Cynehild refusa de lever les yeux vers lui.

— Puis-je vous confier une pensée dont j'ai honte ? demanda-t-elle à voix basse. Je dois avouer qu'une partie de moi espérait, par pur orgueil, trouver la contrée dans un piètre état. En plus mauvais état qu'elle n'était, en tout cas. Leofwine n'a jamais eu l'âme d'un fermier. En vérité, il détestait s'occuper des terres. Quant à son intendant, le défunt époux de Luba, il faisait plus de mal que de bien. Voir à quel point le domaine prospère sous votre loi m'emplit à la fois de joie pour ses habitants, et d'un peu de dépit, également.

Le regard de Kal redevint sérieux et son cœur cessa de battre la chamade… jusqu'à ce qu'il s'empare de sa main pour la porter à ses lèvres.

— Je suis heureux que vous reconnaissiez que ces terres ont besoin de moi, tout comme je comprends votre attachement – que vous appelez « orgueil » – à cet endroit. Tout ce dont ces terres auraient besoin, désormais, c'est d'une belle dame qui les aime autant que moi.

Cynehild se figea. Le sang battait si fort à ses oreilles qu'elle n'entendait plus que son rugissement sourd. Avait-elle bien entendu ce qu'il venait de dire ? Surtout, avait-elle bien compris ? Venait-il de sous-entendre qu'elle pourrait devenir la maîtresse de ces lieux, auprès de lui ?

Elle aurait dû croire à une plaisanterie et se contenter de

rire, seulement elle en était bien incapable tant les sentiments contradictoires se bousculaient en elle.

Elle le connaissait à peine ! Sa proposition aurait dû être risible, au lieu de quoi son cœur battait la chamade, ses mains tremblaient et elle mourait d'envie de se jeter dans ses bras. Elle ne pouvait pourtant pas l'aimer ! Pas déjà !

L'homme qu'elle avait rencontré était-il seulement le véritable Kal ? Sa personnalité ne souffrait-elle pas encore des effets du choc qu'il avait reçu à la tête ? Voilà sans doute pourquoi il lui proposait à demi-mot de l'épouser.

De toute façon, ses propres responsabilités se jouaient bien loin d'ici, auprès de Wulfgar. Kal serait-il prêt à s'occuper du fils de l'homme qui avait possédé ces terres avant lui ? Ne le verrait-il pas plutôt comme une menace à son propre pouvoir ? Pas au début, bien sûr. Cependant, qu'adviendrait-il lorsqu'il ne verrait plus Wulfgar comme un petit garçon, mais comme un guerrier rival ? Comment aurait-elle pu s'ouvrir à lui de toutes ces questions quand elle ne lui avait même pas avoué le véritable motif de sa venue ?

Kal dut sentir son affolement car il ajouta avec douceur :

— Cyn... Vous n'êtes pas obligée de me répondre maintenant.

Enfin, elle parvint à plonger les yeux dans les siens, si pleins de douceur et de compréhension. Son cœur frémit. Sa raison avait beau trouver mille raisons de le nier, son cœur s'émouvait pour cet homme.

Tout à coup, des voix d'hommes lui parvinrent, portées par la brise. Aussitôt, la tension qui devenait insoutenable entre eux desserra son étau. L'heure de sa confession n'était pas encore venue.

— Avez-vous entendu ces voix ? s'exclama-t-elle. Ne devrions-nous pas vérifier ce dont il s'agit ?

— Des voix ? J'ai effectivement entendu un bruit étrange, mais... Vous avez raison. Cela ressemble à des voix énervées. D'où viennent-elles d'après vous ?

Elle tendit l'oreille, attentive.

— Je n'ai pas l'impression qu'il s'agisse de Saxons, les intonations me semblent plutôt danoises. Mais à cette distance, je peux me tromper. Pourtant… J'ai l'impression que les voix parlent en danois, sans l'accent des hommes du Nord. Se pourrait-il que mon beau-frère soit déjà arrivé ? Frère Palni a pu le croiser plus tôt que prévu sur la route et…

Lorsqu'elle vit sa mâchoire se crisper et ses doigts se refermer sur la garde de l'épée, son souffle se bloqua dans sa gorge. Son hypothèse n'avait aucun sens. Un long frisson la parcourut lorsqu'il prononça d'une voix grave :

— Ou bien ce pourrait être tout à fait autre chose. Quelqu'un d'autre…

Elle tenta de contrôler la peur insidieuse qui montait en elle. Kal n'était pas en position de se battre contre quiconque.

— Que disent-ils ? Comprenez-vous ? demanda-t-elle d'une voix paniquée.

— Faites-moi confiance pour vous protéger. Avec cette épée entre mes mains, vous ne craignez rien.

D'un seul coup, la peur se mua en exaspération et elle planta les pieds fermement dans le sol. Les hommes semblaient toujours la considérer comme une idiote dès qu'il était question de combat. Elle l'avait peut-être accepté de la part de Leofwine, mais elle ne l'accepterait pas de Kal !

— Mon mari avait l'habitude de ne rien me dire des dangers que nous aurions à affronter lorsque nous avons fui devant la horde. Je refuse que vous agissiez de même ! Je suis une adulte, pas une jeune fille impressionnable qui perd connaissance à tout bout de champ. Si mes hommes courent un quelconque danger, il me faut les secourir.

Kal pencha la tête de côté, visiblement pris de court par son éclat, puis il hocha la tête.

— Toutes mes excuses. Je pensais vous protéger et vous éviter de céder à la panique.

— Eh bien, sachez que la panique est un luxe inaccessible aux veuves en charge de jeunes fils.

— Je garderai cela à l'esprit.

Les voix retentirent de nouveau. Cette fois, les mots leur parvinrent plus nettement : des jurons et des questions énervées à propos d'Icebeard. Cynehild sentit son ventre se tordre d'appréhension. Cette dispute ne pouvait signifier qu'une seule chose : Haddr avait parlé. Le répit de Kal était terminé, bien avant qu'il ait pu complètement guérir !

— Ce sont des Danois, pas des Scandinaves.

Kal pesta en danois contre Haddr.

— Haddr nous aurait trahis si vite ? s'étrangla-t-elle.

— S'il l'a fait, c'est sûrement accidentel. Il parle trop dès qu'il a bu son content d'ale. Quoi qu'il en soit, il faut se rendre à l'évidence. Notre secret est éventé et le renfort de vos hommes ne sera pas là avant plusieurs jours.

Il posa une main sur son épaule avant de déclarer, son regard sérieux plongé dans le sien :

— Cyn, il faut que je retourne chez moi.

— Mais frère Palni nous a expressément demandé de ne…

— Voulez-vous sauver vos hommes ?

— Bien sûr !

Cynehild sentit sa gorge se serrer en dépit de sa façade de bravoure. Son ventre était douloureux tant la peur la rongeait.

— Alors, retourner au village, au milieu de mes gens, est le meilleur moyen de s'assurer qu'ils s'en sortiront sains et saufs. Si nous restons cachés, si nous retournons par exemple à la grotte, je ne pourrai rien pour eux. Il faut vous fier à moi sur ce point.

— J'ai confiance en vous… Ce qui ne m'empêche pas de m'inquiéter. Et puis, frère Palni m'a fait promettre…

— Moi, en revanche, je n'ai rien promis.

Elle serra ses bras croisés sur son ventre douloureux. Kal posa une main apaisante sur son bras et une chaleur bienfaitrice se répandit dans ses membres à ce simple contact.

— Restez en arrière sous le couvert des arbres, Cyn. Attendez que je me sois occupé de ces hommes et que je sois reparti avec eux pour rejoindre la chaumière. Je pense que vous y serez en sécurité, si vous êtes très prudente, le temps que vos hommes arrivent.

— En somme, je dois vous laisser vous occuper de tout, c'est cela ? répéta-t-elle avec un claquement de langue écœuré. Par pitié ! J'ai juré de ne plus fuir devant qui que ce soit le jour où j'ai dû quitter ces terres. Je ne fuis pas, j'affronte et je lutte, vous m'entendez ? S'ils vous tuent, s'ils exécutent mes hommes, ils devront encore me pourchasser et m'abattre, car je n'abandonnerai pas.

Kal l'écouta avec le plus grand sérieux avant de parler d'un ton humble :

— Votre courage vous honore et me couvre de honte. Les dieux veillaient réellement sur moi lorsqu'ils m'ont mis sur votre chemin. J'accepte l'aide que vous m'offrez. Seulement, je ne sais pas encore comment agir au mieux. J'aimerais avoir un aperçu de ces hommes. Je sais par expérience que prendre le temps d'évaluer calmement une situation mène bien plus souvent à la victoire qu'une attaque sans réflexion.

À son ton prudent, elle crut qu'il pensait ses hommes déjà perdus. Elle se redressa de toute sa hauteur et déclara, la gorge serrée :

— J'ai juré de protéger mes hommes. Ils se sont portés volontaires pour rester en arrière, en territoire ennemi. Je refuse de les abandonner. Je n'abandonnerai plus personne sous ma charge, vous comprenez ?

Cynehild sentit des larmes d'amertume monter à ses paupières. Elle ne se rappelait que trop ceux que Leofwine avait laissés derrière lui en fuyant.

Kal hocha gravement la tête.

— Je vous assure que les garder en sécurité est ma priorité, milady.

À ces mots, Cynehild sentit la tension la quitter un peu et elle put inspirer plus calmement.

— Comment puis-je vous aider ? demanda-t-elle.

— Connaîtriez-vous un endroit sûr d'où nous pourrions les observer sans être vus ?

— Oui, il y a une petite butte tout près qui nous offrirait une vue correcte sur la chaumière et ses environs. J'y suis passée en rentrant de chez Luba. Cela pourrait convenir ?

Kal eut un lent sourire.

— Vous êtes aussi intelligente que belle, Cyn. Si vous aviez été une guerrière, la horde n'aurait pas eu la moindre chance contre les Saxons.

Cynehild sentit son cœur tressauter dans sa poitrine. Une fois de plus, elle se répéta qu'elle ne connaissait pas réellement cet homme, du moins, pas celui qu'il était avant son accident. Peut-être était-il un beau parleur qui aimait à séduire les femmes pour les plier à sa volonté. Luba semblait prête à lui manger dans la main et elle imaginait sans peine qu'il devait produire le même effet sur une bonne partie de la gent féminine.

Néanmoins, elle ne pouvait nier qu'il l'écoutait avec attention, ne l'humiliait pas quand elle se mettait en colère et prenait toujours en compte son opinion.

— Je… J'accepte votre compliment.

— Merci, milady ! Sachez qu'il vient du cœur ! s'exclama-t-il en portant sa main à ses lèvres chaudes, lui arrachant un frisson de plus.

Kal suivit Cynehild dans les sous-bois jusqu'à la butte dont elle lui avait parlé. De là-haut, il put en effet observer la scène qui se jouait en contrebas près de la chaumière.

Plusieurs hommes dont les visages évoquaient un vague sentiment de familiarité – *ses* hommes – faisaient cercle autour des deux gardes de Cynehild. Soudain, l'un d'entre eux gifla violemment l'un des Saxons.

Près de lui, Cyn étouffa un cri et détourna brusquement le visage. Kal posa un bras autour de ses épaules pour la réconforter

— Ne devriez-vous pas vous montrer ? Il s'agit de vos hommes, n'est-ce pas ?

Kal secoua la tête, les sourcils froncés. Si ces hommes ne lui étaient pas loyaux, il risquait de conduire la jeune femme droit dans un piège.

— Pas encore. Pas ici. Je dois me montrer dans ma demeure. Quoi qu'il arrive, ils n'oseront pas exécuter vos hommes sans ordre précis, ils les ramèneront vivants.

Le visage de la jeune femme était blême et elle balbutia d'un ton aigu qui trahissait sa peur :

— Mais… Si ce sont vos hommes, ils obéiront à vos ordres, n'est-ce pas ?

— Les circonstances ont changé avec ma disparition et le coup que j'ai subi. Je ne peux pas savoir s'ils sont venus dans l'espoir de me retrouver vivant ou pour faire en sorte au contraire que je ne revienne pas dans le monde des vivants. À moins qu'ils soient là pour tout autre chose encore…

Kal sentait les frémissements qui parcouraient la jeune femme. Était-ce de la peur ou bien de l'émoi ? Sa peau était chaude et douce sous ses doigts. Même en cet instant, alors que la tension était à son comble, il brûlait de la renverser dans ses bras pour lui murmurer des douceurs à l'oreille. Cependant, elle avait exigé la vérité et il ne se déroberait pas.

— Haddr n'est pas là.

Elle pressa ses doigts sur ses paupières en prenant une longue inspiration.

— Vous avez raison… Nous devons prendre le temps de réfléchir à la meilleure stratégie. Peut-être serait-il plus prudent de rejoindre au plus vite la demeure de Mimrson, votre voisin le plus proche, pour lui demander son aide ?

Hélas, cela risque de prendre trop de temps et mes hommes seront morts avant notre retour !

Kal sentit son admiration pour la jeune femme croître davantage. Malgré la précarité de leur situation, elle n'avait toujours pas cédé à la panique.

— Connaissez-vous bien le chemin jusque chez lui ?

— Je connais la direction, pas précisément le chemin le plus court.

Tout en s'expliquant, elle fit un geste imprudent du bras dans la direction en question et délogea accidentellement une pierre qui dévala la pente. Le bruit alerta l'un des Danois qui leva les yeux puis son arc dans leur direction.

— Du calme, souffla-t-il tout bas et l'entraînant avec lui sur le sol. Restez à terre et reculez tout doucement. Voilà. Sans faire de bruit.

Elle obéit aussitôt et rampa à reculons sur le sol. Hélas, son pied se prit dans les plis de sa jupe et le déchirement du tissu parut résonner dans le silence. Elle lâcha dans un murmure un juron particulièrement virulent que Kal n'aurait jamais imaginé entendre dans la bouche d'une dame de sa qualité.

Il posa précipitamment un doigt sur ses lèvres pour lui rappeler de se taire. En dépit du danger, il ne put retenir un grand sourire.

— Impressionnant ! Je n'avais pas entendu celui-ci depuis fort longtemps.

— Mon pied s'est coincé dans mes jupons, pesta-t-elle tout bas en tirant sur le tissu incriminé pour découvrir ses jambes.

Kal fit de son mieux pour ne pas se laisser fasciner par la peau ainsi révélée et la finesse de ses chevilles.

— C'est le problème avec les vêtements de femme, commenta-t-il platement.

Lorsqu'ils eurent suffisamment reculé, il leva la main en

l'air pour lui faire signe de s'arrêter. Rapidement, il se mit debout et l'aida à faire de même.

— Nous partirons par là, déclara-t-il en désignant les traces un peu effacées d'un chemin.

Sans qu'il sache bien comment, son instinct lui dictait que c'était la voie qu'il leur fallait emprunter.

— Comment ? Mais la chaumière est dans l'autre sens ! l'arrêta Cynehild en pointant le doigt dans l'autre direction. Mes hommes sont en danger, nous ne pouvons pas les abandonner. Ils vont forcément partir à notre recherche.

— Ce chemin mène au village, n'est-ce pas ?

Comme elle acquiesçait, il expliqua très vite :

— Nous devons rejoindre ma maison justement pour les sauver. Si je me trompe de chemin, guidez-moi. Il nous faut faire vite pour arriver avant que ces hommes n'y parviennent à leur tour. Ils vont perdre du temps à nous chercher, ce qui nous en donnera pour leur préparer un accueil qu'ils ne seront pas près d'oublier.

Cynehild ouvrit la bouche et la referma plusieurs fois avant de balbutier :

— Vous voulez aller droit chez vous où votre assassin vous attend ?

— C'est le meilleur moyen de sauver vos hommes, Cyn. Je dois reprendre ma place de jarl et j'aurai besoin de votre aide pour cela ! Je suis désolé.

— Désolé de quoi ?

Il écarta doucement une boucle de cheveux de sa joue.

— Désolé de vous avoir involontairement mise en danger. Hélas, je n'ai plus le choix. Si cela peut vous être une consolation, sachez que je ne voudrais personne d'autre que vous à mes côtés dans cette aventure.

Cynehild sentit son ventre se serrer d'appréhension. Elle n'aurait su dire qui était le plus fou des deux – lui qui proposait ce plan mortel ou bien elle qui s'apprêtait à le suivre.

— La flatterie ne sera pas nécessaire, je vous assure.

Vous avez raison, rejoindre votre demeure est notre seule option… Allons-y !

— Parfait ! Que vous preniez cela pour de la flatterie ou non, j'admire votre bon sens. Vous m'avez déjà fait confiance, Cyn, fiez-vous à moi une fois encore pour vous rendre vos hommes en vie.

Lui faire confiance ? Son cœur lui soufflait qu'elle le pouvait… Aussi s'efforça-t-elle de raffermir son esprit contre une telle tentation. Elle ne devait confier à personne l'avenir de son fils. Elle était la seule à pouvoir s'en occuper.

— Êtes-vous certain de ne pas vouloir attendre le retour de frère Palni ? Il ne doit plus être très loin à présent. Rien ne changera le fait que nous avons besoin d'hommes en armes. Le plus prudent serait peut-être de patienter un peu.

— Si nous ne faisons rien, vos hommes mourront. Il faut agir.

Elle se pinça l'arête du nez et ferma les yeux pour réprimer une soudaine nausée. Ce n'était pas le moment de faiblir. Elle avait orgueilleusement proclamé qu'elle voulait l'épauler, alors elle allait devoir ravaler son envie impérieuse de fuir à toutes jambes pour se cacher.

Elle s'obligea à redresser les épaules en songeant au choix qui s'offrait à elle. Si elle voulait redevenir la faible femme qui avait besoin de protection, cela signifiait renoncer à tout ce qu'elle aimait chez elle depuis quelques mois. La frêle jeune femme qu'elle était lorsque Leofwine était parti au combat n'existait plus et, pour dire le vrai, elle ne lui manquait nullement !

— Qu'allez-vous faire une fois que nous serons chez vous ? demanda-t-elle enfin bravement.

— Révéler ma présence, tout simplement. Il est impossible de condamner quelqu'un pour le meurtre d'un vivant.

Brusquement, il déposa un baiser sur son front.

— Je vous l'ai dit et je le répète, votre courage vous honore, Cyn.

— Je ne suis pas courageuse. Je suis pétrifiée de peur, avoua-t-elle dans un souffle.

Elle attendit son rire moqueur. En vain.

— Moi aussi. Mais nous allons y aller quand même. Ensemble.

Comme ils sortaient d'un virage, l'habitation du jarl apparut, *sa* maison, impressionnante avec ses pignons de bois neuf. Un peu plus loin, la surface d'un lac luisait doucement à la lueur du soleil couchant.

Des images surgissaient dans la mémoire de Kal, sans suite ni logique, et la souffrance explosa de nouveau sous son crâne.

Il dut s'arrêter et posa les mains sur ses cuisses, le temps que la douleur reflue. Les yeux clos, il se crut retourné dans la province de Ribe. Il se vit marcher vers la maison de Ranka, où elle l'attendait pour qu'il la tire des griffes prétendument tyranniques de son père. Puis cette image s'évanouit, remplacée par d'autres images de la construction de cette luxueuse demeure. C'était lui qui avait ordonné et dirigé les travaux pour remplacer l'ancienne demeure seigneuriale qui avait été brûlée au cours de l'invasion. Tout à coup, les souvenirs affluaient tous ensemble en un désordre aveuglant et il serra les mâchoires.

Puis il perçut le faible cri affolé de Cynehild et cela suffit à le ramener brusquement au présent et à cette femme dont il avait la responsabilité.

Le souffle court, il tenta de conserver intacts les souvenirs de la construction de sa demeure, hélas ils s'effilochaient déjà. Tant de questions demeuraient sans réponse. Avait-il aimé voir grandir cette maison ? Ou bien cela avait-il été un fardeau à ses yeux ? Pourquoi avait-il choisi ces sculptures murales ?

— Tout va bien, Kal ? s'alarma Cynehild en posant

une main sur son épaule. Pouvons-nous continuer ou bien avez-vous besoin d'un moment pour rassembler vos forces ? Nous ne nous sommes pas reposés du tout en chemin. Il n'y a rien d'étonnant à cet accès de faiblesse.

Kal se concentra sur sa voix pour retrouver une respiration calme jusqu'à ce que, enfin, la douleur disparaisse.

— L'effet de surprise sera notre meilleure arme. Les hommes ne tarderont pas à rentrer de la chaumière avec leurs captifs. Il faut continuer..., souffla-t-il. Vos hommes sont en vie pour le moment.

— Je vais vous croire sur parole. Après tout, c'est vous le guerrier.

Elle se mordit la lèvre comme si elle se retenait d'en dire davantage. Kal maudit une fois de plus son mari. Peu importait combien elle l'avait aimé, il savait que Leofwine ne l'avait pas traitée comme elle méritait de l'être.

Pour sa part, s'il avait la moindre chance de lui prouver combien elle méritait d'être traitée en égale, il ne la laisserait pas passer. Hélas, il avait besoin pour cela de la seule chose dont il ne disposait pas : de temps.

L'étau ne faisait que se resserrer un peu plus autour de lui : d'un côté, il ne fallait surtout pas que le beau-frère de Cyn arrive trop tôt et lui vole le peu de moments qui lui restaient seul avec elle ; de l'autre, le soutien de ces hommes serait essentiel si un combat s'annonçait.

Plutôt que de la serrer dans ses bras comme il en mourait d'envie, il se contenta de presser doucement sa main. Ses doigts se resserrèrent instinctivement autour des siens.

Après un instant, il la libéra et tendit l'oreille. Il comprit alors l'inquiétude sourde qui le tenaillait : il ne percevait pas le brouhaha habituel de la vie quotidienne. Les habitations étaient bien trop calmes à son goût, il avait la désagréable sensation qu'il s'agissait d'un silence volontaire, comme si tout, à l'intérieur, attendait. Était-ce dû à son absence ou bien l'atmosphère était-elle déjà chargée de cette tension auparavant ?

Il n'y avait ni guerriers à l'entraînement dans le terrain avoisinant, ni habitants occupés à réparer une chose ou une autre – tous ces petits détails qu'il se serait attendu à voir à cette heure de la journée.

Kal s'obligea à rassembler ses forces pour aller de l'avant.

— Il faut continuer, nous n'avons plus de temps à perdre. Je me reposerai quand tout sera terminé.

Elle posa une main sur son bras pour le retenir.

— Votre tâche ne pourra même pas commencer si vous vous précipitez ainsi.

— Perdre du temps met vos hommes en danger.

Il voulait avancer, mais il avait à peine fait un pas que le monde se mit à tourner autour de lui. Si Cyn ne l'avait pas fermement maintenu, il aurait fini le nez dans la poussière du chemin.

— Asseyez-vous, ordonna-t-elle. Nous attendrons qu'un peu de couleurs soient revenues à votre visage. Nous avons pratiquement couru tout le trajet et les autres n'avaient aucune raison de se hâter. Ils sont loin derrière nous.

— Comment pouvez-vous en être si sûre ? marmonna-t-il en obéissant tout de même.

Lorsqu'il s'assit, ses jambes faillirent le lâcher, mais Cyn était une fois de plus là pour retenir sa chute.

— S'ils étaient déjà rentrés, l'activité et le vacarme seraient intenses. Des gens seraient immédiatement partis à notre recherche. Nous sommes assez près désormais pour entendre ce qu'il se passe. S'ils reviennent, nous agirons en conséquence.

— Comment pourrais-je argumenter face à un tel bon sens ?

— Ne le faites pas, conclut-elle avec un sourire.

Kal tapota la pierre plate de la main pour l'inviter à s'asseoir près de lui. Ils restèrent ainsi un moment, épaule contre épaule. Enfin, quand le vertige se fut apaisé, il lui demanda :

— Que pensez-vous de cet endroit ? Je crois que je l'ai fait reconstruire moi-même sur les ruines de l'ancien, mais ma mémoire demeure vague.

Il la vit brusquement pâlir.

— Les ruines de l'ancien ? Voulez-vous dire que ce n'est pas vous qui l'avez fait détruire ?

Il secoua vigoureusement la tête.

— Non, non, je suis bien certain que le bâtiment avait été brûlé de fond en comble à mon arrivée !

Cynehild se mordilla la lèvre, de toute évidence en proie à un grand trouble.

— Et l'église ? Est-elle encore debout ?

Il ferma les yeux pour se concentrer et, par miracle, l'image de la petite église surgit sans peine dans son esprit.

— Elle avait perdu une partie de son toit, cependant, l'autel ainsi que la grande croix de pierre étaient toujours debout. Je n'ai rien fait détruire.

Kal retint son souffle, dans l'attente de sa réaction. Le croirait-elle ? Avec sa mémoire défaillante, il n'était même pas certain de se croire lui-même, seulement il ne voulait pas être responsable de la destruction de ce qui avait un jour été le foyer de la jeune femme !

— Je… J'espère vraiment ne pas me tromper, ajouta-t-il soudain, je crois avoir tout laissé pour que les villageois puissent aller prier leur Dieu librement.

— Oui, cela paraît logique. Après tout, si l'église avait été détruite, vous ne m'auriez tout simplement pas autorisée à m'y rendre.

— C'est vrai. Vous pourrez donc tenir votre promesse et y déposer l'épée.

— Oui. C'est l'unique raison de ma présence ici, dit-elle à voix basse.

Il se retint de lui demander une fois encore pourquoi

c'était si important à ses yeux. Son instinct continuait de lui souffler qu'il ne s'agissait pas seulement d'honorer la mémoire de son époux, cependant elle détourna le regard.

Kal déglutit péniblement. Comment mettre un terme à cette rivalité intenable avec un fantôme qu'elle avait paré de toutes les vertus ? Comment, dans ces conditions, lui prouver qu'il n'était pas son ennemi ? Plus encore, qu'il voulait le meilleur pour elle… Qu'il voulait un avenir *avec* elle.

Las de ces questions sans réponse, il se leva et lui tendit la main.

— Assez de repos. Nous devons livrer bataille.

— Avec un peu de chance, vous serez accueilli chaleureusement, plutôt qu'avec des armes.

— Vous pensez vraiment que c'est possible avec ma réputation ?

— Eh bien… Tout ici respire un air de prospérité que je n'ai jamais vu du temps de Leofwine. Il voulait bien faire, hélas, il y avait toujours une autre guerre à mener.

Elle enroula prestement une mèche échappée de sa coiffe pour la replacer dessous. Quand elle eut fini, droite et digne, elle ressemblait davantage à une dame de Mercie inatteignable qu'à la Cyn qu'il connaissait.

— Je ne me fais pas d'illusion sur l'état des terres quand nous y vivions. En revanche, je me questionne de plus en plus sur votre réputation de férocité. Il se pourrait fort bien qu'elle ait été grandement exagérée pour tenir vos ennemis et vos rivaux à distance. Les gens d'ici pourraient fort bien apprécier vivre sous la loi d'un jarl qui les protège du manque et de la famine. Vous avez vu par vous-même la réaction de Luba : elle apprécie de vous avoir pour seigneur.

— Elle n'appréciait pas votre époux ?

— Elle avait été sa nourrice… C'est compliqué, soupira-t-elle. Son mari et elle voulaient que nous restions pour nous battre, mais Leofwine pensait que nous devions fuir chez mon père pour la sécurité de sa famille. Je crois… Je crois qu'elle le trouvait lâche.

— En fuyant, votre mari n'a-t-il pu sauver aucune de vos possessions ?

Elle garda les yeux baissés avant de demander brusquement :

— Comptez-vous vous rendre directement dans la grande salle ? Ou bien préviendrez-vous de votre retour en vous annonçant dans la cour ?

Kal la laissa changer de sujet tout en soupesant le poids de l'épée de Leofwine dans sa main. Il avait la bouche sèche, comme il l'avait toujours avant une bataille. Il lui fallait espérer de toute son âme qu'il aurait assez de forces pour soutenir un combat.

Il s'exerça à un mouvement simple et dut lutter pour ne pas vaciller. Il visait plus mal qu'un tout jeune guerrier. Heureusement, Cynehild ne dit rien, elle le regarda recommencer, un sourire encourageant aux lèvres.

— Est-ce que vous avez un meilleur plan ? demanda-t-il en baissant l'arme. Je soupçonne que celui qui veut ma mort se trouvait plutôt parmi les hommes venus à la chaumière. Ce serait logique puisqu'il veut me voir disparaître. Ce qui signifie que ceux restés ici me seront sans doute loyaux. Je ne sais pas si je serais aussi optimiste que vous quant à l'amour que me portent mes gens, mais je ne peux me résoudre à penser que plus personne ne m'est loyal. Tout le monde ne peut pas souhaiter ma mort.

Sur une impulsion, elle se hissa sur la pointe des pieds et déposa un baiser sur sa joue.

— Je n'ai aucun doute sur le fait que vos hommes vous soient restés loyaux à cette exception près, assura-t-elle.

Touché par son geste, il leva les yeux vers le ciel et observa les nuages, trop ému pour parler. Il aurait tant voulu trouver les mots pour lui expliquer qu'il voulait qu'elle reste, qu'il n'avait jamais rencontré personne d'aussi honnête et pur qu'elle. Hélas, les mots restèrent bloqués dans sa gorge.

— Je vous laisse le choix, Cyn. Vous pouvez soit venir avec moi, soit rester en arrière, sous le couvert des arbres.

— Tant que vous me laisserez marcher à vos côtés, je vous suivrai, répondit-elle fermement en glissant sa main dans la sienne. Nous ferons face au danger ensemble. Si vous avez besoin de mon aide, serrez-moi la main.

Kal posa sur elle un regard éperdu d'admiration et de tendresse. Le courage de cette femme le laissait sans voix. La plupart des dames qu'il connaissait se seraient cachées avec empressement. Son instinct de protection l'incitait à lui refuser sa requête, seulement il ne voulait pas froisser son orgueil en la traitant autrement que comme une égale, aussi dit-il solennellement :

— Je serai honoré de marcher à vos côtés, milady.

À ces mots, il la vit rayonner, comme s'il n'avait pas simplement énoncé une évidence, mais qu'il venait de lui offrir un présent inestimable.

— En dépit du risque que nous prenons, vous avez raison : il faut vous fier à vos gens. Si votre ennemi pensait que sa haine pour vous était partagée de tous, il n'aurait pas hésité à vous abattre en public. Pourtant, il s'est attaqué à vous dans l'ombre, alors que vous étiez seul, en vous frappant par-derrière, comme un lâche.

Kal sentit son courage renaître. En vérité, il n'avait jamais envisagé les choses sous cet angle. Finalement, peut-être n'était-il pas le tyran qu'il craignait tant d'être… Peut-être son ennemi était-il dans le faux, poussé par une vengeance personnelle ou une jalousie illégitime ?

— J'ai confiance en vous pour rallier vos hommes sans mon aide, néanmoins je suis là si besoin. Et… Je vous remercie sincèrement.

Il posa sur elle un regard stupéfait.

— Me remercier ? Mais de quoi ?

— De croire en moi, de penser que je peux contribuer à cette mission. Je me suis entendu dire tant de fois que je ne ferais que gêner en telle ou telle situation. Un peu moins, certes, depuis que ma sœur et moi sommes parvenues à imposer la défaite à certains Vikings, à commencer par celui qui est devenu mon beau-frère…

Kal avait vu juste : son mari n'avait eu de cesse de la ramener à son inutilité supposée. Heureusement qu'il avait lui-même lutté contre son instinct de protection qui l'incitait à la tenir éloignée du danger. Il se fit la promesse solennelle de ne jamais chercher à la tenir à l'écart. C'était le meilleur moyen de lui montrer qu'il était différent de son époux.

Ragaillardi, Kal prit sa main pour la porter à ses lèvres. Il la sentit trembler légèrement sous lui et ce signe emplit son cœur d'espoir.

Petit à petit… s'il avait assez de temps, il pourrait lui prouver que leur relation pouvait être belle et épanouissante.

Il desserra à peine son étreinte et elle referma ses doigts autour des siens.

— Je ne sais pas pourquoi nos destinées se sont croisées, mais j'en suis infiniment reconnaissant.

Elle hocha lentement la tête, ses yeux dans les siens, avant de déclarer :

— Allons reprendre vos terres.

— Je promets de tout faire pour vous garder en sécurité, Cyn.

— J'y compte bien.

Chapitre 10

Kal parcourut du regard les visages réunis dans la cour. Il en reconnaissait vaguement un certain nombre ; cependant, les noms et la qualité des relations qu'il avait entretenues avec eux continuaient de lui échapper.

À sa vue, un homme plus âgé lâcha le pot qu'il portait et du lait se répandit au sol. Un autre, plus jeune, arrêté en plein mouvement avec sa fourche, manqua la botte de foin qu'il visait. Nul ne prononça une parole. Tous le regardaient dans un silence médusé.

Kal sentit un étau se resserrer dans sa poitrine. Peut-être s'était-il montré trop optimiste quant à l'accueil qui lui serait réservé. Quel jarl avait-il été pour ces gens ? N'avait-il pensé qu'à satisfaire ses désirs au détriment des besoins des habitants ?

— Restez près de moi, murmura-t-il en s'arrêtant dans la cour.

Comme ils ne s'étaient pas trop avancés, Cynehild avait encore la possibilité de s'échapper vers l'abri des arbres pour retrouver son beau-frère.

— Quoi qu'il advienne, faites-moi confiance. Faites ce que je dis sans poser de question et tout ira bien.

— Permettez-moi plutôt de me fier en premier lieu à mes propres capacités, rétorqua-t-elle aussi bas. Je n'ai pas besoin d'un homme sur lequel m'appuyer à chaque instant.

Amusé par son ton enflammé, il répliqua avec malice :

— Je saurais pourtant me rendre très confortable, croyez-moi...

Comme il l'escomptait, une adorable rougeur lui monta aux joues.

— Je suis une veuve, pas une jeune fille qui se laisse facilement tourner la tête par ce genre de paroles. Et maintenant, concentrez-vous, l'instant est crucial au cas où vous ne l'auriez pas remarqué.

— Qu'est-ce que votre veuvage a à voir là-dedans ? Ni cela ni votre qualité de mère ne vous rendent moins attractive. Vous ne vous rendez pas service en croyant le contraire.

Il en profita pour passer un bras autour de sa taille.

— Cessez, on approche ! le réprimanda-t-elle avec l'ombre d'un sourire dans la voix.

Un Danois de solide constitution avançait vers eux, le regard méfiant et la main serrée sur le pommeau de son épée.

Kal se concentra pour tenter de savoir si l'homme était ami ou ennemi. Brusquement, une image apparut : les éclats rageurs d'une bataille et la main de cet homme dans la sienne tandis qu'il l'entraînait pour le mettre en sécurité.

Rassuré par cet indice, il lança d'une voix puissante :

— Quel accueil ! Me voilà de retour et personne ne dit mot ! Tout le monde me fixe ! Personne ne me salue !

Déstabilisé, l'homme buta sur un pavé et son épée vola pour s'arrêter à quelques centimètres de leurs pieds.

— Jarl Icebeard ? Est-ce vous ? Êtes-vous réellement en vie ?

— Et qui d'autre cela pourrait-il être ? lança-t-il en se baissant pour récupérer l'arme et la tendre à l'homme. Tu devrais être plus prudent et mieux tenir ton arme, sans quoi tu te retrouveras une fois encore désarmé devant un mur ennemi.

— Vous... Vous n'êtes pas un fantôme ? Un spectre venu

me hanter ? balbutia l'autre en regardant d'un œil prudent l'épée qu'on lui rendait.

Voyant qu'il n'osait pas la prendre, Kal la lança à ses pieds.

— Viens voir par toi-même si tu ne crois pas tes propres yeux. Je suis de chair et de sang. Et crois-moi, mon âme aurait bien mieux à faire que de te hanter, Gautr ! conclut-il, infiniment soulagé que sa mémoire lui ait restitué le prénom de l'homme à temps. Et maintenant, me direz-vous tous ce qu'il se passe ici ?

— Mon jarl ! s'exclama Gautr en le prenant dans ses bras, le visage soudain couvert de larmes. Vous n'imaginez pas ce que cela fait de vous voir là, devant moi, en parfaite santé ! Des rumeurs couraient, vous disant mort. Votre cousin est parti aujourd'hui même s'occuper des meurtriers, même si votre corps n'avait pu être retrouvé. Il savait où trouver un nid de traîtres.

Un nid de traîtres ? Les hommes de Cyn ! Par chance, la plupart étaient repartis avec frère Palni, sans quoi ils auraient tous été en danger de mort.

— Je comprends mieux votre réaction étrange, déclara-t-il en tapant amicalement dans le dos du jeune homme. Gautr, fils d'Agathi, je sais que tu resteras toujours l'un de mes meilleurs alliés dans l'adversité.

Le visage rayonnant de joie, Gautr tapa dans ses mains comme un garçon, et non comme le guerrier solide qu'il était, en déclarant à la ronde :

— Notre jarl est de retour ! C'est bien lui ! Il n'est pas mort sur cette maudite colline comme Alff le disait ! Nous devons l'accueillir comme il se doit.

Soudain, le silence fut remplacé pour une puissante acclamation de joie.

De son côté, Kal était profondément ébranlé par le nom de celui qui avait proclamé sa mort. Son propre cousin ! Tout son être rejetait l'idée qu'Alff ait quoi que ce soit à voir avec son attaque. Ils avaient toujours veillé l'un sur l'autre.

— Ma dame et moi allons entrer, déclara-t-il en tenant fermement Cynehild par la taille pour l'entraîner à sa suite.

Il en profita pour se pencher un instant à son oreille.

— La situation est plus grave que je ne le craignais, nous devons absolument rester ensemble, quoi qu'il arrive.

Son visage, quand elle hocha la tête, conserva la même calme dignité et il en fut impressionné.

— Milady ? C'est bien vous ! Que cela fait plaisir de vous voir ici !

Une femme âgée s'était approchée et fit une révérence devant Cyn.

— Comment se porte le petit ? Nous avons entendu dire que l'ancien seigneur et vous aviez eu un petit garçon. Est-il avec vous ?

Cette fois, le visage de Cynehild s'éclaira d'une joie sincère.

— Ursula, que c'est bon de te revoir. Mon fils grandit de jour en jour, mais il est resté auprès de mon père, en Mercie. Il est encore trop jeune pour entreprendre un si long voyage.

— Alors vous êtes venue seule, milady ? Sans aucun de vos hommes ? s'inquiéta la femme en baissant la voix.

— Il ne m'a pas enlevée, si c'est ce qui t'inquiète, la rassura Cyn en riant tout bas.

— C'est que... Nous avons entendu dire que vous deviez arriver accompagnée d'une large troupe bien armée. Nous étions fort inquiets de vous voir arriver alors que le jarl était toujours porté disparu. La situation aurait risqué de mal tourner pour vous, étant donné les circonstances.

— Seulement, il n'avait pas vraiment disparu, il était tout le temps avec moi ! Nous avons pris le temps de réfléchir à tisser une paix nouvelle entre nous.

— Vous étiez avec le jarl tout ce temps ? répéta la femme en se courbant enfin devant lui. C'est bien vrai ?

— Nous ne serions pas là sinon, n'est-ce pas ? coupa-t-il avant d'entraîner Cyn vers les portes.

Une fois parvenu devant, il se retourna pour embrasser

la cour du regard. Le temps qu'ils arrivent jusque-là, la cour presque vide s'était remplie. Kal observa les visages curieux, en quête de traits connus. Malgré lui, son cœur se mit à battre plus vite. Il aurait voulu être n'importe où plutôt qu'ici, sous le regard de ces gens qu'il ne reconnaissait plus.

Près de lui, Cynehild salua gracieusement la foule de la main. Sa présence lui donna le courage de lancer :

— Lady Cynehild et moi sommes fiancés. Avec cet engagement, je suis revenu pour assurer la pérennité de la paix sur ces terres.

Une acclamation bruyante salua son annonce. Kal sourit en plongeant dans les yeux pétillants de Cynehild. La réaction spontanée de soulagement et la joie qu'il lisait sur les visages le convainquirent qu'il avait acquis le respect de ses gens.

Et Cynehild lui donnait de l'espoir. La présence de cette merveilleuse jeune femme dans sa vie lui rendait pour la première fois depuis des années un puissant goût de vivre. Son unique peur, désormais, était de ne pas avoir le temps de la convaincre de rester ici, auprès de lui.

Dans leur dos, les portes s'ouvrirent toutes grandes sur une jeune femme blonde vêtue d'une robe tissée de fils d'or et couronnée d'une imposante coiffe tressée.

— Quelle est la cause de ce raffut ? s'écria-t-elle avant de les voir. Vous avez tous du travail, au lieu de quoi vous manquez de respect à votre jarl en…

Elle s'interrompit brutalement en levant les yeux sur lui et sa moue irritée disparut quand sa bouche s'ouvrit de stupeur.

— Kal ? J'avais compris… Nous avions entendu dire…

Elle posa la main pour couvrir sa bouche et Kal la reconnut soudain. Toka – la sœur aînée de Ranka… La femme qui avait tout fait pour saboter leur mariage. Elle se tenait devant lui, apparemment en charge de *sa* demeure. Comment avait-il pu laisser une telle chose se produire ? Comment avait-il pu pardonner sa trahison ?

— Où étais-tu passé ? reprit-elle d'une voix haut perchée

en enfonçant ses doigts maigres dans son bras. Alff et moi étions terriblement inquiets. Alff était certain que les Saxons t'avaient assassiné. Il y avait des rumeurs de bandes de mercenaires qui arpentaient le pays et tu sais comment sont ces lâches…

Kal serra les mâchoires et dégagea son bras. Encore des rumeurs sur de soi-disant hors-la-loi saxons ? Combien de bandes étaient donc supposées se promener de la sorte sur ses terres ? Et lui ? Avait-il cru à ces rumeurs ? Si c'était le cas, il s'était lourdement trompé.

Son ventre se serra.

— Où est Alff ? Amène-le ici.

— Il s'est levé de son lit de malade pour toi. Il est parti mener des recherches pour mettre la main sur les coupables qui t'ont enlevé. Pourquoi se terrerait-il ici quand son seigneur a disparu ?

Kal sentit la nausée lui couper le souffle. C'était son cousin qui avait répandu toutes ces histoires sur des coupables étrangers quand le véritable criminel était celui qu'il avait cru son plus proche allié. Ils avaient toujours été si complices, depuis l'enfance, et jusqu'à maintenant. Alff était son bras droit.

— Je n'ai pas été enlevé, expliqua-t-il froidement. Je me trouvais avec la dame que j'ai l'intention d'épouser, Lady Cynehild. Nous sommes parvenus à un accord. Cependant, il semble qu'une terrible méprise se soit produite en mon absence.

Rapidement, il présenta les deux femmes, détaillant au profit de Toka les antécédents de Cynehild sur ces terres. La réaction de sa belle-sœur fut impressionnante, les yeux écarquillés, elle balbutia :

— La veuve de l'ancien seigneur et toi ? Fiancés ? Haddr avait bien mentionné une femme, mais je croyais qu'il avait simplement abusé de l'ale.

Sa phrase se termina sur une note suraiguë qui le fit

presque sourire. Sans surprise, c'était bien Haddr qui avait parlé. Luba, contrairement à son gendre, avait tenu parole et gardé leur secret.

— Depuis quand dois-je te consulter concernant mes intentions, Toka ? demanda-t-il sèchement.

— Non, tu n'as pas à le faire, bien sûr. J'aurais simplement apprécié que tu le fasses. Nous étions sincèrement inquiets, Icebeard. J'espérais que tu pourrais montrer un peu de considération à ta famille – mais l'as-tu jamais fait ?

Les jointures de ses doigts avaient blanchi sur les plis de sa robe qu'elle serrait. Kal resta impassible devant ses paroles acides et sa moue méprisante.

— Où pensais-tu que j'étais ?

— Tu es parti sans un mot. J'ai supposé que tu étais parti pour une promenade après… Peu importe. Tu as toujours été très doué pour garder tes secrets. Tu ne t'es jamais préoccupé de ceux qui se font du souci pour toi.

Kal étrécit les yeux. Dans la bouche de Toka, il avait l'air d'un homme arrogant, brutal, sans égard pour les autres. Le plus mauvais chef qui puisse exister. Néanmoins, sa mémoire ne lui laissait aucun doute sur ce point : Toka et lui ne s'étaient jamais entendus. Ce qui continuait de lui échapper, en revanche, c'étaient les raisons pour lesquelles son cousin avait épousé cette femme.

S'il lui avait demandé son avis au préalable, il était impossible qu'il l'y ait encouragé. Peut-être Alff avait-il conclu cette union avant de l'en avertir, le plaçant devant le fait accompli ?

— Toi, plus que toute autre, devrais savoir qu'il est inutile de s'inquiéter de mon sort…

— C'est ce que j'ai tenté de dire à Alff. Seulement, tu es parti juste après votre échange un peu vif et quand tu n'es pas revenu… Il est devenu véritablement affolé.

Un échange vif ? À quel sujet s'était-il disputé avec son cousin ? Il tenta bien de rappeler les souvenirs, en vain.

— Alff sait que je reviens toujours.

— Lui, en tout cas, se lèverait de son cercueil pour te retrouver. Non que tu t'en soucies, d'ailleurs, tu es bien au-dessus de notre fragilité, n'est-ce pas ?

Kal se sentit vaciller, perturbé par l'amertume de ces paroles. Avait-il réellement été celui qu'elle décrivait ? Il était conscient de ne pas ménager ses efforts pour parvenir à ses fins et, de ce fait, de demander aux autres d'en faire autant. Mais il peinait à se voir comme un chef égoïste et indifférent aux autres. Après tout, pour devenir le jarl, il avait bien fallu qu'il obtienne la loyauté de ses gens.

— Alff est votre époux ? intervint Cynehild en feignant merveilleusement une ignorance joviale. Pardonnez-moi, j'essaie de m'y retrouver. Kal et moi avons pu longuement discuter, néanmoins il me semble important pour la nouvelle dame du château, de bien connaître les relations entre les uns et les autres.

Kal se retint d'applaudir cette prestation incroyable : Cyn savait merveilleusement jouer les écervelées ! Toka ne manquerait pas de se fier à ses manières et à sa voix, sans prendre la peine d'étudier le regard toujours perçant de Cynehild. Oui, elle aurait tôt fait de la prendre pour une idiote sans importance.

— En effet, répondit-elle, Alff est mon mari et le plus proche conseiller du jarl. Il est son cousin. Le seul membre de sa famille encore en vie. J'avoue être stupéfaite que tu n'aies pas informé Alff de ta rencontre avec cette… cette personne. Sans même parler de ton intention de contracter un mariage ruineux qui répandra la discorde sur ces terres. Les rumeurs qui disent que tu as été enchanté ne sont peut-être pas fausses…

— Je te prie de montrer du respect à ma fiancée, gronda-t-il, menaçant.

Toka secoua la tête, si bien que ses tresses s'agitèrent tels des serpents.

— Parfois, je me demande si tu as appris quoi que ce soit de tes rencontres précédentes avec les dames de Mercie.

— J'aime à penser que je ne ressemble pas à toutes les autres femmes – de Mercie ou d'ailleurs, fit remarquer Cyn en posant sa tête contre son torse.

Kal la serra contre lui, car peu importait qu'elle joue un rôle, sa place lui paraissait être là, entre ses bras.

Toka ouvrit et ferma la bouche plusieurs fois sans qu'aucun son n'en sorte.

— Je vais m'assurer que vous êtes bien installée, milady, dit-elle enfin en insistant dédaigneusement sur les derniers mots. Je dirige cette maison puisque je suis mariée au cousin du jarl et, de ce fait, la plus haut placée. Et puis, l'épouse tant aimée d'Icebeard était ma sœur.

Kal serra plus fort son étreinte autour de Cyn qui réagit sans perdre un instant :

— Oui, nous partageons tous deux l'épreuve de la perte d'un être cher.

Une fois de plus, Toka en resta bouche bée.

— Il… Il vous a parlé de Ranka.

— Et de l'enfant qu'il avait perdu. Bien sûr.

Le sourire de Toka ressemblait presque à un rictus de bête.

— Nous aussi, nous devrons bientôt parler de Ranka, Icebeard, lâcha-t-elle avant de tourner les talons.

Elle se mit à distribuer des ordres à travers la pièce. Aussitôt, Cynehild s'écarta légèrement de lui et se tint bien droite pour annoncer :

— Bien entendu, quand je serai devenue maîtresse de ces lieux, il va sans dire que les choses devront être faites à ma façon.

Toka blêmit mais ne dit mot. Quant à lui, il garda une expression impassible. L'intervention de Cyn face à Toka lui avait permis de rassembler les indices épars qu'il avait en sa possession pour mieux saisir la situation. La présence de Toka n'était due qu'à la volonté de son cousin qui avait toujours juré qu'il n'aurait d'autre femme qu'elle. Quant à Toka, elle n'avait jamais caché son intention de progresser dans la vie à travers le mariage.

— Cette femme n'est pas franchement ravie de votre retour, murmura Cynehild. Vous ne pouvez pas lui faire confiance.

— Toka n'a jamais aimé les surprises, mis à part celles qu'elle prépare aux autres, répondit-il en lui serrant brièvement la main.

Heureusement, elle la laissa dans la sienne tandis que Toka poursuivait son interminable discours aux autres. Quand elle s'interrompit enfin pour reprendre son souffle, il intervint :

— Je souhaite que ma dame soit convenablement installée dans mes appartements.

— A-t-elle des affaires avec elle ?

— Alff se charge de les ramener jusqu'ici.

Toka cligna les paupières, surprise.

— Alors, vous avez vu Alff ?

— Pas directement, intervint Cynehild en posant son autre main sur leurs mains jointes. Nous étions à quelque distance. Mais si c'est lui qui est parti à la recherche des soi-disant hors-la-loi saxons, alors il aura découvert la charrette qui contient mes affaires. J'espère qu'il m'épargnera la peine d'envoyer quelqu'un la rapporter.

Sa voix était toute douceur et innocence, et lui seul perçut la détermination féroce dans son regard.

— Je vois, répondit Toka sans parvenir à masquer entièrement son mépris.

— Je l'espère !

Toujours aussi légère et évaporée, Cynehild déposa un baiser sur sa joue. Il savait que ce n'était qu'un jeu au profit des autres, mais son contact lui redonna néanmoins courage. Il lui fallait rester en vie, ne serait-ce que pour avoir le temps de la faire rester. Oui, d'abord, retrouver et s'assurer de celui qui avait tenté de le tuer, puis montrer à Cynehild qu'il serait un bon mari pour elle – et un bon père pour son fils.

— Si je ne vous avais pas vus de mes propres yeux, je ne l'aurais jamais cru, commenta Toka. Tu as toujours aimé surprendre, Icebeard.

— Je ne vois pas ce qu'il y a là de surprenant, rétorqua-t-il calmement. Il fallait que je me remarie, tôt ou tard, et Cyn me comble bien au-delà de ce que j'aurais pu espérer.

Il n'avait pas parlé pour Toka, mais pour la jeune femme elle-même, dans l'espoir qu'elle entende la vérité dans ses paroles.

La chambre privée de Kal la surprit profondément. Elle était ornée de magnifiques tapisseries, une table de bois était placée dans un coin, sur laquelle trônait un plateau de jeu avec des pions en pierres semi-précieuses. Surtout, un immense lit en bois massif dominait l'espace. Elle avait beau savoir qu'il devait être un riche seigneur de guerre, elle n'était pas préparée à un spectacle d'une telle magnificence.

Pareille opulence contrastait sensiblement avec l'homme simple et modeste qu'elle croyait connaître, aussi ne fit-elle que lui rappeler douloureusement le rôle qu'il avait joué dans l'invasion de son pays.

Ce qu'il y avait entre eux n'était qu'une illusion. Il n'y avait pas d'avenir possible entre eux et elle ferait aussi bien de le garder à l'esprit en n'oubliant plus qui il était réellement. Elle s'était laissé entraîner par ses rêveries au point de le voir comme elle voulait qu'il soit. Là était le danger !

Hélas, alors même qu'elle s'obligeait à revenir à la raison, son cœur persistait à lui souffler qu'elle se montrait trop dure avec lui.

— Est-ce vous qui avez sculpté ces animaux ? s'enquit-elle en faisant courir son doigt sur les boiseries compliquées de la tête de lit. C'est un travail impressionnant, surtout pour une pièce aussi intime. Peu de personnes peuvent admirer votre œuvre, ici. Je pensais que ce type de travail était plutôt destiné à être admiré de tous…

C'était une tentative désespérée pour détourner son esprit du sombre pronostic de leur relation.

Elle aurait tellement aimé que les choses ne se terminent pas ainsi entre eux, mais elle ne voyait pas comment une fin heureuse serait possible.

Il hocha les épaules, un sourire de gamin heureux aux lèvres.

— Vous les aimez ?

— Vous avez un talent certain… pour autre chose que la guerre, c'est évident.

— J'*avais*…, précisa-t-il, le visage assombri. Pour l'heure, mon talent semble m'avoir quitté.

Cynehild referma machinalement la main sur le petit cheval et le soldat qu'elle tenait serrés dans son aumônière.

— Pour un premier essai, ce n'était pourtant pas mal. Wulfgar sera enchanté, surtout par le soldat !

— Et si j'avais voulu que ce soldat soit un ours ?

— Un ours ? répéta-t-elle en observant la petite sculpture lisse. Eh bien, vous avez su vous adapter à la forme du bois en en faisant finalement un soldat. C'est une bonne chose de savoir s'adapter pour un guerrier, non ?

Son sourire la réchauffa instantanément.

— Vous trouvez toujours les mots pour alléger mon cœur.

— C'est très facile, puisque vous réussissez tout ce que vous entreprenez, dit-elle avec un petit haussement d'épaules gêné. Nous devrions nous concentrer sur l'essentiel – qui veut vous voir mort ?

— Ce jour-là, j'ai entendu une voix, Cyn. Quelqu'un m'appelait « tyran », disait que tous les tyrans doivent tomber, ou quelque chose comme cela. Cette personne voulait que ce soient là les derniers mots qui me parviendraient jamais.

— Était-ce la voix de votre cousin ?

Lentement, Kal secoua la tête.

— Je ne pense pas. C'était une voix plus gutturale… Et puis, pourquoi me frapper par-derrière ? Mon cousin avait toute légitimité pour me défier en public et réclamer le commandement de mes hommes. N'importe lequel de mes hommes a le droit de le faire. Je ne dirige que parce qu'ils me pensent capable de le faire. D'ailleurs, j'ai le pressentiment que l'un d'entre eux va me défier aujourd'hui même, quand Alff sera de retour. Soyez prête à prendre des chevaux pour fuir avec vos hommes au plus vite si je tombais au combat.

Cynehild hocha la tête. Elle réfléchissait… Quoiqu'elle éprouvât une antipathie immédiate pour Toka, elle n'avait cependant aucune preuve que cette dernière soit impliquée dans l'attaque.

— Ne devrions-nous pas découvrir si vous avez laissé votre épée ici, en partant ? Cela pourrait vous apporter des indices sur la raison de votre présence au sommet de Hangra Hill…

Aussitôt, il se dirigea vers un coffre dont il tira une lourde épée au pommeau incrusté d'or. La lame scintilla à la lueur des torches allumées. Kal jura avant de jeter l'arme sur son lit.

— C'est ma seconde épée, ma favorite n'est plus là.

— Dans ce cas, celui qui vous a frappé doit l'avoir avec lui, ou, du moins, savoir où elle se trouve.

— Vous avez raison. Je n'arrête pas d'essayer de retrouver à qui appartient cette voix…

— Sauriez-vous avec certitude s'il s'agissait d'un homme ou d'une femme ?

— Je ne sais pas… Je n'ai que des impressions. Une femme aurait-elle pu me frapper assez fort pour me blesser de la sorte ? Serait-elle seulement assez grande ?

— Toka est grande pour une femme et il est évident qu'elle vous déteste. D'ailleurs, elle ne m'apprécie pas davantage.

— Ma belle-sœur a toujours eu un caractère… épineux.

Elle avait quelques années de plus que Ranka et aimait la diriger à sa guise. Sa langue empoisonnée qui ne cessait de cracher sur mon incapacité à m'occuper de ma famille a fini par briser notre mariage. Finalement, Ranka est devenue exactement comme elle.

— C'est d'autant plus étrange qu'elle soit venue jusqu'ici, si elle vous déteste autant.

— Je ne refuserais jamais un toit à la femme de mon cousin.

Cynehild prit le temps de réfléchir avant de parler. Si elle accusait la mauvaise personne, elle ne savait comment il réagirait…

— Pensez-vous qu'Alff puisse avoir quelque chose à voir dans l'attaque ? interrogea-t-elle prudemment.

Kal reprit l'épée et la tapota nerveusement contre sa jambe. Il gardait les yeux baissés et semblait plongé dans une réflexion difficile, aussi garda-t-elle le silence malgré la tension.

— Nous le saurons bien assez tôt, dès qu'Alff sera de retour avec vos hommes.

— Vous êtes certain qu'il ne les tuera pas ?

— Le cousin dont je me souviens, celui de Ribe, est d'un tempérament extrêmement prudent. Il n'a jamais aimé passer à l'action sans être absolument certain que cela lui serait profitable. Vos hommes resteront en vie.

Il n'avait en revanche pas précisé qu'ils ne seraient pas blessés. L'avertissement de frère Palni lui enjoignant de rester à l'écart des Danois lui revint douloureusement à l'esprit. De toute façon, il était trop tard pour les regrets. Autant se tourner vers l'avenir. Il lui fallait être prête à affronter les dangers pour garder ses hommes, Kal et elle-même en vie jusqu'au retour de frère Palni et des hommes de Moir.

— Vous courez toujours un grave danger.

— J'en suis bien conscient.

Il prit l'un des pions du jeu de *tafl* et le lança en l'air avant de le rattraper. La deuxième fois, le pion lui échappa, lui arrachant un juron agacé.

— Vous irez mieux de jour en jour, Kal. Soyez patient.

— J'ai besoin d'aller mieux maintenant. Je dois être prêt. Celui qui veut ma mort est là, tout proche, prêt à passer à l'action d'un instant à l'autre ! Et puis, Alff sera bientôt de retour. Que se passera-t-il s'il me défie en combat singulier ? Si je ne parviens pas à le battre ?

Cynehild ramassa le pion tombé sur la jonchée et le lui remit dans la paume.

— Lancez-le encore. Entraînez-vous. Autant faire bon usage du temps qu'il nous reste avant que votre cousin n'arrive.

Il essaya de nouveau, manqua le pion et retint un nouveau juron. Sans dire un mot, elle ramassa encore une fois l'objet et le lança vers lui. Cette fois, il l'attrapa au vol. Ils poursuivirent ainsi quelque temps. Ses gestes étaient lents, néanmoins il s'améliorait un peu plus à chaque fois.

— Merci d'avoir accepté de rester avec moi dans cette chambre, dit-il. Vous y serez plus en sécurité que dans une autre pièce à part.

— Et puis, surtout, je peux jouer à échanger des lancers de jeton avec vous. C'est de loin la meilleure utilisation qui puisse être faite d'un jeu de *tafl,* d'après moi.

Il saisit le jeton et le lança en vrille dans les airs avant de l'attraper sans peine.

— Vous seriez naturellement douée pour ce jeu si on vous en avait appris les règles au lieu de vous gronder comme une enfant pour vos erreurs comme l'a fait votre mari.

Cynehild se figea, stupéfaite.

— Comment avez-vous deviné cela ?

Bien malgré elle, toutes les remarques blessantes, tous les gestes agacés qu'il avait eus envers elle lui revenaient en mémoire. Tous ces détails insignifiants qu'elle s'était pourtant promis d'oublier. Leofwine voulait une épouse bien particulière, et une fois qu'elle avait compris ce qu'il attendait d'elle et s'y était conformée, elle avait trouvé leur union facile.

Cependant, à présent qu'elle connaissait le goût de l'indépendance, qu'elle avait pu faire ses propres choix librement, elle ne pouvait s'empêcher de se demander ce que Leofwine aurait pensé d'une telle épouse…

— Je jouais avec ma femme autrefois, c'était un défi stimulant ! Elle avait appris à jouer contre sa sœur et, croyez-moi, ce n'était pas une tâche aisée de la battre. Heureusement, j'avais fini par trouver un moyen de terminer agréablement nos parties, sans plus nous soucier de qui l'emportait.

Cynehild baissa les yeux en rougissant. Voulait-il dire qu'il faisait l'amour à sa femme après leur affrontement ? Leofwine n'aurait jamais suggéré une telle chose ! Mais Kal…

Ce pourrait être fort plaisant, en vérité. Et quel mal y avait-il à s'accorder un peu de plaisir alors que personne n'en saurait jamais rien ? Dès que frère Palni serait de retour, elle redeviendrait la veuve raisonnable et la mère dévouée, elle oublierait tout de la femme qui avait joué au *tafl* avec… son amant.

Avoir Kal pour amant… Son corps réagit aussitôt à cette idée. Néanmoins, elle n'oubliait pas qu'elle était venue pour accomplir une tâche précise. Le moment n'était pas à l'oubli entre ses bras.

— Que comptez-vous faire au retour de votre cousin ? demanda-t-elle pour ne plus se laisser aller à des pensées sensuelles.

— J'aviserai en fonction de ce qui se passe. Tenez, gardez l'épée de Leofwine.

Cynehild saisit la lourde arme. Son poids dans sa paume lui rappela qu'elle était venue pour trouver l'or qui lui permettrait d'éduquer son fils selon son rang. Elle la posa au pied du lit, partagée entre une multitude de sentiments contradictoires qui la pétrifiaient.

— Quelque chose vous tracasse ? Dites-moi ce que c'est, Cyn, demanda-t-il avec douceur. Confiez-vous à moi.

Devait-elle lui révéler la véritable nature de sa mission ? Lui demander conseil à propos de l'entraînement qu'il convenait de donner à Wulfgar ? Elle aurait voulu le faire. Hélas, les mots restèrent coincés dans sa gorge.

— Que voulez-vous réellement ? Dites-le-moi, murmura-t-il.

Ses douces paroles se répandirent en elle comme du miel chaud. Ce qu'elle voulait réellement, c'était ne pas avoir à se plier à son devoir. Elle voulait se sentir chérie, sans avoir à subir le fardeau de la promesse qu'elle avait faite à Leofwine. Était-ce mauvais de sa part ?

À chacune de ses inspirations, elle avait la sensation que le lit prenait plus d'espace dans la chambre. Elle recula vers la porte comme pour échapper à la tentation.

Dans le même temps, il s'approcha au contraire du lit pour en arranger les fourrures. Avait-il lu dans son esprit ?

Une boucle barrait son front et elle eut envie de l'écarter délicatement. Une excuse parfaite pour se laisser aller dans ses bras.

Cynehild finit par briser le lien qui unissait leurs regards et secoua la tête.

— Je veux seulement que mes hommes rentrent en bonne santé, lâcha-t-elle faiblement.

— Tant que vous serez ici, ce lit est le vôtre, pas le mien, répondit-il sans tenir compte de sa réponse lâche. C'est à vous de décider si vous voulez m'inviter ou non. Je devrai cependant dormir dans cette chambre, de la sorte mon cousin, ou qui que soit celui qui en veut à ma vie, ne pourra pas vous utiliser pour m'atteindre.

— Comment ? Que voulez-vous dire ?

— Je ne peux pas prendre le risque qu'on s'en prenne à vous pour m'atteindre. Vous êtes sous ma protection, et je tiens à ce que cela reste ainsi. En revanche, pour tout le reste, rien n'arrivera entre nous à moins que vous ne le désiriez.

Cynehild serra les bras contre sa poitrine pour s'empêcher de se jeter dans les siens. Une fois encore, elle répéta les mêmes mots dans une tentative désespérée pour se convaincre elle-même :

— Quand frère Palni reviendra…

— … Vous partirez. Et de ce fait, vous refusez de commencer quoi que ce soit avec moi qui ne serait que temporaire. Je sais. Je n'ai aucune peine à retenir tout ce qui se dit et se passe après ma blessure, vous savez. Mais… N'avez-vous jamais songé que rien n'est jamais permanent ? Nous ne savons jamais ce que l'avenir nous réserve. Alors, oui, parfois, tout ce dont nous avons besoin, c'est d'un corps chaud dans la nuit.

Cynehild déglutit péniblement. Un corps chaud, anonyme, oublié dans l'instant… Voilà tout ce qu'elle serait pour lui si elle s'abandonnait à la chaleur qui montait au creux de ses reins.

Troublée et apeurée, elle se mit à faire les cent pas dans la pièce.

— C'est la première fois que je reviens ici depuis que nous avons fui. Tant de souvenirs me reviennent… Des détails que je croyais avoir oubliés… Quand Leofwine est mort, j'ai juré – oh ! pardon ! Voilà que je m'étends sur mes souvenirs quand les vôtres vous échappent !

— J'aurais voulu que ces souvenirs vous apportent un peu de joie et de bonheur, mais je vois que vous êtes trop agitée pour que ce soit le cas.

Comme elle entamait un second tour de la pièce, il posa une main sur son épaule. Instinctivement, son corps se pencha vers ce contact rassurant. Un frisson puissant la parcourut tout entière et elle sut qu'elle était sur le point de s'abandonner. Elle se laissa aller contre sa poitrine et il lui caressa doucement les cheveux jusqu'à ce que ses tremblements cessent.

— Si vous n'étiez pas affectée par le fait de revoir ces lieux, cela poserait question, pas l'inverse, murmura-t-il. Je comprends, Cyn. Moi aussi, j'ai perdu mon épouse.

Elle s'obligea à ne pas lever le visage vers lui.

— Vous êtes bon – pas du tout ce à quoi je m'attendais de la part d'un seigneur de guerre viking, en vérité, moins encore d'un Viking avec votre réputation.

— Si j'étais semblable à ma réputation, espérons que personne d'autre n'aura remarqué de changement en moi. J'aime être bon, seulement, tant que mon ennemi ne sera pas anéanti, je dois paraître comme l'homme que j'étais aux yeux de tous.

Ses paroles étaient un avertissement : désormais, il aurait peut-être à agir différemment de ce qu'elle connaissait de lui. Cynehild se raidit entre ses bras. Elle avait appris à apprécier cet homme, elle était, de fait, attirée par lui, mais aurait-elle aimé Icebeard ?

— Je suis certaine que personne n'en parlera s'il remarque quoi que ce soit, mais je veux vous le dire : personnellement, j'apprécie l'homme que vous êtes maintenant.

Ses lèvres effleurèrent son front. Il serait tellement facile de lever le visage, à peine, pour venir à la rencontre de sa bouche. Mais ce ne serait pas bien.

Elle s'appuya à son bras pour s'écarter à contrecœur.

— Retournons dans la salle commune à présent que vous avez votre épée, s'exclama-t-elle avec un peu trop d'entrain. Vous pourrez prétendre que vous me faites visiter les lieux tout en vous familiarisant avec le bâtiment au cas où un combat se déclencherait.

— Votre sagesse est un trésor à chérir, Cyn. Je suis impatient de découvrir le formidable adversaire que vous ferez au *tafl*. Vous avez toujours plusieurs coups d'avance.

— Je n'ai pas promis de jouer contre vous. Vous déformez

mes propos, protesta-t-elle faiblement, troublée par ses louanges.

Kal posa un doigt sous son menton pour lever son visage.

— Votre promesse était inutile. Et nous jouerons comme un homme et une femme jouent ensemble – seulement pour le plaisir.

En dépit de tous ses efforts, Cynehild se sentit envoûtée par les profondeurs de ses iris. Elle passa sa langue sur ses lèvres, la bouche sèche.

— Je…

— Vous savez que j'ai envie de vous, Cyn, souffla-t-il comme elle ne parvenait pas à terminer sa phrase.

Il caressa ses lèvres de sa bouche avant de la laisser aussitôt aller, non sans la couvrir d'un regard brûlant.

Elle resta immobile, incapable de s'éloigner. Par miracle, elle parvint à baisser les yeux pour feindre de lisser les plis de sa jupe. Intérieurement, elle se maudit pour sa faiblesse qui lui donnait tant envie de croire que ces mots étaient vrais.

— Je… Nous devons nous concentrer pour nous préparer à ce qui s'annonce, balbutia-t-elle piteusement.

— Ma première rencontre avec Alff se fera selon mes conditions.

Ses conditions ? Cynehild savait que le statut de chef n'était pas une qualité de naissance, mais un choix collectif pour les hommes du Nord. Kal devait se tenir prêt à un combat.

— Il ne cherchera pas à vous affronter immédiatement, si ?

— Non, si c'est ce qu'il avait souhaité, il m'aurait défié dès le départ plutôt que de m'attaquer par-derrière en me laissant pour mort. Je peine encore à le croire responsable. En vérité, je veux qu'il soit innocent, Cyn. Il était mon meilleur ami, autrefois.

— Nous trouverons le coupable, qui que ce soit, dit-elle doucement. J'ai confiance.

— Je suis heureux que l'un de nous ait encore la foi. Merci.

Cynehild hocha gravement la tête en prenant soin de

rester à bonne distance. Le moment de tension intense était passé, néanmoins, elle était consciente que le désir pouvait s'enflammer à tout instant entre eux. Voilà pourquoi elle n'accepterait aucune leçon de sa part, ni au *tafl,* ni en matière de plaisir. Ce serait bien trop dangereux.

Chapitre 11

Le bruit des sabots monta vers eux depuis la cour tandis qu'ils revenaient vers la salle principale. Ils n'avaient échangé que des banalités d'un ton enjoué au cas où on les aurait écoutés.

Au cours de leur visite, ils n'avaient vu nulle trace de Toka, et Cynehild l'imaginait sans peine cachée dans un recoin à les espionner – comme une araignée depuis sa toile. Elle savait qu'il n'était pas forcément bon de juger une personne sur la première impression, seulement il y avait quelque chose chez cette femme qui avait aussitôt éveillé sa méfiance.

Elle aurait voulu interroger Luba à propos de cette femme, cela l'aurait sans doute aidée à mieux la cerner.

— Êtes-vous prêt ? souffla-t-elle à Kal qui feignait de lui présenter les bâtiments des étables.

Ses lèvres étaient serrées en une mince ligne et il ne lui répondit pas. Silencieusement, elle adressa une prière au ciel pour demander qu'il ait la force de supporter cette épreuve jusqu'à l'arrivée de frère Palni et des renforts qu'il amenait. Le moine devrait être là d'ici un jour ou deux, pas davantage. Il lui fallait donc tout faire pour que Kal reste en vie jusque-là.

— Je marche à vos côtés, dit-elle pour leur donner du courage à tous deux.

En réponse, il posa une main au bas de son dos et elle se sentit immédiatement rassurée par ce simple contact, en dépit de toute raison.

— Je ne voudrais pas qu'il en soit autrement.

Les chevaux qu'ils avaient entendus apparurent enfin. Derrière eux arrivait sa charrette, mais ce n'est pas ce qui lui arracha un hoquet horrifié. Ses hommes avaient été attachés sur le dos des chevaux de tête. Un homme blond à la carrure solide marchait près d'eux.

Lorsqu'ils entrèrent dans la cour, il poussa ses hommes à bas des montures, si bien qu'ils roulèrent durement dans la poussière. Hélas, il ne s'arrêta pas là et asséna un coup de pied à l'un d'eux pour les dissuader de se relever.

Kal ne s'était pas trompé : ses hommes étaient en vie. Mais dans quel état !

Cynehild serra les poings, dévastée par son impuissance et par la solitude dans laquelle elle se trouvait au milieu de ces étrangers.

— Toka ! Toka ! Où te caches-tu encore, femme ? tonna l'homme.

— Que fais-tu, cousin ? lança brusquement Kal. Pourquoi chercher ta femme sans même avoir salué ton seigneur ?

Il avança, se plaçant devant elle de façon à la protéger et elle sut qu'elle n'était pas seule. Il était là. Avec elle.

L'homme blêmit brutalement, l'air hagard devant la vision qu'offrait Kal.

— Kal ! Toi, ici ?

— Est-ce là une réponse correcte, cousin ? Et pourquoi t'en prends-tu à ces hommes ? Quel crime ont-ils commis ? Relâche-les.

— C'est… C'est vraiment toi ?

— Eh bien, la dernière fois que j'ai vérifié, j'étais bien Icebeard, seigneur de cet endroit, et tu étais mon cousin, Alff, fils de Alfuir, mon homme-lige.

Kal avança vers son cousin, impressionnant dans son rôle de seigneur de guerre.

— Ai-je donc tant changé en si peu de temps que tu ne me reconnaisses plus ?

Soudain, Toka arriva en courant vers son mari.

— Ton cousin est là ! lança-t-elle, haletante.

Sa coiffure était à demi défaite et sa robe portait des traces de salissures comme si elle avait couru à travers bois. Dès qu'elle les vit, son visage afficha un large sourire, trop grand, en vérité, pour être honnête.

— N'est-ce pas merveilleux ? s'exclama-t-elle.

— Te voilà de retour, mon jarl… et avec une femme.

Le regard dur d'Alff la détailla des pieds à la tête, et Cynehild eut la sensation de n'être rien de plus qu'un caillou qui gênait dans la semelle.

— Avec sa fiancée, rectifia Toka.

Kal se remémora ses années d'entraînement et se concentra pour respirer calmement plutôt que de répondre aussitôt à Toka et Alff. Il devait attendre que l'un ou l'autre commette une erreur plutôt que de tirer des conclusions hâtives. Pour déterminer qui était son ennemi, il allait devoir se montrer patient et garder la tête froide.

— Pensais-tu que j'avais été laissé pour mort quelque part ? lança-t-il quand il fut certain que sa voix paraîtrait calme. Tu sais pourtant qu'il en faut beaucoup pour venir à bout d'un homme de ma stature.

— Tu me connais, cousin, je te serai toujours fidèle.

— C'est une joie de l'entendre. Et je suis également heureux de te voir debout en si bonne forme après ta maladie.

Une fois encore, Alff se passa la langue sur les lèvres comme si elles étaient sèches. Sa peau et ses yeux avaient une teinte jaunâtre qui le surprit.

— J'ai été gravement malade. Tu peux interroger ma

femme. Je ne me suis levé de mon lit que parce que tu avais disparu. Il fallait bien que quelqu'un prenne les choses en main, l'agitation était à son comble.

Il inclina la tête pour ajouter :

— Alors que tu te prélassais auprès d'une jolie femme, si facilement oublieux des autres.

Kal ignora l'attaque et fit un geste en direction des prisonniers.

— Je t'ai demandé de relâcher ces hommes. Je n'aime pas avoir à donner un ordre deux fois.

— Ce sont des hors-la-loi – ils ne préparaient rien de bon et ont refusé de répondre à mes questions. Ce chariot est rempli d'affaires de femme.

— Exactement. Parce que ces hommes sont au service de ma promise. Relâche-les. Immédiatement.

Kal avait durci le ton, cependant aucun des hommes qui avaient accompagné Alff ne réagit pour lui obéir.

— Mes ordres ne sont pas ignorés sans conséquences, Alff. Toi et tes hommes êtes donc prêts à les affronter ?

Un murmure agita la foule qui s'était rassemblée dans la cour. Plusieurs hommes, dont Gautr, s'avancèrent, mais Kal leva une main pour les arrêter. Si Alff voulait se battre, il choisirait lui-même le lieu et l'endroit.

— Mon époux, je t'en prie, s'écria Toka en levant les mains au ciel. Le retour de ton cousin est un motif de joie, non de dispute. Qui pourrait te reprocher d'avoir agi avec les meilleures intentions quand la vérité t'a été dissimulée ? ajouta-t-elle en jetant un regard torve vers lui.

Kal redressa les épaules, contractant les muscles pour se préparer à l'affrontement quand, soudain, Alff voûta les épaules et détourna le regard. Cette réaction ne l'étonna pas outre mesure. Son cousin avait toujours été lâche face au danger.

L'un de ses hommes défit les cordes qui entravaient les prisonniers. Kal remarqua les mains couturées de cicatrices des deux acolytes de son cousin. Il trouverait très bientôt une bonne raison de les éloigner d'ici. Pas dans l'immédiat, car cela risquerait d'attiser la rébellion qui couvait, mais il s'en occuperait avant le retour de la belle saison et de la cérémonie des vœux d'allégeance.

Dès qu'ils furent libérés, Cyn courut vers ses hommes pour les aider à se relever. En vain. Son expression fermée lui apprit que les deux hommes avaient été plus sévèrement maltraités qu'elle ne s'y attendait.

Kal fit signe à ceux qui lui étaient restés fidèles.

— Emmenez-les auprès de la guérisseuse. Nous allons vous montrer à quoi ressemble la véritable hospitalité danoise, milady. Vos hommes seront remis sur pied.

Cynehild essuya la poussière de sa jupe et s'inclina en une révérence respectueuse.

— Je vous remercie, jarl Icebeard.

Kal n'aima pas du tout la façon dont elle venait de prononcer ce nom du bout des lèvres, mais ce n'était pas le moment de s'en enquérir, pas alors qu'ils étaient observés.

— À quel jeu joues-tu, Icebeard ? s'exclama soudain Alff. Tu n'as jamais voulu épouser une Saxonne ! Et je ne t'ai certes jamais connu amateur de… femmes aussi généreuses, ajouta-t-il en détaillant les courbes sensuelles de Cynehild. As-tu perdu la raison ? Pardonnez-moi, milady, mais je connais mon cousin et…

— Assez ! Cette dame est Lady Cynehild de Baelle Heale. Son défunt époux était le seigneur de ces terres avant moi. Tu dois comprendre mon raisonnement, à présent ? Mon intention n'a pas changé : je compte bien assurer la paix et la sécurité sur ce domaine tant que je vivrai.

Alff déglutit.

— Je savais que tu avais autorisé la dame à voyager jusqu'ici, contrairement au conseil que je t'avais donné. Je comprends à présent que tes plans allaient bien au-delà de ce que j'imaginais, sans que tu juges utile de me consulter.

Mais je reconnais que cette union serait un bon moyen de tisser une paix durable… Si tu peux supporter de l'épouser.

Sous l'effet de la rage et de la fatigue, un vertige l'assaillit brutalement. Il vit à la réaction de Cyn qu'elle l'avait compris et s'apprêtait à voler à son secours, mais il secoua imperceptiblement la tête pour qu'elle reste auprès de ses hommes.

— Me crois-tu assez fou pour manquer une telle occasion ? Es-tu aussi énervé parce que tu as perdu tes paris sur celle qui serait ma femme ? Je t'avais pourtant prévenu de ne pas parier là-dessus puisque tu ne pourrais jamais deviner !

Le visage pâle de son cousin rosit légèrement.

— C'est bien vrai, tu m'avais prévenu.

— Exactement. Et pour ton information, Lady Cynehild et moi-même nous accordons bien mieux que nous n'aurions pu l'imaginer.

Kal espérait qu'elle comprendrait le sens de ces mots. Bien sûr, il ne pouvait plus lui donner son cœur, parce qu'il s'était changé en pierre des années plus tôt. Mais parfois, il avait l'impression que cette dureté s'adoucissait sous son regard. Qui sait ? Avec le temps, peut-être son cœur s'éveillerait pleinement à son contact.

En attendant, il pouvait d'ores et déjà lui offrir son affection, son respect, son amitié et sa fidélité dans le lit conjugal. Leur mariage ferait sens si seulement elle acceptait de l'envisager sérieusement.

— Même ainsi, pourquoi nous faire croire qu'il t'était arrivé malheur ? questionna Toka en passant son bras sous celui d'Alff avant de lui murmurer quelques mots que Kal ne perçut pas.

— Mon message s'est perdu, voilà tout, lança-t-il avec indifférence. L'essentiel est que je sois de retour, et prêt à me marier comme mes gens me le demandaient il y a encore quelques semaines.

La foule confirma en acclamant bruyamment ses paroles.

Il se détendit légèrement : la majorité des hommes demeuraient de son côté.

— J'ai entendu dire que tu avais été soumis à l'enchantement des Saxons. Ce n'était donc qu'un conte. On peut toujours compter sur Haddr pour se tromper, marmonna Alff.

— Où est-il, d'ailleurs ? Je ne l'ai pas vu.

— Il est resté chez lui aujourd'hui, mais il nous a régalés, hier soir, d'une histoire invraisemblable, après avoir perdu aux dés et s'être noyé dans l'ale, intervint Toka. Pauvre homme… Je ne pense pas qu'il soit très heureux dans son mariage. Je peine encore à comprendre comment tu as pu approuver cette union, Icebeard. Je t'avais pourtant prévenu qu'il n'en sortirait rien de bon.

Kal ne manqua pas de remarquer que la bouche de Cyn se crispait à ce récit. Tout comme lui, elle ne se laissait pas abuser par le conte trop facile d'un Haddr enivré. Surtout, Luba leur avait déjà révélé à tous deux combien sa fille était heureuse auprès de son époux danois.

Non qu'il se méprenne sur les qualités de Haddr. Ce dernier n'avait jamais été un combattant admirable et il était l'une des raisons pour lesquelles Kal avait dû s'arrêter pour tenir le siège de Basceng. En revanche, Haddr était doué pour le travail épuisant de rameur.

Et puis, en dépit de sa mémoire vacillante, il se rappelait fort bien la raison de son accord à ce mariage : il voulait la paix sur ses terres, or la famille de Luba était respectée dans le village. Une alliance entre leurs peuples était une première pierre à son édifice de paix.

— J'étais inquiet, Icebeard, dit Alff. Toka aussi. Ce comportement ne te ressemble pas – t'éloigner de tes hommes, ne pas t'assurer que tes messages sont bien parvenus… Nos récentes querelles ont-elles eu raison de ta confiance en moi ?

La douleur sous son crâne se fit plus tenace. Des querelles ? Il n'en avait pas souvenir. Sur quels sujets s'était-il disputé avec son cousin ?

— Les histoires prennent des proportions invraisemblables à force d'être racontées, voilà tout. Heureusement que j'ai décidé de venir jusqu'ici pour montrer les aménagements que j'ai faits à Cynehild. Par chance, rien de trop grave n'est arrivé sinon quelques bleus et bosses. Je refuse de croire que qui que ce soit ait fait du mal à ces hommes. Au service de ma dame, je les considère désormais comme mes propres hommes. Tu t'es emparé d'eux sans avoir réellement enquêté sur les raisons de leur présence. Il te faut leur payer une compensation, Alff. Ton jarl a parlé.

Ce dernier ouvrit et referma la bouche plusieurs fois avant de balbutier :

— Je te croyais en danger. Pourquoi faut-il toujours que tu me reproches quelque chose ? Pourquoi donnes-tu toujours raison à Toka ?

— Je vois…, articula-t-il lentement en tirant son épée. Que veux-tu exactement, Alff ? Prendre la direction de mon *felag* ? Je ne suis pas prêt à te le céder.

Son cousin jeta un regard incertain vers la lame et recula précipitamment.

— Allons, Icebeard, je…

— Épargne mon époux ! s'écria Toka en se laissant tomber à genoux, les bras au ciel. Il s'est levé de son lit de malade pour te sauver !

Comme il conservait son attitude menaçante, elle poursuivit d'une voix de plus en plus stridente :

— Comment pouvions-nous deviner que tu voulais te fiancer à une femme comme elle ? Regarde-la ! Même en cet instant, je ne suis pas certaine de te croire ! Tu joues un jeu, Icebeard, et je refuse de voir mon mari sacrifié dans tes manipulations !

Du coin de l'œil, il vit la bouche généreuse de Cyn se plisser d'amertume. Il ne pouvait certes nier que sa robe de voyage ne mettait guère son teint en valeur, néanmoins elle conservait ses formes magnifiques et le feu qui brûlait dans ses iris la rendait sublime.

Il répondit d'une voix maîtrisée :

— Je la regarde, et je suis parfaitement heureux de ce que je vois. Ma fiancée est d'une grande beauté.

— Là n'est pas la question ! Elle n'a rien de commun avec les femmes que tu apprécies ! Elle ne ressemble pas à ma sœur !

— Tu ne connais rien de mes goûts, Toka.

Cette dernière recula à son tour comme s'il venait de la frapper.

— Je sais que tu as déclaré que ton cœur avait été enterré avec ma sœur quand je t'ai suggéré de chercher une épouse il y a quelques semaines de cela. Et voilà que tu reviens avec une fiancée saxonne sans un mot pour nous prévenir ! Tu ne nous dis rien et tu oses blâmer Alff pour avoir craint le pire. Où donc est ta chère justice dans toute cette histoire ?

Kal serra les poings pour maîtriser sa colère. Cette femme avait causé des problèmes dans son mariage. Comment se comportait-il avec elle depuis qu'elle était mariée à son cousin ? Acceptait-il ses remarques désobligeantes sans réagir ? Non, son instinct lui soufflait qu'il la tolérait tout juste.

— T'ai-je jamais confié mes secrets, Toka ? J'en doute fort, alors cesse de prétendre le contraire.

Elle leva les mains devant elle, comme pour apaiser le feu qu'elle avait elle-même contribué à alimenter.

— Je te demande seulement de ne pas blâmer Alff, mais moi. J'ai senti qu'il y avait quelque chose d'étrange dans le récit de Haddr et c'est moi qui ai envoyé Alff à ta recherche. Comment s'étonner qu'il s'en soit pris à ces hommes quand les rumeurs sur des hors-la-loi parcourent ces terres depuis notre arrivée ?

— Je t'en supplie, cousin. Tu sais que je ne ferais jamais rien contre toi, ajouta Alff en se plaçant derrière sa femme. Je ne sais pas ce que cette femme a pu te dire à mon propos, mais j'ai toujours été ton plus fidèle allié. De même que Toka depuis notre mariage. Pourquoi doutes-tu brusquement de nous ?

— Ce n'est guère étonnant, après que tes hommes ont refusé de suivre mes ordres lorsque je leur ai demandé de relâcher leurs prisonniers.

— Ce n'était rien de plus qu'une hésitation temporaire. Le choc de te revoir bien portant quand nous te croyions mort. Après tout ce que nous avons traversé…

Kal ne se laissa pas pour autant attendrir. Ce n'était pas le moment de montrer la moindre faiblesse devant son peuple. Un grondement sourd monta de sa gorge et Alff pâlit.

— Je m'excuse, cousin. Cela ne se reproduira pas, lâcha-t-il enfin.

— Allons, nous devrions fêter le retour de notre jarl, plutôt que de nous quereller ! lança Toka en frappant dans ses mains.

Aussitôt plusieurs serviteurs se mirent en mouvement.

— Nous voulons tous célébrer ton retour, Icebeard, d'autant que tu amènes avec toi une bien intrigante compagnie.

Alff vacilla dangereusement.

— Je ne suis pas certain que l'heure soit à la fête…

— Bien sûr que si ! Tu as toujours aimé les festivités.

Kal passa un bras autour de la taille de Cyn, qui se laissa naturellement aller contre lui.

La querelle s'était peut-être conclue sans combat, néanmoins, il n'avait toujours aucune preuve pour accuser ou innocenter son cousin. Or, sans preuve, il refusait de s'en prendre à sa propre famille.

— Très bien ! lança-t-il d'une voix puissante. Levons nos coupes à l'amitié et à ma fiancée. Je veux que ma dame soit convenablement accueillie par son peuple.

L'épreuve fut difficile à supporter pour Cynehild. Saluer ses anciens serviteurs qui venaient à elle, des larmes dans les yeux, pour la remercier d'être revenue et d'épouser Icebeard quand tout n'était qu'une mascarade, n'était pas une tâche aisée. Plusieurs l'interrogèrent sur Wulfgar, mais aucun ne lui demanda ce qu'était devenu Leofwine, ni comment il était mort.

Elle détestait l'idée de les décevoir tous lorsqu'elle devrait repartir. Elle détestait penser qu'elle fuirait à nouveau. Kal, lui, resterait sur ses terres et se battrait pour elles jusqu'au bout. *Il* n'aurait jamais fui.

La gorge serrée par ses pensées douloureuses et par les retrouvailles émouvantes avec son ancien peuple, Cynehild conserva cependant le sourire jusqu'à ce que le dernier lui ait baisé les mains.

Enfin, Kal la raccompagna jusque dans sa chambre.

— Vous avez été d'une patience admirable avec les villageois, dit-il.

— Ils semblaient contents de me revoir, mais il ne fait aucun doute qu'ils vous veulent comme seigneur.

Kal fit quelques mouvements d'entraînement avec son épée.

— Votre popularité dépasse de beaucoup celle de votre époux.

— Si vous l'aviez su, auriez-vous réfléchi à demander ma main ? questionna-t-elle, curieuse.

— J'aurais effectivement dû y songer, répondit-il avec le plus grand sérieux en posant son épée sur le coffre.

— Peu importe, je n'aurais pu accepter de toute façon. Construire la paix est une entreprise difficile et prenante ; or, je dois d'abord me consacrer à l'avenir de mon fils.

Ses yeux se posèrent sur elle, fascinants et intenses.

— Il n'y a donc pas de place, dans votre vie, pour vous-même ?

Cynehild serra les bras autour d'elle et baissa les yeux sur le sol.

— J'en étais certaine lorsque j'ai quitté Baelle Heale.

— Quelque chose s'est produit, depuis, qui vous a fait changer d'avis ?

Il se dirigea vers la petite table où était disposé le jeu de *tafl* et se mit à déplacer les pièces. Cynehild se raidit pour lutter contre l'envoûtement qu'il exerçait sur elle. Tout cela n'était pas réel, ce n'était pas sa vie. D'ailleurs, le plus tôt elle retrouverait son existence, le mieux ce serait.

Hélas, elle aimait de plus en plus lire dans son regard la chaleur et le désir. Elle se sentait femme à nouveau.

— Non, pas du tout, articula-t-elle, les mâchoires serrées.

— Alors, notre accord actuel vous convient ?

— Tout à fait.

En deux pas, il traversa la pièce jusqu'à elle. Il s'arrêta tout près d'elle et posa une main sur son visage.

— Nous pourrions discuter de quelques changements à y apporter, qui seraient à notre avantage et combleraient nos désirs.

Elle déglutit avec difficulté tandis qu'une brusque vague de chaleur l'embrasait. Il n'avait pas parlé d'amour, ni de respect, aussi s'efforça-t-elle de combattre son instinct qui lui dictait de se blottir dans sa large paume chaude.

— Nous devons découvrir votre ennemi, voilà l'urgence. Frère Palni n'est toujours pas de retour avec les renforts attendus. Vous pourriez encore tout perdre. Tout comme moi.

Il laissa retomber sa main.

— Vous êtes toujours si sérieuse, si raisonnable, Cyn.

— Mes hommes ont besoin de moi, ils ont été sérieusement blessés, répondit-elle en guise d'explication.

Devinait-il combien cela lui coûtait d'écouter une fois encore la voix de la raison plutôt que ce feu délicieux qui brûlait entre ses reins ?

Il hocha la tête.

— J'ai donné des ordres pour qu'ils reçoivent les meilleurs soins.

— Merci. Mais je serai plus rassurée quand je les aurai vus. Seule.

En dépit des protestations de la servante qui lui assura que Toka dirigeait l'infirmerie et ne laissait personne entrer sans sa permission, Cynehild lui jeta un regard impérieux qui l'incita à la laisser passer.

Aussitôt, elle vint s'agenouiller auprès des palettes où reposaient les deux gardes.

— Je suis venue dès que j'ai pu.

Avec anxiété, elle observa les deux corps allongés. Ses hommes semblaient encore sous le choc, mais en dehors de quelques hématomes, ils semblaient aller bien. C'est d'ailleurs ce qu'ils lui assurèrent.

— J'ai apporté des herbes qui étaient dans le chariot pour vous aider à guérir.

Elle s'empara du pilon et du mortier posés sur la table et elle prépara un cataplasme à chacun sous l'œil scrutateur de la servante et les déposa sur leurs blessures les plus sérieuses.

— Vous devriez être remis le temps que frère Palni arrive.

— C'est lui qui aura notre peau, marmonna l'un des hommes.

— Pourquoi cela ?

— Nous devions vous protéger et vous empêcher de venir jusqu'ici sous peine de mort. Nous avons prononcé nos vœux sacrés. Frère Palni ne voulait pas vous savoir ici sans lui. Il a dit... Enfin... En tant que veuve, vous pouviez facilement être tentée et qu'il se méfiait de la façon dont vous vous regardiez, avec le jarl Icebeard...

À ce discours, Cynehild ne chercha pas à cacher son exaspération. Elle savait déjà que frère Palni la considérait comme une écervelée dénuée de bon sens. Mais là, il dépassait les limites. Si elle n'était pas venue jusqu'ici avec Kal, ses hommes seraient morts. Le moine se trompait. Être veuve et indépendante de toute autorité masculine ne signifiait nullement qu'elle était incapable de prendre la moindre décision raisonnée.

Et pour commencer, dès qu'elle quitterait cette pièce, elle marcherait jusqu'à l'église pour vérifier que le trésor caché s'y trouvait toujours. Elle avait aperçu la bâtisse depuis la cour, un peu plus tôt, et de l'extérieur, elle paraissait négligée, presque à l'abandon. En vérité, personne ne semblait visiter ces lieux désertés. Avec l'aide de Dieu, elle retrouverait tout l'or caché sous l'autel. L'héritage de Wulfgar…

Une vague de remords lui coupa le souffle. Son fils lui manquait douloureusement, mais, dans le même temps, elle était trop consciente que retrouver ce trésor signifiait perdre Kal pour de bon.

Jamais il ne pourrait lui pardonner d'être venue jusqu'ici juste pour le voler. C'est en tout cas comme cela qu'il verrait les choses. À moins qu'il ne comprenne ses motivations ?

Hélas, tout lui révéler sur-le-champ la plaçait dans une situation trop périlleuse. Elle avait absolument besoin de sa protection, le temps que frère Palni arrive. Surtout, elle n'était pas prête à renoncer au regard que Kal posait sur elle. Il fallait qu'il la contemple comme un ange tombé du ciel le plus longtemps possible.

Un ange porteur d'un sombre et lourd secret…

Cynehild pressa les doigts sur ses paupières.

— Vous devriez vous enfuir tout de suite, ma dame. Prenez un cheval et chevauchez tout droit jusqu'à Baelle Heale et votre fils. Frère Palni comprendra.

Si ce moine avait obtenu gain de cause, elle serait encore en train de douter de sa capacité à faire quoi que ce soit d'autre que filer la laine.

— Non. Nous attendrons son retour avant de prendre congé. J'ai fait une promesse – nous aiderons le jarl Icebeard à reprendre le contrôle de son pouvoir et à découvrir qui m'a accusée de l'avoir tué.

Les deux hommes parurent soudain honteux et l'assurèrent qu'ils étaient à ses ordres.

— Bien. Reposez-vous. J'aurai peut-être rapidement besoin de vous.

— Où allez-vous, milady ?

— Je dois me préparer pour la fête de mes fiançailles. Heureusement, ce cher Alff a pensé à rapporter mon chariot.

— Milady, que comptez-vous faire ? Que dirait votre père ? s'alarma le deuxième garde.

— Il dirait que la Mercie doit triompher, répliqua-t-elle sans hésiter.

Cynehild souriait en sortant de la pièce. Sa robe écarlate serait du plus bel effet. Toka allait découvrir que les dames de Mercie savaient être élégantes. Elle ne se laisserait pas rabaisser par les regards pleins de mépris de cette femme, qui avait décidé qu'elle ne méritait pas le moindre égard.

Ce soir, elle porterait sa plus luxueuse tenue. Cynehild fit de son mieux pour ne pas imaginer les yeux de Kal briller d'admiration en la découvrant. Cette robe donnait toujours un éclat délicat à sa peau et faisait ressortir l'incarnat de ses lèvres.

— Cousin ? Je suis venu te présenter mes excuses.

Kal terminait de sécher ses cheveux après son plongeon dans le lac. Il s'était soigneusement lavé en prévision des festivités du soir.

— Tes excuses ? répéta-t-il en levant un sourcil interrogatif.

Il s'était attendu à voir Alff le rejoindre, raison pour laquelle il avait choisi de se baigner dans le lac plutôt que dans la chaumière réservée aux bains à vapeur.

— J'aurais dû savoir que tu avais une idée derrière la tête quand tu as permis à cette femme de venir sur ces terres.

Les mots sortaient de sa bouche à une vitesse folle et Kal se demanda si c'était son cousin qui avait décidé de lui-même de venir le voir ou s'il y avait été encouragé par Toka. Cette dernière n'était nulle part en vue, pourtant Alff jetait de fréquents regards derrière lui, comme s'il s'attendait à voir quelqu'un.

— Je n'avais jamais imaginé que tu puisses vouloir épouser une Saxonne, lâcha-t-il dans un murmure rauque. Jamais. Pas après ce que tu as dit sur cette Lady Cynehild avant qu'elle ne vienne, et sur toutes les nobles dames de Mercie.

Kal fronça les sourcils. Il était en vérité plus irrité d'apprendre qu'il avait pu dire des paroles blessantes envers la jeune femme que par l'attitude d'Alff. Il regrettait maintenant de s'être montré si peu aimable à son égard dans les jours qui avaient précédé sa venue. Sa seule piètre excuse était qu'alors – il ne la connaissait pas encore – il n'avait pas été témoin de son courage, ni de son âme généreuse.

— Dois-je donc toujours me confier à toi ?

— Non, bien sûr. J'aurais seulement aimé que tu me donnes un indice avant ta disparition. Tout le monde te pensait mort. Toka n'a pas cessé de parler du danger des ensorceleuses et des enchantements, j'en avais mal à la tête. Quand j'ai fini par m'en plaindre, elle m'a dit que l'ensorceleuse avait dû me jeter un sort aussi parce que ses remèdes ne me guérissaient pas. Comment aurais-je pu deviner que tu comptais coucher avec cette veuve ? En tout cas, j'espère qu'elle mérite les soucis que toute cette histoire nous a causés.

Kal retint sa fureur à grand-peine. Coucher avec Cyn ? Il voulait l'épouser, la chérir, vieillir auprès d'elle ! Cette pensée le frappa de plein fouet. Ce qu'il désirait allait au-delà du désir et de l'amitié.

— Tu m'appelles Kal ? Et non pas Icebeard ? lança-t-il d'un ton dur.

Cela pouvait passer pour la menace d'un jarl mécontent et il aurait ainsi une réponse à cette question qui le taraudait.

Son cousin haussa les épaules.

— Icebeard inspire le respect aux autres. Mais nous sommes du même sang.

Alff lui adressa l'un de ses sourires charmants, le même que dans leur enfance complice. À l'époque, beaucoup considéraient, autour d'eux, qu'Alff serait le futur jarl. Aujourd'hui, il avait l'air épuisé et bien plus vieux que son âge avec ses poches sous les yeux et son teint jaunâtre.

— Tu n'as effectivement pas l'air au mieux de ta forme, dit-il avec plus de douceur.

— Je souffre. À chaque fois que je mange, mon ventre me torture bien davantage que je ne l'admets devant Toka. C'est le premier jour où je me lève depuis le matin où tu es parti, furieux parce que j'avais refusé de venir chasser avec toi pour essayer ton nouvel arc. Peut-être te serais-tu confié à moi si j'étais venu.

Kal prit le temps de faire le point sur ce qu'il venait d'apprendre : son cousin n'avait pas voulu l'accompagner à la chasse et était resté alité ; il était sorti avec un arc et non pas une épée. Pour se donner du temps, il prit une pierre plate et l'envoya faire des ricochets sur l'eau calme du lac.

L'arc avait été pris par son attaquant. Qui l'avait ? Et où était passée son épée favorite ?

— As-tu l'intention de participer au festin ?

— Je ne manquerais cela pour rien au monde. J'imagine que ta fiancée est plus qu'heureuse de cette union, elle n'a pas dû recevoir beaucoup d'autres propositions.

— Pourquoi dis-tu cela ? s'agaça Kal.

— Eh bien, elle n'est plus une jeune vierge et sa langue est, dit-on, acérée. Tu me l'avais fait remarquer lorsque tu as finalement accepté qu'elle vienne. Tu voulais connaître la raison de sa venue et savoir si les rumeurs concernant un trésor enterré par son époux étaient fondées.

Kal ne quitta pas du regard les eaux tranquilles du lac, mais son cœur s'était mis à battre plus vite. Un trésor ? Cynehild n'y avait jamais fait la moindre allusion. Était-ce cela, le secret qu'elle persistait à lui cacher ? Après tout, il était parfaitement probable que son époux lui ait donné des instructions pour retrouver un trésor caché quelque part sur le domaine avant sa fuite.

Néanmoins, après ce qu'ils avaient partagé, il aurait voulu qu'elle puisse se confier à lui. Elle ne s'en était apparemment pas sentie capable et cela le peinait.

Pourquoi exactement lui avait-il donné la permission de venir ? Voulait-il s'emparer de ce trésor ? Et Cynehild ? Qu'avait-elle l'intention d'en faire si elle mettait la main dessus ?

Son crâne le faisait de nouveau souffrir. Il brûlait de connaître enfin ses secrets.

— Il y a de bonnes raisons pour lesquelles nous avions besoin de passer du temps seuls avant d'annoncer à tous nos fiançailles, Alff. Ma réputation n'est pas non plus des plus attrayantes et elle m'a largement précédé. Lady Cynehild avait toutes les raisons de me considérer comme un tyran.

Du coin de l'œil, Kal observa la réaction de son cousin à ce mot qu'il n'avait pas choisi au hasard. Il lui sembla que la main d'Alff trembla légèrement sur la tunique qu'il serrait et une mince couche de sueur couvrit son front.

— Je voulais seulement que tu saches que je suis là pour toi. Je ne te défierai jamais pour obtenir le commandement. Tu le sais.

Il hocha lentement la tête.

— Je comprends. Le sang est plus épais que l'eau, cousin, murmura-t-il en apercevant la jupe de Cynehild à quelque distance entre les bâtisses. J'apprécie que tu sois venu me voir.

— Êtes-vous prête ou bien voulez-vous un peu plus de temps ?

Kal apparut dans l'encadrement de la chambre comme

elle ajustait la ceinture qui fermait sa robe rouge sombre. Ses mèches brillaient comme s'il venait de les mouiller et il s'était changé. Il portait une chemise de lin d'un blanc éclatant et brodée de fil d'or. Une cape ourlée de fourrure passée sur une épaule, il ressemblait plus que jamais au jarl Icebeard.

— Je suis aussi prête que possible, assura-t-elle en lissant les plis de sa robe.

Elle avait perdu du poids au cours du voyage et la robe tombait plus gracieusement autour de ses hanches. Malheureusement, le tissu serrait toujours autant sa poitrine trop généreuse. Elle retint un soupir en songeant qu'elle aurait toujours l'air bien trop large à côté de la mince Toka.

— Si vous saviez le nombre de dames nobles que je connais qui n'ont aucun scrupule à user le temps des autres… C'est un plaisir de vous voir si vite préparée.

Cynehild préféra ne pas trop réfléchir aux dames qu'il connaissait, aussi changea-t-elle de sujet.

— Mes hommes se remettent de leur frayeur. Heureusement, il me restait des herbes guérisseuses dans le chariot, j'ai pu leur préparer des cataplasmes.

— Il ne leur arrivera plus rien, désormais. Ma parole a encore du poids entre ces murs.

— Oui, vous l'avez clairement prouvé, tout à l'heure, admit-elle dans un rire contraint. Vous êtes véritablement le seigneur de ces terres.

— Cette couleur vous sied à merveille, dit-il en lui prenant le bras.

Cynehild ferma brièvement les yeux pour se ressaisir. Il sentait le printemps, le grand air et ce parfum masculin qui n'appartenait qu'à lui. Un mélange envoûtant.

— Vos cheveux ressemblent à de l'or liquide sur cette écarlate. Un spectacle envoûtant.

— Pensez-vous que votre ennemi tentera quelque chose contre vous ce soir ? questionna-t-elle en faisant de son mieux pour ne pas contempler sa bouche toute proche. J'aimerais savoir comment réagir.

Sa proximité était une douce torture, des vagues de chaleur bienfaisantes montaient en elle, rendant la lutte contre son désir toujours plus difficile.

— Alff est venu me voir... Il a tenté de me présenter ses excuses.

Cynehild sentit son cœur se serrer d'appréhension sous le regard soudain scrutateur de Kal. Il semblait attendre quelque chose d'elle. Un long frisson remonta le long de sa colonne vertébrale.

C'était impossible... Alff ne pouvait pas connaître l'existence du trésor, il n'avait pas pu lui en parler lors de leur échange... Personne d'autre qu'elle ne savait.

— Vous le croyez toujours coupable ? demanda-t-elle faiblement.

— Je ne sais pas encore. Mais je suis toujours aussi heureux de vous savoir à mes côtés pour affronter la suite des événements. Vous faites une excellente dame pour ce domaine, Cynehild, même si ce n'est que pour un bref moment.

— Je ferai en sorte de jouer mon rôle du mieux que je peux, lâcha-t-elle dans un souffle, la gorge serrée par la peur et l'émotion mêlées.

Kal referma plus fort sa main autour de son bras pour l'attirer plus près. Doucement, ses lèvres effleurèrent son front et elle se sentit trembler contre lui.

— Je compte sur vous. Vous le savez.

Chapitre 12

La vaste salle principale se remplissait rapidement d'hommes et de femmes – *ses* gens. Pourtant, il peinait à en reconnaître plus de quelques-uns. Il avait repéré où se trouvaient Toka, Alff, Haddr et son épouse qui semblait proche du terme de sa grossesse. En revanche, Luba n'était nulle part en vue.

Son cousin avait fait son entrée avec Toka et avait échangé quelques paroles avec les hommes avant de s'asseoir à quelque distance. Relativement proche de lui, mais trop loin, néanmoins, pour engager une véritable conversation.

Plusieurs autres vinrent jusqu'à Kal pour le féliciter et le déclarer chanceux d'avoir Lady Cynehild pour fiancée. Il était parfaitement d'accord avec eux. D'autant que dans sa robe magnifique et avec son lourd collier orné d'une croix chrétienne, elle jouait les dames à la perfection.

En vérité, lui la préférait telle qu'il l'avait vue la première fois, les cheveux défaits, presque sauvage. À chaque fois qu'il tournait le regard vers elle – bien trop souvent –, il brûlait de lui ôter cette robe pour explorer enfin son corps sensuel de ses mains. Si seulement il pouvait la convaincre de rester ! Non seulement c'était son plus cher désir, mais il était de plus en plus persuadé que ce serait la meilleure chose à faire pour leurs deux peuples : Saxons et Vikings enfin réunis sous leur bannière.

— Il y a plus de monde que je ne m'y attendais, dit-il à voix basse en portant sa main douce à ses lèvres. Je commande à bien plus d'hommes que je ne l'imaginais.

— Et combien, parmi eux, désirent voir leur jarl épouser une femme comme moi ?

— En vérité, la plus grande partie semble enthousiaste à l'idée de notre union. Même mon cousin semble prêt à célébrer notre mariage avec enthousiasme. On pourrait presque croire, à le voir vider toute cette ale à notre santé, qu'il en a eu l'idée le premier.

— Tout le monde ne partage pas le même enthousiasme, répondit-elle avec un signe de tête discret vers Toka qui distribuait des ordres aux servantes, une moue mécontente sur son visage tiré.

— Elle n'aime pas me voir heureux.

Kal se concentra pour ne plus entendre le bourdonnement incessant dans ses oreilles. Depuis qu'il avait pris place au cœur de l'agitation de la salle, il ne pouvait se défaire de la sensation qu'il avait manqué quelque chose, un indice évident qui était là, juste sous ses yeux. Un indice qui lui aurait permis de faire le lien entre sa précédente union et sa situation actuelle. Hélas, à chaque fois qu'il tentait de mettre le doigt dessus, le souvenir lui échappait. Était-ce seulement un véritable souvenir ?

Toka était efficace, présente, mais il savait, au plus profond de lui qu'il y avait en elle cette froideur… Agacé par son impuissance, il tapa du poing sur la table, enragé de ne pouvoir reprendre le contrôle de sa mémoire. Toutes les conversations cessèrent aussitôt, en même temps que les visages se tournaient vers lui. D'un geste, il invita tout le monde à poursuivre le cours de leurs conversations et le brouhaha joyeux reprit lentement.

Cyn posa la main sur son bras.

— Êtes-vous trop épuisé pour toute cette agitation ? s'inquiéta-t-elle dans un murmure alarmé.

Kal secoua la tête avec détermination.

— Il me faut endurer la soirée. Mon ennemi est ici, je le sens. Il nous faut guetter la moindre erreur de sa part.

— Je n'ai rien vu d'étrange jusque-là.

— Il en fera une. Il a bien commis l'erreur de vous laisser me trouver. Une merveilleuse erreur, à mon goût.

Quand les hommes commencèrent à se battre et à parier bruyamment sur tout et n'importe quoi, Cynehild annonça qu'elle comptait rejoindre leur chambre. Aussitôt, de puissantes acclamations grivoises retentirent, la faisant rougir. Elle avait déjà dû endurer ce genre de propos paillards en tant que jeune épouse de Leofwine, lequel lui avait dit de les ignorer, que c'était là leur façon de lui montrer qu'ils la trouvaient à leur gré.

Aussi fut-elle très surprise d'entendre la voix de Kal tonner par-dessus les cris :

— Ma dame doit être respectée. Toujours.

Aussitôt, les commentaires cessèrent et les hommes baissèrent le regard, honteux. Cynehild sentit son cœur se serrer. Il serait si facile de croire que ces fiançailles étaient bien réelles, si facile de s'imaginer mariée à Kal, que l'amour pouvait s'épanouir au cœur de leur union.

Son cœur manqua un battement. « L'amour » ? Était-ce ce qu'elle ressentait pour lui ? C'était pourtant impossible, elle le connaissait à peine ! Comment aurait-elle pu aimer cet homme après seulement quelques jours en sa compagnie ?

De retour dans la chambre, elle garda les yeux baissés pour ne pas contempler les tapisseries aux dessins parfois suggestifs. La femme que Kal épouserait aurait une chance immense, mais ce ne pouvait être elle.

Ils partageaient sans nul doute un désir réciproque, or, c'était là une émotion bien trop fugace et fuyante pour construire quoi que ce soit. L'amour prenait nécessairement du temps pour naître et s'épanouir. Elle avait appris cette leçon de son premier mariage.

Pourtant, Ansithe avait su très vite qu'elle aimait Moir… Quand bien même ! Elle n'avait rien de commun avec sa sœur si impétueuse ! Elle-même avait toujours aimé la routine, le quotidien, les listes de tâches bien établies… Elle était la prudence incarnée.

— Je suis navré pour ce que vous avez entendu, dit Kal en la tirant de ses réflexions.

— Oh ! j'ai entendu bien pire, croyez-moi !

Comme il fermait la porte, elle remarqua pour la première fois que quelqu'un avait allumé plusieurs petits brasiers en roseau qui diffusaient une lumière tamisée dans la pièce.

— Quand j'étais toute jeune épousée, j'avoue que ce genre de propos me choquaient, mais j'ai appris à les ignorer. Mon mari m'a toujours dit qu'un homme avait le droit de plaisanter.

— Vraiment ? Je suis surpris qu'il ait autorisé ces comportements. Je crois plutôt que ce genre de remarques minent l'autorité, dit-il en allumant d'autres flambeaux accrochés aux murs de sorte que la pièce fut bientôt illuminée d'une douce lumière qui faisait briller les tentures.

Elle eut un sourire un peu contraint.

— Leofwine voulait garder ses hommes heureux. Avec le temps, j'ai tout simplement arrêté d'être aussi sensible et émotive.

— Je ne peux m'accorder à votre point de vue sur ce sujet. Votre époux aurait dû vous protéger. En tant qu'épouse, vous étiez le symbole vivant de son prestige et de son pouvoir.

— Il me protégeait différemment, assura-t-elle dans un rire forcé. Quelle importance ? Je suis certaine qu'après votre intervention, ce soir, vos hommes ne s'y risqueront plus.

— Ils n'ont pas intérêt, en effet.

— En dépit de ce dont nous étions convenus, je pense que vous devriez prendre le lit, Kal.

Il resta immobile devant la porte et elle se figea sous son regard intense.

— Prendre le lit alors que vous couchez sur une palette de fortune n'est certainement pas le meilleur moyen de m'assurer une nuit de repos. Il y a bien assez de place pour nous deux, Cyn.

— Je… Oui, c'est vrai… Et puis, votre cousin ou sa femme pourraient décider de vérifier « par accident » que nous partageons bien la même couche, admit-elle dans un souffle contraint.

En voyant la lueur qui dansait dans son regard et la fossette qui se creusait au coin de sa bouche, elle prit conscience qu'elle venait de lui donner l'excuse qu'il attendait. Avait-elle perdu l'esprit ?

— Cela ressemblerait tout à fait à Toka d'agir de la sorte, c'est un risque certain.

Incapable de résister à l'attrait qu'il exerçait sur elle, Cynehild saisit impulsivement sa main et la serra. Dès qu'il referma les doigts autour des siens, elle sentit un immense bien-être s'installer en elle.

Alors, elle sut… Elle sut que quoi qu'il se passât entre eux cette nuit, ce serait un moment arraché à son existence, sa véritable existence qu'elle devait consacrer à son fils. Bientôt, elle retournerait à cette vie où elle se contentait d'exister au lieu de vivre tout à fait. Bientôt, elle redeviendrait la mère de Wulfgar – et la veuve de Leofwine, songea-t-elle un peu tard.

Mais ce soir… Ce soir, elle voulait autre chose – quelque chose qui ne soit qu'à elle.

Kal effleura sa main de ses lèvres avant de la relâcher.

— Cyn…

— Je peux… Je peux attendre que vous vous endormiez, balbutia-t-elle, le visage embrasé. Vous aurez besoin de tous vos esprits pour affronter la journée à venir. Vous avez fait des merveilles pour reconquérir votre autorité aujourd'hui ;

seulement, demain, débarrassé de l'effet de surprise, votre adversaire aura eu le temps de songer à une réplique.

— Vous avez besoin de vous reposer tout autant que moi, protesta-t-il. J'ai besoin de pouvoir compter sur votre intelligence et votre bon sens jusqu'à l'arrivée de vos hommes. Le mal de crâne ne me quitte pas, même si cela s'améliore, je suis encore trop affaibli pour me passer de votre aide.

Comme il écartait de son front une mèche échappée de sa coiffure, elle eut la sensation que des flammes léchaient sa peau. Un seul contact de lui la faisait frémir tout entière.

— Vous avez besoin que je réfléchisse pour nous deux ? articula-t-elle pour ne pas laisser le silence avoir raison du peu qu'il restait de sa volonté.

Tout aurait été tellement plus simple s'il l'avait prise dans ses bras pour l'embrasser à en perdre haleine. Elle n'aurait plus à faire un choix : rester la veuve raisonnable et solitaire ou s'abandonner enfin à son désir pour lui. Elle avait tellement envie de reconnaître à voix haute qu'elle ne désirait rien tant que partager son lit. Elle voulait tellement se sentir en vie à nouveau.

— Mon esprit n'est pas aussi rapide qu'à l'accoutumée, admit-il en reculant. Jusque-là, vous avez caché au regard des autres mes trop nombreux manquements avec un à-propos qui témoigne de votre vivacité d'esprit. Je vous dois beaucoup. Plus que je ne pourrai jamais vous rendre, je le crains.

Il posait sur elle ce regard intense qui la faisait trembler mais il ne bougea pas. Cynehild poussa un soupir, le moment de tension était passé et il y avait résisté. Elle aurait dû se sentir soulagée que rien n'advienne, au lieu de quoi elle n'éprouvait qu'une profonde lassitude. Elle aurait tant voulu être enlacée, serrée contre lui.

— Un jour, vous me rendrez la pareille, assura-t-elle.

— Que voudriez-vous comme remboursement de mes nombreuses dettes ? De l'or ?

Il retira l'un de ses bracelets d'or brut et le lui tendit.

Stupéfaite, Cynehild se figea. Elle n'osait songer à la valeur d'une telle masse d'or, sans doute davantage que l'entièreté du trésor enfoui par Leofwine.

— Il est à vous, insista-t-il.

— Pourquoi le voudrais-je ? Je n'ai pas agi par avidité, souffla-t-elle.

Cynehild perçut fugacement une étrange expression sur son visage. L'avait-elle involontairement blessé en refusant son or ? Elle n'eut cependant pas le temps de s'y attarder, car il poursuivit après avoir déposé le lourd bracelet sur son coffre :

— Vos hommes semblent bien installés et je me suis assuré qu'Alff leur offrirait une compensation pour le tort qu'ils ont injustement subi.

— Ils apprécieront le geste.

Dans le silence qui suivit, la tension revint de plus belle et Cynehild sentit tout son corps se tendre d'impatience et d'appréhension. Ce soir était probablement sa dernière chance de discuter avec lui dans l'intimité. Elle aurait dû en profiter pour lui parler calmement de l'or de Leofwine.

Cependant, elle était parcourue de sensations bien trop fortes pour la laisser réfléchir posément. Son cœur battait violemment dans sa poitrine, sa gorge et son ventre palpitaient, un délicieux vertige montait en elle. Il était là, si proche, si beau… Pour cette nuit, seulement, elle voulait tant se sentir enfin femme.

— Demain matin…, commença-t-elle d'une voix rauque.

Sans la quitter du regard, il posa un doigt sur ses lèvres.

— Demain attendra. Il nous reste ce soir et cette nuit pour… nous reposer.

— Nous reposer ? répéta-t-elle en clignant les paupières.

— Que pourrions-nous faire d'autre ?

Il avait répondu d'un ton parfaitement sérieux mais une lueur amusée brillait dans son regard.

— Vous… Vous avez raison, et puis… les lampes seront bientôt éteintes.

— Voulez-vous davantage d'obscurité ?

Avec une douceur enivrante, il posa les mains autour de son visage et se pencha jusqu'à ce que leurs lèvres ne soient plus qu'à un souffle.

— Dis-moi ce que tu veux, Cyn. Je le ferai. Je veux nous faire oublier les angoisses de la journée. Je veux que tu te sentes en sécurité auprès de moi.

D'eux-mêmes, ses bras passèrent à son cou. Sa bouche était si proche, si tentante. Si elle ne suivait pas son instinct, elle savait déjà qu'elle le regretterait toute sa vie.

Quelque part dans son esprit, elle se promit de tout lui dire au matin, de lui expliquer combien il était important que Wulfgar sache que son père s'était occupé de son avenir. Si elle choisissait les bons mots, Kal comprendrait.

Mais pas tout de suite. Pour l'heure, elle voulait s'enivrer de la chaleur de ses bras.

— Serre-moi contre toi, pria-t-elle tout bas. Fais-moi oublier le danger qui nous guette, là-dehors.

Aussitôt, ses bras se refermèrent autour d'elle et il l'entraîna sur les fourrures qui couvraient le lit.

— C'est une requête à laquelle je ne suis que trop heureux d'accéder.

Elle se redressa sur un coude et admira son beau visage un instant avant de se pencher sur lui pour capturer ses lèvres. Leurs langues se mêlèrent tandis que ses larges paumes effleuraient ses courbes avant d'entourer sa taille pour l'attirer tout contre son corps.

Cynehild sentit son sexe dur appuyer à la jonction de ses cuisses, et ses derniers doutes s'évanouirent. Il la désirait autant qu'elle le désirait. Soudain débarrassée de toute crainte, elle laissa l'envie puissante, presque sauvage, monter en elle. Comme s'il avait senti son excitation, Kal roula au-dessus d'elle.

Déjà, ses hanches se levaient d'elles-mêmes pour sentir ses muscles durs pressés contre elle, mais Kal prit son visage entre ses mains et demanda, l'air sérieux :

— Pourquoi fais-tu cela ?

Elle traça du doigt la ligne de sa mâchoire et se délecta de voir sa peau se couvrir de frissons à ce simple contact.

— Toute ma vie, j'ai agi en fonction des convenances, je n'ai jamais fait que ce qu'il *fallait,* ce qui était raisonnable. Je n'ai jamais dévié de ce chemin étroit. Ce soir, je veux oublier jusqu'à l'existence de ce chemin. Je ne sais pas ce qui arrivera demain. Ce que je sais, en revanche, c'est qu'auprès de toi, je me sens vivante. Nous sommes deux adultes et j'aime à penser que nous voulons tous deux cela. Nous sommes conscients l'un comme l'autre que cela prendra fin bientôt, pour autant, aucun de nous ne regardera en arrière vers ces instants autrement qu'avec joie.

Cynehild se tut, soulagée d'avoir pu formuler ces mots justes, sans pour autant trahir ses sentiments. Elle n'avait pas parlé de passer sa vie avec lui, ni même d'amour. Seulement de l'instant présent et du plaisir qu'ils pouvaient partager. Demain, ce serait terminé. Ils reprendraient le cours respectif de leurs vies et leur désir s'éteindrait de lui-même avec le temps, du moins il fallait l'espérer.

De plus, elle n'avait guère à se préoccuper des conséquences indésirables de leur union puisqu'elle avait encore le sachet d'herbes données par Luba pour prévenir toute grossesse. Leur nuit ne serait rien de plus que cela : une nuit partagée, et non un prélude au mariage.

Pourtant, au plus profond d'elle-même, elle ne pouvait nier qu'elle désirait davantage. Elle aurait voulu trouver le moyen de rester auprès de lui ; cependant, jamais elle ne l'admettrait tout haut.

Pendant une interminable seconde, il la contempla sans dire le moindre mot. Puis il prit sa main et la tourna pour en embrasser la paume.

— J'accepte tes conditions. Alors ce sera de la joie…

Une légère pointe de déception lui serra brièvement le cœur. Il ne protestait pas, ne cherchait pas à la convaincre que ces instants pouvaient durer… Comment le lui reprocher ? C'était elle qui avait édicté les règles.

Sa bouche prit la sienne et elle s'abandonna entièrement. La chaleur explosa brutalement en elle et elle oublia tout ce qui n'était pas la sensation de ses lèvres sur les siennes. Les doigts crispés sur sa tunique, elle passa l'autre main dessous pour sentir enfin la douceur de sa peau. Il gronda tout bas avant de l'aider à retirer le vêtement. Lentement, Cynehild parcourut son dos musclé de ses paumes. La puissance de ses muscles contrastait délicieusement avec la douceur de ses caresses.

Il embrassa tendrement le creux de son cou.

— L'un de nous est décidément trop habillé. Dois-je t'aider à remédier au problème ? Cette robe est bien trop belle pour que nous risquions de l'abîmer.

Incapable de prononcer le moindre mot, elle acquiesça. Ses doigts défirent sa ceinture et la jetèrent au sol. Avec la même douceur habile, il l'aida à retirer sa robe sans jamais cesser d'embrasser la peau qu'il révélait.

Bientôt, elle se retrouva en chemise, mais elle n'eut pas le temps de s'en inquiéter, car il prenait ses seins en coupe et joua avec leurs pointes jusqu'à ce qu'elles se dressent, saillantes. Cynehild respirait à peine, haletante, les yeux clos pour mieux savourer les sensations voluptueuses qui partaient de ses seins tendus pour se ficher au creux de ses reins.

Lentement, Kal posa une pluie de baisers le long de son cou, de son décolleté, puis plus bas, jusqu'à ce que ses lèvres se referment sur une pointe dressée. Le fin tissu de sa chemise ne rendit ses baisers que plus érotiques encore, car, quand sa langue se mit à dessiner des cercles sur la pointe, le tissu humide accrut encore ses sensations. Un besoin primitif s'empara d'elle.

Gémissante, elle s'arqua contre lui, en quête d'un soulagement à cette chaleur torride qui la dévorait. Hélas, les vêtements qu'ils portaient encore la gênaient. D'un geste pressant, elle tira sur ses chausses.

— Je t'en prie…

Ses yeux s'obscurcirent davantage et il prit sauvagement sa bouche en un baiser qui les laissa pantelants. Sans la quitter du regard, il remonta sa chemise sur ses cuisses jusqu'à ce que sa main se pose au creux de ses jambes, là où la pulsation du désir se faisait presque douloureuse.

Elle était déjà prête, mais Kal l'amena aux confins de la folie avec ses doigts. Son corps tout entier brûlait de le sentir enfin entrer en elle et quand ses doigts plongèrent une fois de plus dans sa féminité, le monde explosa en une nuée d'étoiles aveuglante.

Tandis qu'elle reprenait peu à peu conscience de ce qui l'entourait, elle le vit retirer ses chausses et révéler son impressionnante érection. Cynehild sentit tout son corps se tendre d'impatience et quand il prit sa main pour la poser doucement autour de son sexe dur, elle frémit.

— Sens comme je te désire, murmura-t-il d'une voix rauque, dis-moi comment te faire du bien.

Sans honte, Cynehild éprouva toute la longueur de son membre et resserra les doigts autour. Comme sa main allait et venait, il émit un grondement approbateur. À son tour, ses doigts revinrent caresser ses cuisses et remontèrent lentement jusqu'à sa féminité.

Le désir revenait à l'assaut de ses sens, plus puissant, plus urgent à chaque respiration. Elle se coula sous lui et enroula les jambes autour de ses hanches pour l'attirer en elle. Enfin, il la pénétra d'une seule poussée lente et délicieuse qui leur arracha à tous deux un cri de volupté. Ils restèrent immobiles un instant, savourant la sensation merveilleuse jusqu'à ce qu'elle arque les hanches sous lui. Alors, il se retira pour revenir en elle, de plus en plus fort, de plus en plus vite, jusqu'à ce que la jouissance la submerge à nouveau.

Kal revint lentement à lui après l'émerveillement qu'il venait de vivre. Il n'avait pas souvenir d'avoir un jour ressenti un tel plaisir avec quiconque. Il était à peine repu que déjà son corps réagissait au seul contact de sa peau chaude et parfumée. Il aurait voulu avoir toute la vie devant lui pour explorer à loisir les vallées délicieuses de son corps sensuel.

Soudain, il ne voyait plus aucune raison de celer son véritable désir, aussi pria-t-il dans un souffle :

— Maintenant que tu as vu à quel point nos corps sont faits l'un pour l'autre, reste avec moi, Cyn. Fais-moi confiance, ose me confier les secrets que tu gardes encore. Fais-moi confiance pour m'occuper au mieux de toi.

Elle lui répondit d'un vague murmure inaudible et ce n'est qu'alors qu'il prit conscience qu'elle avait déjà plongé dans le sommeil. Avec un soupir de contentement, il s'allongea tout contre elle et posa les lèvres sur sa tempe en faisant toutes sortes de promesses silencieuses.

Si seulement ce moment merveilleux pouvait ne pas être une exception. Il avait menti en prétendant accepter ses conditions. Il voulait bien davantage que cette nuit. Il voulait son respect, sa confiance. Il voulait l'entendre lui expliquer pourquoi elle avait quitté ce fils auquel elle était si attachée pour entreprendre ce dangereux voyage. Pourquoi la promesse faite à son défunt époux demeurait-elle si importante à ses yeux ?

Jusqu'à ce qu'elle soit prête à se confier enfin, il savait qu'il n'aurait pas la moindre chance de la convaincre de rester.

Chapitre 13

Cynehild se redressa d'un bond sur le lit. Sa chemise était roulée à ses pieds et son corps lui faisait délicieusement mal par endroits. Il lui fallut plusieurs battements de cœur pour comprendre où elle était et ce qu'elle avait fait.

Tout près d'elle, la respiration de Kal était régulière et profonde et il avait encore un bras passé en travers de ses hanches pour la maintenir contre lui.

Cynehild se mordit les lèvres, infiniment reconnaissante de l'obscurité qui lui avait caché l'horrible spectacle de son corps traversé des cicatrices argentées héritées de sa grossesse et de ses courbes trop généreuses. Elle ne se faisait guère d'illusions : sa beauté juvénile n'était plus qu'un lointain souvenir.

Elle reposa sa tête sur les coussins moelleux et resta immobile un moment, inspirant son odeur mâle enivrante. Elle prit le temps de détailler les sentiments qui la traversaient. Une émotion prenait le dessus sur toutes les autres, une émotion inconnue : pour la première fois de sa vie, elle se réveillait sans avoir la moindre idée de ce qu'elle devait faire.

Jour après jour, depuis sa plus tendre enfance, Cynehild s'était toujours réveillée avec un plan clair de ce qu'elle avait à faire, une liste de ce qu'elle voulait accomplir. Aujourd'hui, cependant, rien ne lui venait à l'esprit.

La pièce était un peu moins sombre et elle devina que l'aube approchait. Elle tendit l'oreille mais seuls des sons étouffés parvenaient de la pièce principale. De toute façon, après les festivités de la veille, l'activité ne reprendrait pas tôt. Peu d'habitants devaient être déjà levés.

C'était le moment idéal pour tenter de fouiller l'église en quête de l'or caché. Elle n'avait pas menti, la veille, en refusant l'or que Kal lui offrait. Elle ne voulait pas de sa fortune. Elle voulait celui que Leofwine avait laissé pour son fils à cause de sa symbolique.

Elle déplaça la main de Kal qui marmonna avant de replonger dans un sommeil profond. À la faible lueur du jour, il était incroyablement beau. L'illusion qu'elle avait entretenue la veille n'était plus crédible au matin : une seule nuit n'avait pas suffi à assouvir son désir. Au contraire… Elle brûlait de sentir ses caresses plus encore qu'avant de s'abandonner.

Il serait si facile de croire qu'ils pourraient continuer ensemble… Mais elle avait d'autres engagements, d'autres responsabilités. Comment pourrait-elle lui demander de s'occuper de son fils, alors même que les mauvaises langues auraient tôt fait de prétendre qu'elle ne l'avait épousé que pour s'assurer que son fils serait en droit de réclamer ses terres. Et Kal voudrait-il seulement entraîner Wulfgar alors qu'il savait qui était son père ? Or, elle n'imaginait pas un instant laisser son fils à Baelle Heale. Il était toute sa vie.

L'esprit troublé, Cynehild passa rapidement sa tenue de voyage. Ainsi vêtue, elle eut le sentiment d'être redevenue la femme qu'elle était réellement, plutôt que la séductrice qui avait fait l'amour avec Kal.

— Je suis désolée, souffla-t-elle en jetant un dernier regard vers sa silhouette endormie avant de refermer la porte sans un bruit.

Une fois hors de la pièce, la nausée la saisit et elle dut s'immobiliser et fermer les yeux pour apaiser son angoisse.

Aussi merveilleuse qu'ait été cette nuit, elle ne pouvait durer davantage. Il lui fallait absolument cesser de réfléchir avec son âme ou son cœur et penser avec sa raison, sans quoi elle oublierait ce qui était réellement important. *Qui* était réellement important : son enfant, qui n'avait qu'elle.

Quand sa nausée se fut calmée, elle inspira profondément et murmura pour se donner du courage :

— Je peux faire ce qu'il faut. Je vais le faire. Tout de suite.

Lorsqu'elle passa les portes de l'église en ruine, le ciel était traversé de nuages gris-rose. La bâtisse se trouvait un peu à l'écart du nouveau bâtiment qui accueillait le jarl. L'église était par ailleurs l'unique construction faite de pierre et non de bois.

À ses pieds, elle lut comme autrefois les inscriptions latines gravées sur certaines pierres du sol, en caressant d'une main tremblante la lourde porte qui avait été sortie de ses gonds.

À l'intérieur, le petit autel avait été descellé d'un côté, mais il était demeuré propre, contrairement au reste de l'endroit qui ne servait plus qu'à accueillir les oiseaux. Une vague odeur de renfermé flottait dans l'air.

Néanmoins, elle découvrit un bouquet de fleurs des champs récent déposé à côté de l'autel, preuve que tous les habitants n'avaient pas oublié la sainteté du lieu. Cynehild écarta les feuilles mortes et déposa les fleurs au centre de l'autel.

Autrefois, cette église était le cœur du domaine, l'encens y brûlait nuit et jour et les murmures des prières pouvaient être entendus aux alentours, surtout dans les premiers instants du petit matin, avant que la vie ne se remette à foisonner bruyamment. Aujourd'hui, il n'y avait plus qu'un silence de mort.

Elle s'agenouilla devant l'autel et pria Dieu de lui accorder son pardon. Elle ne savait pas pour quelle faute elle venait ainsi s'agenouiller. Était-ce pour le plaisir qu'elle avait découvert entre les bras de Kal ou bien pour être venue ici sous un prétexte fallacieux afin de dérober un homme qui n'avait été que bonté avec elle ? Peu importait, en vérité.

Elle avait fait une promesse et elle allait la tenir, quoi qu'il en coûtât. Il n'en restait pas moins que la tâche demeurait difficile à accomplir tant son cœur l'oppressait.

Lorsque ses genoux lui firent mal, elle se releva et se mit en quête de ce qu'elle était venue chercher.

Sur son lit de mort, Leofwine lui avait dit que lorsqu'elle se trouverait devant l'autel pour y déposer son épée, elle saurait, à la façon dont la statue de la Vierge Marie serait placée, où il avait caché l'or. Hélas, la statue avait disparu, emportant avec elle le précieux indice.

Son cœur sombra. Cela signifiait-il que l'or avait lui aussi disparu et qu'elle avait fait tout cela pour rien ?

Elle se remit à genoux et passa les mains sur les bords des larges pierres du sol, dans l'espoir de découvrir un obstacle qui lui indiquerait qu'une des pierres avait été déplacée. Là ! Juste sous ses doigts, elle venait de sentir un léger mouvement. Une pierre avait bougé ! Fiévreusement, elle se mit à creuser la terre à côté pour avoir une meilleure prise, lorsque soudain, ses mains s'immobilisèrent.

Le souffle coupé, Cynehild posa les paumes à plat sur la pierre glacée. Qu'était-elle en train de faire ? C'était une chose de reprendre à un jarl inconnu et réputé cruel un trésor caché, c'en était une autre de cacher la vérité à Kal, l'homme qui avait rendu leur prospérité à ces terres.

Elle n'agissait pas bien. Elle en était sûre, désormais.

Elle devait parler à Kal, se confier à lui et lui demander son aide. Après tout, il lui devait la vie. Surtout, elle respectait les merveilles qu'il avait accomplies dans cet endroit et elle l'appréciait, lui.

Imaginer le regard de dépit et de rancœur qu'il poserait sur elle s'il apprenait ce qu'elle était en train de faire lui était insupportable. Elle ne pourrait le tolérer alors qu'il l'avait tant encouragée à croire en ses propres capacités.

Brusquement, elle détesta Leofwine de la placer dans une telle situation. Elle en voulait même à Kal de ne pas être le seigneur de guerre viking assoiffé de sang et de pouvoir qu'elle imaginait. Plus que tout, elle s'en voulait à elle-même de trahir sa parole, son fils et l'homme qu'elle avait appris à connaître et à aimer au cours des derniers jours.

Elle était incapable d'aller au bout de ce qu'elle avait entrepris. Elle devait avouer la vérité à Kal et décider avec lui ce qu'il convenait de faire. Il ne lui restait plus qu'à espérer qu'il comprenne pourquoi elle avait agi ainsi et pourquoi elle avait si longtemps conservé le secret.

Une sérénité soudaine la pénétra.

— Je me demandais quand vous viendriez ici aujourd'hui, lâcha une voix froide dans son dos. J'ai parié avec mon époux que vous seriez là avant la rupture du jeûne. J'aime avoir raison.

Le ton dur de Toka résonna entre les murs désertés. Cynehild se figea, le cœur battant. Elle ne devait pas paraître prise sur le fait. Après tout, elle avait simplement l'air d'une femme en prière. Très lentement, elle appuya sur la pierre qu'elle avait légèrement déplacée et demanda d'un ton calme :

— Quel mal y a-t-il à ma venue dans ce lieu saint ?

— Aucun, bien sûr. Je savais seulement que vous viendriez – et je suis prête à parier qu'Icebeard le sait aussi, même s'il refuse de l'admettre.

Cynehild détacha ses paumes de la pierre froide. Toka ne pouvait pas savoir pour quelle raison elle était venue, c'était impossible. Personne ne savait. Leofwine le lui avait juré.

Quand elle put se fier à son souffle, elle se releva pour faire face à Toka. En vérité, elle se sentait étonnamment calme et sereine.

— J'ai toujours été une chrétienne fervente. Je ne vois en effet pas ce qu'il y aurait d'étonnant à ce que je vienne prier dans ce qui fut mon église. Je suis d'ailleurs navrée de voir son état depuis la dernière fois que je suis venue.

Un mince sourire jouait sur les lèvres de Toka.

— Si vous le lui demandez, je suis sûre qu'Icebeard se fera un plaisir de la reconstruire pour vous. Il semblait tout à fait entiché de vous hier soir. Mais j'ai vu bien souvent de tels engouements disparaître aussi vite qu'ils étaient apparus. Si j'étais vous, je me dépêcherais de lui demander des faveurs, qui sait quand cela passera ?

Comme Cynehild ne répondait rien, Toka passa une main dans ses cheveux avec une grâce maniérée et poursuivit :

— Je me suis souvent demandé pourquoi il ne se remariait pas. Cela aurait rendu les choses simples pour tout le monde. Pourtant, il ne l'a jamais fait. Ma sœur comptait le quitter après la naissance du bébé pour faire enfin quelque chose de sa vie. Nous avions même trouvé l'homme qu'il lui fallait – quelqu'un qui savait comment le monde fonctionne et qui avait des perspectives. Hélas, elle est morte.

— Kal a largement prouvé que vos prédictions le concernant étaient fausses. Il a fait quelque chose de sa vie.

Le visage de Toka se contracta en un rictus inquiétant.

— Ranka le méprisait. Il ne lui a pas fallu longtemps pour savoir qu'il ne valait rien.

Cynehild pressa ses lèvres l'une contre l'autre pour garder son calme. Son cœur se brisa en comprenant le calvaire qu'avait dû être son premier mariage. Elle avait été témoin de son chagrin et de sa culpabilité concernant son enfant et sa femme. Or, s'il fallait en croire la langue empoisonnée de Toka, cette dernière n'avait pas mérité une telle dévotion.

— Dans ce cas, je ne peux qu'être désolée pour elle d'un tel aveuglement. En quelques jours, j'ai pu voir que l'honneur et la décence guidaient chacune de ses actions.

Elle conclut ses propos d'une très légère révérence pour prendre congé.

— C'est que vous vous méprenez sur ses intentions.

Il joue un jeu que vous ignorez parce qu'il veut obtenir quelque chose. Je le connais bien mieux et depuis bien plus longtemps que vous. Je n'ai jamais vu, pour ma part, la moindre trace d'honneur dans son comportement. Vous êtes d'une naïveté confondante si vous pensez le contraire. J'ai cependant entendu dire qu'il était bon amant, et peut-être est-ce là tout ce dont une veuve a besoin.

Devant le visage méprisant de son interlocutrice, il fallut plusieurs respirations à Cynehild pour retrouver son calme. Si elle s'emportait, cela ne ferait que donner à Toka une petite victoire ; or, elle ne comptait pas la laisser gagner quoi que ce soit.

— Je n'ai pas pour habitude de discuter de mes arrangements nocturnes avec qui que ce soit, moins encore avec une étrangère, déclara-t-elle d'un ton neutre en forçant un sourire. Je suis sûre que vous le comprenez. Allez-vous expliquer à tous ceux qui posent la question où votre mari a dormi la nuit passée ?

Les joues de Toka s'enflammèrent brusquement et elle baissa les yeux, soudain fascinée par les objets divers qui pendaient à sa ceinture.

Cynehild s'obligea à garder le dos bien droit et fit un geste en direction du bouquet à demi fané.

— L'une des raisons pour lesquelles votre jarl veut m'épouser, est la réunion de nos deux communautés. Remettre cette église en état serait un très bon moyen de prouver qu'il respecte mon peuple et nos croyances.

— Il discute de ces choses avec vous, peut-être ? répliqua Toka d'un ton cinglant. Cela ne lui ressemble pas de discuter de la sorte avec une femme.

Prudemment, Cynehild fit quelques pas pour s'éloigner de la pierre qu'elle avait soulevée et détourner l'attention de Toka.

— Vous seriez surprise. Il est au contraire très facile de

lui parler. C'est pourquoi je chérirai toujours les moments que nous avons partagés avant d'arriver ici.

— Croyez-moi, il peut être parfaitement égoïste quand il a un objectif en tête. Ma sœur l'a découvert à ses dépens.

— Si vous avez une si piètre opinion de lui, pourquoi rester ici ? Votre mari doit bien posséder des terres en propre.

Elle attendit, le souffle court, de voir si la femme mordait à l'hameçon. Toka haussa les épaules et joua avec les clés à sa ceinture.

— On dit que votre précédent époux a caché une véritable fortune avant de fuir. Dans cette église, justement. Le saviez-vous ? Ou bien a-t-il gardé cette information pour lui seul ? Qu'êtes-vous réellement venue faire en ces lieux, Lady Cynehild ?

Pour ne pas laisser deviner son trouble, elle se concentra sur le modeste bouquet. La rumeur… Elle aurait dû y songer, bien sûr. Et quoi que Leofwine ait juré, il n'était pas impossible que d'autres l'aient observé en train d'enterrer le trésor.

— Vous ne devriez pas croire tout ce que l'on raconte, d'autant moins quand la source de telles rumeurs est aussi vague. « On » dit toujours bien des choses qui se révèlent fausses.

— Icebeard et mon mari ont passé de longs moments à rechercher ce trésor, en vain. Le jarl a retourné plusieurs fois chaque pierre de cet édifice sans rien trouver. Il ne vit que pour l'or, c'est pour cela qu'il en porte toujours autant sur lui. Il en possède à ne savoir qu'en faire, aujourd'hui, mais il n'avait pas la moindre pièce quand ma pauvre sœur en avait besoin.

Cynehild sentit ses cheveux se hérisser sur sa nuque. Toka voulait l'effrayer et elle dut résister à l'envie de fuir au plus vite ces lieux et cette femme amère. De toute évidence, cette dernière la considérait comme une écervelée frivole qui n'avait pas la moindre capacité de réflexion.

— Kal ne m'a jamais posé la moindre question à propos

de cet or prétendument caché. Nous étions occupés à autre chose… C'est souvent le cas lorsqu'on rencontre son âme sœur, voyez-vous ?

Âme sœur ? Alors même que les mots passaient ses lèvres, Cynehild prit conscience qu'ils décrivaient fort bien ce qui la liait à Kal. Elle n'en aimait pas moins son défunt époux, non, c'était plutôt comme si son cœur avait grandi et pouvait désormais accueillir un nouvel amour pour Kal.

— Et que lui direz-vous quand il posera la question ? Il n'aura d'autre choix que de le faire.

— Je lui dirai que je suis venue déposer l'épée de mon époux aux pieds de ses ancêtres pour honorer la promesse que je lui ai faite sur son lit d'agonie. Je pense qu'il avait en tête le désir que les gens comprennent ainsi l'affection qu'il leur portait et la lui rendent à travers son fils. Quant à moi, je n'ai pas l'âme aussi affectueuse, sans doute ; je suis venue, certes, mais j'ai laissé mon fils à l'abri.

— Et qu'adviendra-t-il après la noce ? Votre fils viendra-t-il vivre ici ? Réclamera-t-il son héritage ?

Cette femme était décidément une véritable araignée, prête à tout pour la piéger dans sa toile.

— Le devenir de mon fils ne concerne que moi. Pourquoi semblez-vous tant vouloir causer des problèmes ? Avez-vous peur de moi ?

— Moi ? Effrayée par une femme comme vous ? répliqua-t-elle dans un rire dur. Je suis simplement venue vous mettre en garde. Icebeard peut sembler charmant mais il a des côtés sombres. Comment croyez-vous qu'il soit devenu jarl ?

Un frisson désagréable courut le long de son dos. Rien de ce que disait cette femme n'avait pour le moment ébranlé sa foi en Kal. Non, ce qui l'inquiétait bien davantage, c'était le rôle qu'elle avait joué dans l'attaque contre lui. Toka avait beau prétendre qu'Icebeard était impitoyable, elle paraissait avoir de la glace à la place du cœur et nourrir une haine farouche à l'égard de son ancien beau-frère. Néanmoins,

Toka ne lui semblait pas être femme à se salir elle-même les mains…

— J'imagine qu'il a obtenu le commandement de ces terres exactement comme le mari de ma sœur, lui aussi Viking, en étant un excellent chef de guerre.

Le regard de la femme se chargea de mépris.

— Vous êtes tellement innocente.

— Cyn ! Te voilà ! Je te cherchais.

Kal entra soudain dans l'église et elles sursautèrent toutes deux. Qu'avait-il entendu de leur conversation ? Et comment lui expliquer sa présence sans mentir ? Elle voulait tout lui avouer ! Mais certainement pas devant Toka !

— Kal ! Je suis venue faire mes prières matinales. J'espérais être de retour avant ton réveil, mais j'ai été retenue. Toka m'expliquait comment te faire plaisir.

Le regard de Kal passa de l'une à l'autre et Cyn le vit se fermer.

— Je vais reconduire Lady Cynehild à ma chambre, dit-il à l'adresse de Toka. Tes histoires devront attendre un autre jour. Je pense être tout à fait capable de dire à ma future femme ce qui me plaît ou non.

— J'ai hâte de poursuivre cette discussion, Lady Cynehild, répliqua Toka. Il n'est pas si courant de pouvoir discuter avec quelqu'un qui donne de l'importance à la vérité.

Sur ce, elle fit une révérence et quitta les lieux.

Cynehild déglutit avec peine sous le regard glacial de Kal. Elle peinait à retrouver en lui l'homme aimant qui l'avait tenue dans ses bras.

— Mon époux…, balbutia-t-elle sans savoir par où commencer.

— Ton époux a caché son or dans cette église plutôt que de l'emporter avec lui dans sa fuite.

— Tu… Tu le savais ?

— Nombre de villageois, désireux de s'attirer mes faveurs, sont venus me le dire quand je suis arrivé ici. J'ai cherché cet or, mais je n'ai rien trouvé. S'il y a jamais eu quoi que ce soit de valeur ici, cela a disparu avant mon arrivée.

Son visage était dur, impénétrable, et elle peina à articuler :

— Ta mémoire revient ?

— Oui, encore qu'il manque toujours certains pans de mes souvenirs. Je ne suis pas idiot, pour autant. Sache que j'ai toujours eu l'intention de t'accorder un passage sauf pour déposer l'épée. Peut-être étais-je alors assez cruel pour me délecter de ta réaction lorsque tu aurais découvert que le trésor n'était pas là. Peut-être que je m'interrogeais à propos de ton fils ? Que je me demandais si cette épée n'était pas en fait ton premier geste pour créer un soulèvement qui me priverait de mes terres ? Peut-être, au contraire, avais-je l'intention de te donner une rétribution… Je ne le sais pas.

Sa gorge était tellement serrée qu'elle peinait à respirer. Pour la première fois, avec son visage dur et froid, il lui faisait peur.

— Qu'as-tu l'intention de faire ? Je voulais seulement montrer à mon fils que son père avait tenu à lui. Je voulais lui montrer que tenir une promesse, aussi difficile que ce soit, est la bonne chose à faire.

Il la regardait sans faire le moindre pas dans sa direction.

— Je pensais, avant de te connaître, que tu serais comme toutes les dames de Mercie que j'avais rencontrées. J'avais tort. Tu n'as rien de commun avec elles, dit-il enfin en tendant le bras. As-tu fini tes prières ?

— J'avais presque terminé quand Toka m'a interrompue.

— Prends ton temps. J'attendrai.

Cynehild s'agenouilla sous son regard, soulagée d'avoir ce moment pour rassembler ses esprits et apaiser ses craintes. Hélas, elle ne trouvait aucun mot pour rectifier le tort qu'elle avait causé.

Elle finit par se relever en vacillant. Malgré elle, les avertissements empoisonnés de Toka allaient et venaient dans son esprit. Il était soudain si froid, si distant… Le connaissait-elle vraiment ? Ils n'avaient passé que quelques jours ensemble. Et si certains des propos de Toka avaient un fond de vérité ?

Elle rejeta l'idée à peine formulée. Toka n'essayait même pas de cacher son jeu : son but était clair, elle cherchait à semer le trouble entre eux. À quoi bon se laisser toucher par son venin ?

Dès qu'ils auraient trouvé l'identité de l'attaquant, elle quitterait ces lieux et rentrerait auprès de son fils sans un regard en arrière. Il ne lui restait plus qu'à espérer qu'elle y parviendrait sans briser son cœur.

Le dos droit, elle avança vers lui. Elle avait encore des choses à lui confier, mais pas ici où ils pouvaient être entendus.

— Je suis prête à retourner dans la chambre.

Chapitre 14

Kal respira mieux quand ils furent parvenus à ses appartements. Lorsqu'il s'était réveillé au petit matin et avait trouvé le lit vide à côté de lui, la panique lui avait serré le cœur. Il avait été convaincu que son ennemi l'avait capturée et il n'avait pu reprendre son souffle qu'en la découvrant en pleine confrontation avec Toka dans l'église.

Le bavardage de cette dernière à propos du trésor caché n'avait guère amélioré son humeur. Kal se souvenait désormais fort bien d'avoir cherché ce trésor. Sous l'une des pierres devant l'autel, il avait effectivement trouvé une cavité creusée – vide. S'il y avait eu un trésor, il avait été volé longtemps auparavant.

Sans Cynehild, il ne serait plus de ce monde et il lui devait bien davantage qu'un sac d'or – disparu qui plus est. Peu importait la raison première de sa venue ici, seul comptait ce qu'elle avait fait depuis qu'elle était entrée dans sa vie. Elle lui avait sauvé la vie, elle avait prouvé sa valeur et son courage à de multiples reprises, elle lui avait redonné confiance en lui quand il désespérait de n'être qu'un homme faible et sans morale. Elle était tout pour lui, aussi devait-il parvenir à la convaincre qu'elle avait mille fois plus de valeur à ses yeux que n'importe quel trésor.

Hélas, après toutes les émotions de la matinée, son crâne le faisait atrocement souffrir.

— Pourquoi es-tu allée jusqu'à l'église seule ?

Il voulait tant qu'elle lui dise enfin la vérité sur ses intentions. Ce serait la preuve qu'elle se fiait à lui.

Elle baissa la tête et expliqua à voix basse :

— Quand je me suis réveillée, je n'étais pas tranquille. Je voulais aller dans un endroit où je savais trouver un peu de calme.

Kal sentit une vive douleur dans sa poitrine. Une fois de plus, elle ne se livrait pas. En dépit de toutes les épreuves partagées, elle n'avait pas confiance en lui. Avec effort, il reprit d'un ton dégagé :

— La personne qui s'en est prise à moi demeure dans l'ombre. Elle aurait fort bien pu s'en prendre à toi, Cyn. Me blâmes-tu pour m'être inquiété ?

Elle lui adressa un faible sourire.

— S'il faut en croire Toka, ton ennemi ne perdrait pas son temps avec moi, car tu n'as jamais accordé d'importance à aucune femme. Une nuit te suffit d'ordinaire, non ?

Il vacilla comme si elle venait de le frapper. Hélas, les remarques acides de Toka n'étaient pas entièrement fausses. Après la déception de son mariage et l'horreur de la mort de Ranka et de leur fils, il avait refusé tout engagement. Cependant, il avait toujours pris grand soin que les femmes qu'il fréquentait connaissent parfaitement les limites d'une liaison avec lui.

Et puis Cyn était entrée dans sa vie et tout avait changé. Il avait besoin d'elle à ses côtés. Il n'éprouvait pas pour elle la passion charnelle qui l'avait consumé les premiers temps de son mariage, non, le lien qui l'attachait à elle était à la fois très différent et beaucoup plus profond. Si puissant, en vérité, qu'il en était parfois effrayé. Bien au-delà du désir qu'il ressentait pour son corps magnifique, il se préoccupait d'elle, de son bien-être, de son avenir. Un avenir dont il voulait faire partie. Il voulait être pour son fils le père qu'il n'avait pu être pour son propre enfant.

Hélas, il ne parvenait pas à trouver les mots pour lui dire tout cela. Les mots ou bien le courage… Il ne le savait pas précisément. Tout était tellement nouveau et perturbant dans cette attraction folle qu'il éprouvait envers elle !

Ce dont il était sûr, en revanche, c'était que son ennemi caché devait absolument tout ignorer de ses sentiments pour Cyn, sans quoi il aurait tôt fait de les utiliser pour le détruire. Sa gorge se serra et il s'obligea à inspirer. Un problème à la fois… Pour l'heure, Cyn était avec lui et en sécurité.

— Peut-être n'avais-je tout simplement pas rencontré la bonne personne…

Elle posa sur lui ses yeux immenses qui faisaient battre son cœur trop vite.

— Je ne suis pas cette personne, moi non plus, Kal. Je ne peux pas l'être.

L'étau, dans sa poitrine, se serra davantage. Il ne pouvait pas la perdre.

— Pourquoi avoir pris le risque d'y aller seule alors que je t'avais mise en garde contre le danger qui te guettait ? Étais-tu à la recherche du fameux trésor ?

Il n'avait guère d'autre choix que de la pousser dans ses retranchements. Soit il l'embrassait avant de la porter sur le lit pour tout oublier, soit il obtenait enfin des réponses.

— Le trésor dont Toka a parlé ?

— Est-ce que ton mari t'a demandé de venir le reprendre ? Tu peux me croire, en cet instant, je peine à ne pas me réjouir de sa mort, car ce qu'il t'a demandé est une requête monstrueuse, Cyn ! Plus encore quand il l'a faite à une dame telle que toi. T'envoyer ainsi en territoire ennemi !

Son ton s'était fait pressant et il la saisit par le bras, avant de la relâcher dès qu'elle chercha à s'écarter.

— Je lui ai donné ma parole que j'essayerais. Je n'avais pas le choix…, avoua-t-elle d'une voix tremblante. Je ne suis pas étonnée que l'or ait disparu après avoir vu l'état dans lequel se trouvait l'église. Je ne sais pas exactement ce que Leofwine pensait en cachant son or là-bas, mais je mesure à présent sa naïveté. Il devait penser que les églises demeureraient toujours des lieux sacrés et inviolables. Quoi qu'il ait pensé, en tout cas, je sais une chose : c'était là son seul moyen de faire savoir à son fils qu'il s'était préoccupé de son avenir.

— Alors tu penses qu'il a effectivement caché de l'or ? Que ce n'était pas une simple rumeur ?

— Il m'a dit qu'il l'avait fait. Je lui ai promis de tout faire pour aller chercher cet or, Kal. Pour notre fils.

— Et comment comptais-tu l'utiliser ? Tu voulais lever une armée pour m'imposer la défaite ? Tu me hais donc à ce point ?

Ses yeux s'arrondirent d'effroi et de stupeur mêlés. Devant une telle réaction, l'espoir lui revint : de toute évidence, elle n'avait jamais songé à se battre contre lui.

— Te détester ? Non, Kal ! Peut-être était-ce le cas avant de te rencontrer, mais je sais, désormais, que tu es un ami.

Un *ami*. Ce mot était à la fois un baume sur son cœur et une torture. Il voulait être davantage à ses yeux qu'un ami.

— Alors, pourquoi, Cyn ? Pourquoi voulais-tu cet or ?

— Pour payer l'entraînement guerrier de mon fils, plutôt que de laisser le destin s'en charger. Et puis, pour apporter à Wulfgar la preuve que son père avait songé à son avenir parce qu'il se souciait sincèrement de lui.

Soudain, elle laissa ses épaules s'affaisser comme sous un fardeau trop lourd.

— J'aurais dû t'en parler plus tôt, je le sais. Dès que nous avons formé une alliance. Au début, je n'ai rien dit, car j'estimais que cet or appartenait de plein droit à mon fils, et que, de ce fait, tu n'avais pas à être informé de son existence. Je me mentais à moi-même, j'en ai conscience maintenant. Ensuite, les choses ont évolué et… Après ce que nous avons partagé dans la chaumière et… et la nuit dernière, j'ai compris que je devais te dire la vérité. J'étais sur le point de revenir auprès de toi pour tout te confesser lorsque Toka est apparue…

— Cynehild, je…

Il s'interrompit, démuni devant l'ombre immense qui envahissait son regard. Il aurait voulu l'attirer entre ses bras, mais il savait, intimement, que c'était à elle de venir à lui, si, et seulement si, elle le voulait.

— Tu connais désormais le pire de moi, souffla-t-elle. Dès que mon beau-frère arrivera, je partirai avec lui. Je n'ai jamais cherché à te voler, je le jure, mais je comprendrais parfaitement que tu ne veuilles plus jamais me voir. Je suis désolée, je ne suis pas la femme droite et honorable que tu pensais, Kal.

Ses yeux s'embrasèrent d'une vive douleur qui ne fit que forcer davantage l'admiration qu'il éprouvait pour elle. Elle ne lui demandait pas son pardon, mais son empathie, sa compréhension. Or, il était parfaitement conscient que, si les rôles avaient été inversés, il n'aurait sans doute pas fait preuve d'autant de droiture et de courage qu'elle. Il aurait voulu lui crier de l'aimer pour que tout s'arrange, de cesser d'aimer cet époux faible qui continuait de la mettre en danger pour un rêve égoïste.

Hélas, il ne pouvait pas le faire. L'amour qu'elle éprouvait pour son défunt mari était l'une des raisons pour lesquelles il tenait tant à elle. Cynehild était une femme exceptionnelle qui donnait bien plus qu'elle ne recevait.

— Quand une force inconnue nous consume, nous peinons à réfléchir posément. Je peux comprendre que tu aies voulu offrir le meilleur à ton fils, bien plus en vérité que ton obstination à déposer une épée pour honorer une promesse.

— Vraiment ? lança-t-elle d'une voix vibrante. Je mesure, maintenant, combien l'excuse de Leofwine était mauvaise. Dans son délire de mourant, il s'imaginait sans doute que Wulfgar, une fois adulte, serait à la tête de ces terres et les gérerait mieux qu'il ne l'a jamais fait. Quant à moi, j'ai fait preuve d'une arrogance ridicule en te pensant incapable de comprendre mes motivations.

— Quelle importance ? Si tu n'étais pas venue jusqu'ici, aurais-je seulement survécu ? Beaucoup ont dû chercher ce trésor avant toi, Cynehild. Je me rappelle, à présent, que Haddr, dans l'euphorie de l'ivresse, ne cessait de suggérer de nouvelles cachettes où nous pourrions le trouver. Il déclarait à qui voulait l'entendre que, si je le laissais épouser la fille de Luba, il le découvrirait lui-même et m'en donnerait la moitié.

— Le mari de Luba était l'intendant de mon époux, Haddr pensait peut-être qu'il savait quelque chose et l'avait confié à Luba… Cependant, Leofwine a affirmé qu'il n'avait parlé qu'à moi de l'emplacement de la cachette. Je… Là n'est pas le problème ! Je t'ai menti ! Tu devrais me haïr.

— Te haïr ? Cynehild, tu es venue pour sauver ton fils et, ce faisant, c'est moi que tu as sauvé. Tu m'as offert un présent bien plus précieux que tout l'or du monde.

Il retira un à un ses bracelets et ses torques pour les poser à ses pieds.

— Est-ce que cela sera suffisant pour l'entraînement de ton fils ? Ne veux-tu rien d'autre de moi ?

— Ce n'est pas ce que je voulais dire, balbutia-t-elle en rougissant brutalement. J'essaie de trouver un moyen de m'excuser. Je ne veux pas de ton or, Kal, je ne l'ai jamais convoité ! Je voulais seulement celui de Leofwine parce que…

— Parce que tu voulais pouvoir montrer à ton fils qu'il faut parfois accomplir des tâches difficiles. Parce que tu voulais croire que Leofwine se souciait de vous comme tu aurais voulu qu'il le fasse de son vivant.

L'éclat d'une larme brilla dans ses yeux avant qu'elle ne les baisse pour lâcher dans un souffle :

— Oui.

Sans hésiter, Kal vint à elle et souleva doucement son menton pour la contempler. Elle était si courageuse, si brave.

Au fond de son cœur, elle devait savoir depuis le début que son expédition était condamnée à l'échec, pourtant elle était allée jusqu'au bout, pour honorer une promesse arrachée face à la mort.

Kal prit soudain peur. Il avait tant besoin d'elle que cela l'effrayait. Besoin de sa présence rassurante, besoin de sa confiance en lui et en sa bonté. En cet instant, il avait un choix à faire : soit il tentait d'affronter les morts pour détruire ses souvenirs, soit il se tournait vers les vivants. Après un bref instant de réflexion, il déclara :

— Leofwine tenait à toi, Cyn. Il t'aimait profondément.

Elle eut un petit rire triste.

— Comment le saurais-tu ? Tu ne l'as pas connu.

— N'est-il pas revenu mourir entre tes bras ?

Cyn cacha son visage derrière ses mains jointes, submergée par l'émotion.

— Et je l'aimerai toujours pour cela. Merci, Kal.

Il s'obligea à ignorer la douleur que ces mots provoquèrent dans sa poitrine. Elle n'avait jamais demandé son amour à lui. Elle ne lui avait jamais caché qu'elle aimait encore tendrement son défunt époux.

Kal garda le regard rivé sur la table de jeu de *tafl*. Il avait jusqu'à l'arrivée de ses hommes… Il lui restait du temps pour lui prouver qu'elle avait beau aimer Leofwine, elle tenait aussi à lui.

Elle lui souriait avec bienveillance.

— Ta mémoire s'améliore.

— Beaucoup. Je me souviens même comment je suis arrivé sur ces rives. Hélas, je n'ai toujours aucun souvenir qui pourrait expliquer qui m'a frappé, ni pourquoi.

— Nous trouverons ton ennemi avant que je ne parte. Je t'en donne ma parole.

— Je ne doute pas de ta parole, Cyn. Jamais. Et maintenant, laisse-moi te souhaiter le bonjour convenablement, pria-t-il en lui ouvrant ses bras.

Elle vint aussitôt s'y blottir et il en profita pour prendre ses lèvres qui s'entrouvrirent pour accueillir son baiser. Ses mains tremblaient légèrement tandis qu'il caressait son corps merveilleux. Comprenait-elle ce qu'il avait ressenti en ne la trouvant pas à ses côtés au réveil ? S'il fallait en croire l'urgence désespérée de son baiser, elle ressentait un même besoin pressant. Il la souleva dans ses bras et l'emmena jusqu'au lit.

— Il n'y a qu'ici que nous puissions nous souhaiter le bonjour correctement après un tel baiser, gronda-t-il tout contre sa bouche.

Pour toute réponse, elle enroula les bras autour de son cou et murmura :

— Nous avons si peu de temps… Comment pourrais-je résister ?

Son cœur se serra. Combien de fois avait-il prononcé ces mots en emmenant d'autres femmes dans son lit ? L'ironie de la situation l'emplissait d'amertume. Néanmoins, le temps n'était pas au chagrin. Elle était dans ses bras et il devait savourer chaque seconde partagée.

Il fit courir ses lèvres le long de son cou.

— Laisse-moi t'admirer à la lumière du jour. Je veux me délecter de ce corps.

Elle se mordilla les lèvres, le regard soudain inquiet.

— Tu n'aimeras sans doute pas ce que tu verras. Ne vaudrait-il pas mieux attendre l'obscurité ?

Lentement, Kal fit courir son regard affamé sur elle, il embrassa des yeux sa bouche pulpeuse, sa chevelure d'or et ses courbes ensorcelantes. Comment avait-on pu lui laisser penser qu'elle n'était pas d'une beauté sidérante ? Il aurait voulu punir Toka pour avoir rabaissé Cyn, cependant il devinait que le problème était bien plus profond. Sa famille avait de toute évidence contribué à ce qu'elle entretienne cette mauvaise image d'elle-même et il les détestait pour cela.

Doucement, il se pencha pour embrasser son front.

— Pourquoi ne me laisses-tu pas être seul juge de ce que je vois ? J'ai tout aimé de toi, jusque-là…

Les ombres persistaient dans ses yeux.

— Mais, tu…

Il saisit sa main pour la placer contre la bosse qui tendait ses chausses, témoin de son degré d'excitation.

— Ne vois-tu pas que tu me rends fou de désir ? Toi, Cyn. Pas une femme inconnue dont je ne connaîtrais ni le corps, ni le visage. Seulement toi.

— C'est que… Avec mon époux, il faisait toujours sombre quand nous nous retrouvions et…

— Ce que tu faisais avec lui est sans lien avec ce qui se passe entre nous. Laisse le passé où il est. Profitons de l'instant.

Elle se passa la langue sur les lèvres, partagée entre le désir et l'appréhension.

— J'ai toujours appris que l'obscurité était nécessaire pour… Leofwine insistait sur ce point.

— Je ne suis pas ton mari, Cyn. Je suis ton amant.

Son souffle se bloqua dans sa gorge. Si elle lui déniait ce rôle, la douleur serait atroce…

— Amants…, répéta-t-elle tout bas. Oui, je suppose que c'est ce que nous sommes.

— Je veux que tu découvres comment les amants peuvent s'aimer. Ici, avec moi. Je t'en prie, laisse-nous profiter de ces instants.

Elle le regarda à travers ses longs cils, redevenue séductrice.

— Je n'ai pas d'autres occupations prévues pour la matinée, dit-elle dans un petit sourire.

À ces mots, son corps se tendit de désir. Jamais il n'avait voulu une femme avec la même force.

— Alors permets-moi…, supplia-t-il en lui retirant un à un ses vêtements.

Une fois qu'elle fut étendue nue sur les fourrures, elle tenta de couvrir sa poitrine voluptueuse et son sexe délicat de ses mains. Sans la quitter un instant du regard, Kal saisit ses poignets d'une seule main et les maintint au-dessus de sa tête. Avec une lenteur gourmande, il parcourut son corps exposé à son regard, sans chercher à lui cacher à quel point il se délectait de ses seins pleins et de la courbe douce de son ventre. Le délicat réseau de fines cicatrices héritées de sa grossesse dessinait sur sa peau un chemin tout tracé pour ses baisers.

— Il n'y a rien de honteux dans la beauté que je vois. Tu es la plus magnifique femme que j'aie jamais vue, plus encore à la lumière du jour.

Il fit courir un doigt sur ses côtes et une délicate rougeur teinta ses joues.

— Vraiment ? Quand j'étais jeune fille, je me trouvais bien plus jolie. Ma silhouette était plus mince. Désormais, ma peau porte les marques de la maternité.

— Ne me dis pas ce qui devrait ou non me plaire. Je connais mes goûts. J'aime tes cicatrices comme j'aime celles dont j'ai hérité au combat. Les deux montrent notre courage.

— C'est… C'est vraiment ce que tu penses ?

— Laisse-moi te le prouver.

De sa main qui tenait fermement ses poignets serrés, il la fit se tourner sur le côté pour poser les lèvres sur une omoplate. De là, il descendit vers ses seins qu'il prit dans sa paume libre pour en éprouver la rondeur délicieuse. Il joua avec leurs pointes jusqu'à ce que ses pupilles s'agrandissent et que son souffle se fasse haletant, alors seulement, il libéra ses bras pour suivre des lèvres le tracé des fines cicatrices de son ventre à ses cuisses.

— J'ai l'intention de savourer chaque parcelle de ton corps, si tu n'y vois pas d'objection.

Il attendit en soufflant doucement sur les boucles blondes qui masquaient sa féminité. Aussitôt, elle cambra les reins.

— Je veux bien prendre ce risque… avec toi, haleta-t-elle.

— Excellent choix, milady.

Cynehild se tendit lorsque Kal écarta doucement les replis de sa chair intime pour goûter la douceur de son sexe. Personne ne l'avait jamais embrassée de façon aussi intime et elle aurait sans doute protesté si elle avait été capable de le faire. Mais sa langue plongeait en elle tandis que ses doigts pinçaient délicatement les pointes de ses seins, l'empêchant de former une seule pensée cohérente. Son corps ne lui appartenait plus, ses hanches ondulaient sous ses caresses comme mues par une vie propre.

— Je t'en supplie, pria-t-elle d'une voix rauque de volupté.

Sa supplique eut l'effet escompté : il releva la tête, un sourire aux lèvres.

— J'espère que tu es convaincue qu'il est parfois plus agréable de passer la matinée avec moi au lit, plutôt que de chercher à fuir. J'aime beaucoup rompre le jeûne matinal.

L'esprit embrumé de plaisir, elle tenta de comprendre ce qu'il disait.

— Tu as faim ?

— D'autre chose que de nourriture, dit-il tout bas en traçant de la langue le cercle de son nombril.

Elle s'accrocha à ses épaules.

— Moi aussi, je suis affamée.

— Heureusement, je connais un moyen de satisfaire nos besoins à tous deux.

Leurs yeux riaient tandis que leurs corps venaient à la rencontre l'un de l'autre. Elle écarta les jambes pour l'accueillir enfin en elle.

Aussitôt, ils cessèrent de rire, submergés l'un et l'autre par un plaisir immense. Les yeux dans les yeux, ils se mirent à bouger à l'unisson et Cyn comprit que ce qu'elle avait cru jusque-là connaître de l'amour n'était rien en comparaison du plaisir qui montait en elle par vagues.

Elle cria son plaisir tandis qu'il accélérait le rythme jusqu'à ce qu'il gémisse à son tour, emporté par la jouissance, sans jamais quitter son regard.

Lorsqu'elle revint à elle, Cynehild sut qu'elle laisserait nécessairement une partie de son cœur en partant. L'illusion n'était plus permise : elle était tombée amoureuse de Kal. Il n'était pas seulement son amant, il était surtout devenu un véritable ami. Elle se sentait davantage liée à lui qu'à sa propre famille. Surtout, elle pouvait se confier à lui d'une façon qu'elle n'avait jamais faite avec Leofwine.

Or, cette pensée, loin de l'apaiser, la terrifiait. En dépit de ses sentiments, elle ne le connaissait que depuis quelques jours. Comment son cœur pouvait-il s'emballer de la sorte ? Avec son mari, elle avait pris conscience progressivement, au fil des mois et des années, qu'il avait une place dans son cœur. Il avait d'abord fallu qu'ils partagent bien des choses ensemble. Elle connaissait ses vices et ses vertus et avait choisi de l'aimer malgré ses défauts.

Avec Kal, elle n'avait pas de choix possible. Jamais elle n'avait ressenti ce besoin viscéral. Avec lui, tout était si rapide, si évident ! Elle se sentait plus à l'aise, plus *elle-même,* qu'elle ne l'avait jamais été avec qui que ce soit.

Il posa les lèvres sur son épaule et elle oublia dans l'instant ses pensées soucieuses.

— Tu avais le visage si sérieux, tout à coup, dit-il. Quelque chose t'inquiète ? Mes hommes pourront se débrouiller sans moi aujourd'hui. Je peux rester auprès de toi.

— Non, non, tout va bien. C'est juste un peu étrange pour moi de rester si tard au lit. J'aime rester occupée.

Comme elle faisait mine de reprendre ses vêtements, il proposa :

— Laisse-moi t'enseigner le *tafl,* alors. Tu seras une joueuse excellente, je le sais.

Son cœur se réchauffa sous son regard tendre.

— Bon, très bien. Cela nous occupera et te gardera au repos.

Il rit.

— Sans compter que nous aurons ainsi le temps de

discuter d'un plan pour révéler l'identité de mon attaquant au grand jour.

— Nous ne pouvons pas agir tant que du renfort ne sera pas arrivé.

— C'est à voir… Quoi qu'il arrive, j'ai bien l'intention de te garder à l'abri près de moi. Je ne laisserai pas mon ennemi s'en prendre à toi.

Il arborait un air si féroce soudain, qu'elle frémit.

Chapitre 15

Kal disposa les pions pour leur prochaine partie. Jusque-là, il avait remporté trois manches ; elle, deux.

Dire que deux jours plus tôt, avant leur premier essai, elle avait encore affirmé qu'elle n'était pas douée pour ce jeu ! Il était encore plus impressionné qu'il ne s'y attendait. Son sens de la stratégie était excellent et Cyn était capable de penser à plusieurs tactiques en même temps. Elle était décidément une adversaire de qualité dans tous les domaines.

Chaque heure passée avec elle les rapprochait davantage, et pourtant il savait chaque jour avec plus de certitude que son départ était inévitable. Son beau-frère arriverait d'un moment à l'autre et elle partirait avec lui sans qu'il cherche à la retenir, car son ennemi était toujours là, tapi dans l'ombre. Tant qu'il n'aurait pas révélé ses manigances, elle ne serait pas à l'abri auprès de lui. Il refusait de lui faire courir un tel risque.

Il était de plus en plus convaincu qu'Alff avait joué un rôle dans son attaque, hélas il n'avait aucune preuve. Le bannir sans raison risquait seulement de provoquer une révolte parmi ses hommes. Un risque qu'il ne prendrait certainement pas, comme son ennemi devait s'en douter.

— Nous devons trouver le moyen de forcer ton ennemi à se montrer, déclara Cyn comme si elle avait lu dans ses pensées.

— Il n'y a plus de « nous » dans cette histoire. C'est trop dangereux. Je trouverai un moyen, toi, tu dois rester à l'abri de tout danger.

Conscient qu'elle n'apprécierait guère son attitude protectrice, il précisa avec un doux sourire :

— Pour le bien de ton fils. Il a déjà perdu l'un de ses parents. Quelqu'un doit veiller sur lui. Sans même parler de ta sœur cadette. Qui veillera à ce qu'elle choisisse elle-même son époux, sinon toi ? Il faudra bien que tu surveilles ton père.

Il l'observa pour voir quelle serait sa réaction après de tels arguments. Elle avait baissé la tête et garda un moment le silence avant de répondre :

— Je te remercie de te préoccuper de mon fils, seulement, quoi qu'il m'arrive, il ne sera pas seul. Je ne serais pas venue jusqu'ici sans avoir soigneusement envisagé toutes les éventualités, y compris celle de ma mort. Et je persiste à dire que sans plan, *nous* sommes voués à l'échec.

Kal déplaça sa première pièce sur le plateau. Il se sentait pris au piège. D'un côté, il avait hâte que son contingent d'hommes arrive, parce qu'ils assureraient sa sécurité, mieux que ses propres hommes dont il ne pouvait être absolument sûr. De l'autre, leur arrivée signifierait qu'il perdrait définitivement toutes ses chances de gagner son cœur et de la garder auprès de lui.

— Ce n'est pas ta bataille, Cyn.

— Si, cela l'est devenu, déclara-t-elle en contrant brillamment sa tentative d'attaque.

— Pourquoi ?

Parce qu'elle tenait à lui ? Il posa sur elle un regard intense, soudain impatient de comprendre. Cyn joua avec un pion sans lever les yeux du plateau. Allait-elle lui avouer qu'elle éprouvait des sentiments pour lui ? Si elle lui donnait le plus petit indice qu'elle attendait davantage de leur histoire, il oserait enfin lui révéler ses sentiments et lui proposer le mariage en bonne et due forme.

Dire qu'il n'avait jamais douté de la victoire lorsqu'il conduisait ses hommes au combat ! Or, devant elle, il se sentait empli de doutes et terrifié par la défaite.

— Lorsque nous sommes arrivés ici, tu as promis de me laisser avancer avec toi, côte à côte. Ces mots avaient plus de valeur pour moi que tu ne l'imagines. Tu m'as traitée en égale.

Elle reposa son pion avant de poursuivre :

— Je crains que nous perdions notre opportunité de démasquer ton ennemi dès que le renfort sera arrivé. Il sera forcé de rester dans l'ombre. Ainsi, dès que je serai partie, il aura toute latitude pour s'attaquer à toi par-derrière, comme un lâche.

— Si ce n'est que je suis conscient du danger, désormais. Il devra m'affronter. Ne t'inquiète pas. Je ne suis pas si mauvais pour prendre soin de moi.

Kal se passa une main nerveuse dans les cheveux. Elle n'avait pas parlé de sentiments. Pis encore, elle lui opposait des arguments parfaitement rationnels alors qu'il cherchait par tous les moyens à la protéger. De toute façon, sans elle à ses côtés, sa vie n'aurait plus beaucoup de valeur à ses propres yeux.

Il déplaça un autre pion. Elle contra une nouvelle fois son attaque.

— Tu as toujours été conscient du danger. N'importe quel homme dans ta position l'est forcément. Cependant, ton ennemi te connaît et il a utilisé tes habitudes contre toi. Je veux sincèrement aider, Kal. Avant qu'il ne soit trop tard. Avant que je n'aie plus d'excuse pour rester. Crois-moi, Moir et frère Palni insisteront pour que je parte au plus tôt.

— Et nos fiançailles ?

— Nous savons tous deux sur quelles bases nous avons

inventé ce conte. Je te promets de ne pas prendre de risques si tu me laisses t'aider.

— Je refuse de t'utiliser comme appât pour tendre un piège à mon adversaire. Jamais je ne pourrais regarder ton fils dans les yeux si j'acceptais une telle chose.

— Je comprends et ce n'est pas ce que je propose. Réfléchissons calmement, tu veux bien ? Alff a refusé de te combattre ouvertement, donc il ne nous reste plus qu'à retracer pas à pas tes actions de ce jour-là pour voir si nous trouvons le moindre indice. Quelle est la route la plus directe pour Hangra Hill d'ici ?

Il se figea soudain.

— Pourquoi étais-je sur cette colline ? Alff a dit que j'étais parti chasser avec mon arc, mais ce n'est pas du tout dans mes habitudes d'aller dans ces parages, d'après mes souvenirs.

— Penses-tu que tu as été frappé ailleurs et traîné jusqu'au sommet de la colline ou bien avais-tu à faire là-haut ?

— C'est un endroit où différents domaines se rejoignent. Hangra Hill n'appartient à personne. Je sais qu'il y a un projet d'organiser un rassemblement au sommet pour régler les éventuels différends entre jarls amicalement.

— Dans ce cas, ton attaquant pourrait aussi bien être un autre jarl, ou l'un de leurs défenseurs.

Kal se concentra intensément. La voix étouffée résonnait à son esprit – *tyran*. C'était personnel, il en était convaincu. Il aurait dû reconnaître cette voix…

— Non, c'est quelqu'un d'ici, j'en suis certain.

— Si nous retraçons ton itinéraire, nous trouverons peut-être un nouvel indice qui incrimine Alff ou quelqu'un d'autre. Je tiens à ce que nous trouvions le coupable avant mon départ !

Elle posa la main sur la sienne et la serra doucement.

Lui ne voulait qu'une chose : l'emporter loin d'ici pour la mettre à l'abri ; néanmoins, il était conscient que ce serait nier l'incroyable courage qui le faisait l'aimer avec une telle force.

Son souffle se bloqua dans sa gorge. Oui, il l'aimait. Mais alors, comment pouvait-il lui demander de rester ? Alors qu'elle avait si clairement dit et redit sa volonté de rejoindre non seulement son fils mais toute une communauté à laquelle il n'appartenait pas. Il n'était pas de taille à lutter.

Cynehild avançait lentement, concentrée. Kal était à ses côtés. Dans quelques semaines, l'herbe printanière aurait recouvert le sol, mais pour l'heure, ils pouvaient encore suivre pas à pas la trace de Kal ce jour-là. Les brindilles et les branches cassées les guidaient, de même que les traces de pas occasionnelles dans le sol meuble qui avait été par endroits protégé des averses sous le couvert des plantes ou des arbres.

Kal lui avait montré comment reconnaître les siennes : le talon gauche de sa botte était usé et laissait une marque caractéristique. C'est ainsi qu'ils découvrirent une autre trace de pas en sens inverse, vers le village. Celle-ci ne lui appartenait pas.

— Nous sommes sur le bon chemin, confirma-t-elle alors qu'il s'agenouillait à côté d'une nouvelle trace.

C'était de toute façon le chemin le plus direct pour rejoindre Hangra Hill.

— Certes, mais nous ne pouvons pas savoir de quand datent ces empreintes et la pluie en aura effacé la plupart. Qu'est-ce que tu cherches exactement ?

— Je n'en sais trop rien, admit-elle. Je ne sais pas pourquoi mais j'en reviens encore et toujours à ce prétendu trésor caché. N'est-il pas possible que ton ennemi y ait cru et ce soit imaginé que tu partais seul t'emparer du trésor ? Tu ne penses pas que Haddr puisse être derrière l'attaque, par exemple ?

— Je ne le crois pas. Pourquoi agirait-il contre moi ? Il me doit la vie depuis Basceng et je le crois incapable d'échafauder un quelconque plan. Non, quelqu'un d'autre est impliqué et j'ai besoin de preuves. Je ne veux plus commettre la moindre erreur.

À quelque distance d'eux, ses hommes les suivaient. Ils avaient refusé de se reposer en apprenant ce qu'elle comptait faire. Bien sûr, ils avaient d'abord tenté de la convaincre qu'elle aurait dû rester à l'abri entre les murs, mais devant son refus, ils avaient exigé de les accompagner pour la protéger.

— Cela me semble étrange que tu sois venu jusqu'ici sans être armé. Particulièrement si tu étais supposé rencontrer quelqu'un en haut de cette colline, poursuivit-elle.

— J'ai le vague souvenir que je partais chasser. J'avais envie de passer un peu de temps seul après m'être querellé avec Alff. J'avais aussi besoin de réfléchir en paix, car ce jour funeste était celui de la mort de ma femme.

— Tu devais être perdu dans tes pensées quand ton assaillant est passé à l'action.

— C'est vrai. Je songeais que rien de ce que je pourrais faire ne ramènerait mon fils ni ne rachèterait mes erreurs. Je me souviens avoir pris la décision de recommencer enfin à vivre, de prendre une nouvelle épouse.

Il voulait se remarier… Cynehild détourna le regard pour ne pas lui montrer combien cette pensée la blessait. Quand elle serait partie, il chercherait une épouse. Peut-être tomberait-il amoureux d'une autre. L'idée lui était insupportable. Ce qu'elle voulait, c'était qu'il l'aime, elle exclusivement. Hélas, elle ne parvenait pas à trouver les mots pour le lui avouer.

Elle repoussait cette folle pensée lorsque, tout à coup, un éclat attira son regard, un peu plus loin sur le chemin. Quelque chose brillait entre deux pierres.

— Il y a du métal là-bas.

Elle voulut partir en courant mais son bras la retint.

— Laisse tes hommes y aller. La pente est escarpée. Inutile de prendre le moindre risque.

— Mais…

Il posa un doigt sur ses lèvres.

— N'est-ce pas toi qui m'as appris qu'il était essentiel d'accepter de l'aide ? Je ne te demande pas autre chose. Tu n'as pas besoin de prouver sans cesse ton courage devant moi, Cynehild. Je suis convaincu de ta bravoure depuis la toute première fois. Laisse tes hommes aider. Pour commencer, aucun d'eux ne porte de jupe.

Elle hocha la tête et leur donna des instructions pour qu'ils se chargent de rapporter l'objet. Ils s'exécutèrent promptement et descendirent sur le flanc de la colline, bien plus loin en vérité qu'elle ne l'avait imaginé.

— J'espère que cela en vaut la peine.

— Quoi que ce soit, cela n'a rien à faire ici. La découverte sera nécessairement intéressante.

Bientôt, ses hommes revinrent lui tendre un petit couteau à manger.

— Est-ce le tien ?

Les sourcils froncés, Kal lui prit le couteau des mains et le tourna plusieurs fois entre ses doigts.

— Je n'ai pas vu ce couteau depuis fort longtemps, depuis que j'ai quitté Ribe, en vérité. Je sais à qui il appartenait, et cette personne est morte.

— Ta femme ?

— Non, le premier mari de Toka. J'ai appris sa mort peu après mon départ de Ribe. Il avait un fils d'un premier mariage, dont Toka a effectivement dû s'occuper.

— Un fils… Quel âge aurait-il aujourd'hui ?

— Une vingtaine d'années, je pense, dit-il en posant ses mains sur ses cuisses pour reprendre son souffle.

Une fois de plus, il avait trop forcé et la fatigue le rattrapait. Nul doute qu'il aurait continué à s'épuiser si elle n'avait pas été là pour l'arrêter. Elle aimait tant être là pour lui.

Quand frère Palni serait de retour, elle pourrait sans doute trouver un moyen de retarder un peu son départ, au moins jusqu'à ce qu'il soit tout à fait rétabli. Hélas, plus les jours passaient, plus elle espérait que le moine ne reviendrait pas trop vite.

Sa gorge se serrait à chaque fois qu'elle y songeait. Malheureusement, supplier Kal de rendre leurs fiançailles bien réelles et leur permettre de venir vivre sur ses terres, à Wulfgar et elle, ne faisait pas partie de leur accord.

— C'est en tout cas une confirmation que tu as bien été attaqué par une personne de ta maisonnée et non par un villageois. Je ne peux croire à une coïncidence. Cette personne s'est ensuite hâtée de rentrer, au point qu'elle a perdu ce couteau en route. Il a dû rouler depuis le sentier un peu plus haut jusqu'entre ces pierres.

La main serrée sur le manche du coutelas, Kal peinait à reprendre son souffle. Tenir l'objet entre ses doigts avait fait remonter un flot de souvenirs à la surface. Il se rappelait parfaitement les moments qui avaient précédé l'attaque à présent. Il était bien parti chasser. Seul. Effectivement, il se souvenait avoir laissé son épée favorite pour prendre son arc. Il y avait un cerf ce jour-là. Il l'avait épargné, car ce dernier avait perdu ses bois juste devant lui.

Ensuite, l'obscurité.

— As-tu trouvé des bois de cerf non loin de moi quand tu m'as trouvé ?

— Des bois ? Non, il y avait du sang sur le sol. Mais pas de bois aux alentours. Veux-tu que nous allions vérifier ?

— J'ai épargné un cerf parce qu'il avait perdu ses andouillers. J'allais les prendre quand j'ai été attaqué. Je n'ai eu que le temps d'entendre cette voix m'appeler « tyran ».

— Après avoir vu le domaine et les gens qui vivent sous tes ordres, je ne peux croire que tu aies un jour été un tyran, Kal. Néanmoins, quelqu'un veut te voir mort et le plus logique, maintenant que tu as survécu, serait d'espérer que tu deviennes véritablement tyrannique en martyrisant tes gens au hasard après avoir été attaqué.

— Tous les indices convergent vers Alff, seulement il était malade et alité. Quand on voit son teint, on ne peut douter qu'il soit véritablement en mauvaise santé. Mais je ne vois que lui à qui Toka aurait pu donner le couteau de son défunt époux, pourtant…

— Tu as raison, il me paraît trop affaibli pour avoir porté un coup d'une telle violence. Quand il est venu te parler, l'autre jour, t'a-t-il dit à quel propos vous vous étiez querellés ?

— Non. Et je ne m'en souviens pas. Je sais seulement qu'il a changé du jour où il a épousé Toka et que nous nous sommes peu à peu éloignés alors que nous étions proches.

Cynehild tapota un doigt sur sa bouche, l'air pensif.

— Je ne crois pas qu'il soit descendu aujourd'hui. Toka s'en plaignait quand je l'ai rejointe pour lui proposer mon aide pour le tissage. Aide qu'elle a d'ailleurs refusée en arguant que je ne comprendrais pas le motif de la tapisserie…

Ils échangèrent un regard entendu.

— Toka n'aime rien tant que causer des problèmes.

— Et il est évident qu'elle te hait. Pourrait-elle hériter de l'endroit ? Si tu meurs et Alff aussi ?

— Elle n'a pas d'enfants, elle n'est pas aimée, non, je ne vois pas comment…

Kal s'interrompit alors qu'une nouvelle pensée se faisait jour dans son esprit. Toka seule ne pouvait hériter de rien, mais avec un appui masculin et suffisamment d'or… Et si ce beau-fils était venu avec elle ?

— Ton ennemi attendra sûrement mon départ pour passer de nouveau à l'attaque.

Tandis qu'il commençait à entrevoir l'identité de celui qui s'en était pris à lui, Kal se laissa aller à parler d'instinct :

— Alors, reste. Reste pour toujours ici, Cyn. Construis une paix durable pour nos peuples.

Cynehild écarquilla les yeux !

— Notre accord… Nous avions dit… Mon fils…

Il lui saisit les mains et tenta de lire sur son visage troublé.

— J'aimerais rencontrer Wulfgar, apprendre à le connaître. Je voudrais…

— Lord Icebeard ! Lord Icebeard !

Les cris de Haddr, portés par le vent, les tirèrent de l'état de transe où ils semblaient tous deux plongés, perdus dans le regard de l'autre.

Kal se raidit avant de répondre d'une voix forte :

— Par ici ! Que se passe-t-il ?

Haddr arrivait en courant et haletant.

— Votre cousin, jarl ! Il est mourant, il crache du sang ! Il vous fait demander à son chevet.

— Alff est à l'agonie ?

— Lady Toka m'envoie vous chercher. J'ai couru comme un fou tout le long du chemin en suivant la direction qu'on vous avait vu prendre. J'allais faire demi-tour, car je ne savais pas où vous trouver quand j'ai repéré le manteau de Lady Cynehild !

— N'y a-t-il plus aucun espoir ? s'alarma Cyn qui était devenue blême au point qu'il lui prit le bras pour la soutenir au cas où elle se sentirait mal.

— Il s'est plaint d'avoir très mal hier soir. Lady Toka soupçonne qu'il a été empoisonné.

Haddr s'interrompit, l'air mal à l'aise.

— Qu'y a-t-il de plus ? Parle, ordonna Kal.

— Si je puis me permettre, milady, monseigneur, le bruit court que Lady Cynehild a préparé des potions hier.

— Je suis allée rendre visite à mes hommes !

Haddr haussa les épaules en un geste d'excuse.

— Vous savez comme moi comment les rumeurs sont

lancées. Les gens s'inquiètent. D'autant plus que la rumeur affirme aussi qu'une armée avance vers nous depuis l'est.

Une armée ? Il s'agissait forcément des renforts envoyés par frère Palni. Il le fallait ! Kal réfléchit aussi vite qu'il put. Quelqu'un voulait faire porter à Cyn la responsabilité de l'empoisonnement d'Alff. Empoisonnement qui risquait de coûter la vie à son cousin, sans qu'il ait la certitude de sa culpabilité. Le plus urgent demeurait néanmoins de mettre Cyn à l'abri, c'est-à-dire loin de lui. D'autant qu'elle posait bien trop de questions pour sa propre sécurité.

— Pourquoi avoir tant attendu avant de prévenir qu'Alff était au plus mal ? Toka n'aurait-elle pas dû venir nous parler dès hier ? Ou au moins ce matin, sans attendre que nous ayons quitté le bâtiment ?

Haddr s'agitait en tous sens en répétant :

— Tout ce que je sais, c'est que mon jarl devait être informé de ce qui se passe au plus vite.

— Tout cela me semble étrange. Je vais rentrer avec toi, Kal, afin d'examiner ton cousin si tu m'y autorises. Je m'y connais en herbes et en onguents. Et puis, quoi qu'affirme la rumeur, tout le monde sait qu'Alff était malade avant mon arrivée.

— Je n'y avais pas pensé, balbutia Haddr, l'air sincèrement stupéfait.

Un sombre pressentiment serrait la gorge de Kal. Son ennemi était passé à l'action. Cyn était en danger de mort et il devait absolument la protéger.

— Tu n'as pas besoin de rentrer avec moi, dit-il d'un ton qu'il voulait léger.

— Pas besoin ? Mais… Pourquoi ?

— Tu dois marcher au-devant de ton beau-frère, poursuivit-il en tentant désespérément, par son regard, de lui faire comprendre ce qu'il disait vraiment. Quelqu'un tente de t'impliquer dans la maladie d'Alff. La colère s'enflamme rapidement avec la peur. Il vaut mieux que tu restes à l'écart pour le moment et que tu me laisses me charger de cette histoire.

Cyn sentit la colère enfler en elle. Kal se comportait exactement comme tous les autres hommes qui prétendaient régenter sa vie. Il la traitait comme si elle était incapable de réfléchir par elle-même et cela la mettait en rage venant de lui. De toute évidence, il voulait la voir partir parce qu'il ne lui trouvait plus aucune utilité.

Face à ses protestations, son visage se figea, dur, inflexible, et elle fit face au terrifiant Icebeard.

— Cynehild. Obéis.

— Tu as promis, murmura-t-elle, soudain défaite. Côte à côte.

— C'était avant. Les promesses peuvent changer. Tu dois rester concentrée sur tes responsabilités et sur ceux qui t'attendent à Baelle Heale.

Elle serra les poings. Pourquoi se montrait-il tellement obtus ? Mis à part cette rumeur ridicule qui la rendait responsable de l'empoisonnement supposé d'Alff, rien n'avait changé !

— Jarl ! Nous devons nous hâter avant la fin, intervint Haddr.

— Fais ce que je t'ai dit, gronda-t-il à nouveau. Reste à distance. En sécurité.

Elle secoua la tête fermement. Elle comprenait certes qu'il ne cherchait pas à l'éloigner pour son propre intérêt, mais pour la protéger. En effet, son ennemi avait pris l'initiative en attaquant Alff, mais Kal agissait précisément comme son opposant s'y attendait. Il avait plus que jamais besoin de ses yeux et de ses oreilles pour lutter.

— Laisse-moi t'aider, insista-t-elle.

— Frère Palni a donné des ordres pour que tu restes à l'abri dans la chaumière cachée dans les bois, c'est là qu'il ira en premier. Rejoins-les et amène-les ensuite jusqu'au village. J'aurai besoin d'eux, souffla-t-il à voix basse pour ne pas être entendu de Haddr.

Sans attendre sa réponse, il dévala la pente, aussitôt suivi par le jeune homme.

Cynehild le regarda s'éloigner sans faire un geste. Se disputer avec lui serait aussi futile qu'inutile. Il avait pris sa décision, il voulait affronter son ennemi seul. Seulement, le jeu qu'il jouait n'impliquait pas uniquement deux adversaires. Elle avait encore un rôle à jouer.

Si des herbes avaient été utilisées pour empoisonner le cousin de Kal, elle savait qui aurait une idée précise de l'empoisonneur.

— Ma dame, connaissez-vous le chemin qui mène à la chaumière ? demanda l'un de ses gardes.

— Nous n'y allons pas. Nous allons voir Luba. J'ai des questions à lui poser.

Chapitre 16

Kal accéléra le pas en priant toutes les divinités qu'il connaissait que Cynehild obéisse pour une fois et rejoigne la chaumière où elle serait à l'abri.

Une chose était certaine, désormais : dès que toute cette histoire serait derrière lui, il n'hésiterait plus : il lui avouerait ses sentiments sans détour. Il y avait trop de non-dits et d'incompréhension entre eux. Sa poitrine se serrait quand il songeait qu'elle s'était sûrement sentie trahie en croyant qu'il cherchait à l'exclure. Hélas, il n'avait pu prendre le temps d'expliquer qu'il voulait la voir à l'abri, sans quoi Haddr aurait pu comprendre ses intentions.

Il jeta un regard vers le guerrier. Malgré sa blessure, il était toujours certain de pouvoir le battre au combat. Néanmoins, s'il voulait obtenir des aveux complets, l'effet de surprise était essentiel : Haddr ne devait surtout pas se douter que Kal avait compris le rôle qu'il avait joué dans l'attaque.

L'autre avançait de ce même pas sautillant qu'il aurait dû reconnaître entre mille. En effet, Kal lui avait toujours vu cette démarche, que ce soit ces derniers mois ou au cours des batailles et bien avant même, quand, encore garçon, Haddr devait attendre impatiemment que Toka ait fini de parler pour s'approcher.

Kal s'appuya contre un tronc et feignit un moment de faiblesse.

— Je ne peux pas aller trop vite. Ma tête me fait encore souffrir.

Sans même réfléchir, l'autre répliqua :

— Ce coup à l'arrière de votre crâne était sacrément fort.

Kal serra les mâchoires. Haddr n'était décidément pas très malin. Ou alors, il ne cherchait même plus à cacher ses intentions meurtrières car il avait l'intention d'en finir…

— Pas assez pour me tuer, lâcha-t-il. Tu n'as jamais eu le bras assez fort, Haddr.

Cette fois, l'autre s'immobilisa brusquement et se tourna vers lui, avec l'expression de quelqu'un qu'on vient de prendre sur le fait.

— Avez-vous perdu l'esprit, jarl ? Tout le monde a bien vu que cette femme vous a tourné la tête. J'ai toujours été l'un des plus fidèles membres de votre *felag* !

— Tu as surtout grandi dans l'ombre de ton père… Je crois que ceci lui appartenait.

Haddr posa sur le couteau que Cyn avait trouvé un regard apeuré et Kal vit ses soupçons confirmés : Haddr était le beau-fils de Toka.

— Où avez-vous trouvé cela ? articula-t-il d'une voix blanche.

— Luba a-t-elle fini par te révéler où se cachait le trésor après que tu as épousé sa fille ? Est-ce pour cela que tu tenais tant à ce mariage ?

Haddr était peut-être celui qui avait porté le coup, mais il n'avait pas l'esprit assez vif pour avoir planifié seul un tel stratagème. Maintenant qu'il avait compris son rôle, cela signifiait qu'il n'y avait plus que deux responsables possibles derrière la machination : Toka, qui aurait agi par haine envers lui ; ou Luba, par appât du gain.

Le jeune homme tenta de gonfler le torse pour rétorquer :

— Quels contes cette Saxonne a-t-elle mis dans votre tête ?

— Il ne m'a jamais semblé que Toka te consacrait beaucoup de temps. J'imagine qu'il en allait de même quand tu étais encore un gamin. Je crois même que Ranka m'avait rapporté que sa sœur était furieuse en apprenant après son mariage que son époux avait un fils d'un premier mariage. Elle devait t'en vouloir.

— Vous mentez ! Elle s'est toujours souciée de moi ! Elle m'a promis des richesses et du pouvoir quand vous et Alff…

Il s'interrompit brutalement, comprenant qu'il en avait trop dit.

— Je vois… Et ta quête du trésor ? Était-ce aussi une idée de Toka ?

Haddr fit une grimace éloquente.

— C'est pour cela que j'ai dû épouser ce laideron. Toka m'a dit que je pourrais devenir très riche si je parvenais à faire en sorte que ma femme se confie à moi. Elle a deviné qu'elles en savaient toutes les deux plus que les autres, car c'étaient bien les deux seules à ne pas affirmer savoir où trouver ce trésor.

Kal se redressa de toute sa hauteur. Il était temps d'écarter cet imbécile du jeu avant que Toka ne tente de l'utiliser contre lui une nouvelle fois.

— Devons-nous nous battre ici même ou bien comptes-tu me frapper par-derrière encore une fois, comme le lâche que tu es ?

Le visage du garçon vira au rouge.

— Vous deviez mourir…

— Mon heure n'était pas venue. Merci d'avoir confirmé mes soupçons. Néanmoins, Toka t'a menti. Elle n'a jamais eu l'intention de partager quoi que ce soit avec toi.

Les yeux pleins de rage, Haddr tira son épée.

— Je vais vous combattre. Ici et maintenant !

— Parfait, lâcha Kal en posant sur lui un regard aussi calme que menaçant.

— Vous n'êtes pas aussi bon qu'ils le disent après ce coup.

Haddr se jeta vers lui, l'épée levée. Kal, qui n'avait pas encore sorti sa lame, n'eut qu'à s'écarter au dernier moment.

— Tu n'as pas énoncé les conditions de notre combat, rappela-t-il.

— Pas de conditions. Nous nous battons jusqu'à la mort !

Haddr chargea à nouveau. Cette fois, Kal était prêt et il para le coup. D'un seul mouvement ample, il désarma le gamin. L'autre se figea.

— Tu n'as jamais écouté les conseils à l'entraînement, n'est-ce pas ? Tu aurais mieux fait d'accepter des conditions quand tu en avais l'occasion.

Kal se pencha pour ramasser l'épée.

— Pouvons-nous nous battre dans les règles, maintenant ?

Haddr parut stupéfait quand il lui lança l'épée.

— Je n'ai jamais voulu ta mort, expliqua posément Kal. J'espérais que tu serais satisfait des honneurs que je t'avais prodigués. Tu avais une femme, des terres à cultiver et une place dans mon *felag*. Mais ce n'était visiblement pas assez.

Dans un grondement rageur, Haddr se jeta vers lui. Hélas, emporté par son élan trop puissant, il perdit l'équilibre et sa propre lame se planta dans son ventre. Il tenta de se redresser, en vain. Du sang coulait de sa bouche et Kal comprit qu'il était condamné.

— Veille sur mon enfant, pria-t-il dans un dernier souffle.

Agenouillé près de lui, Kal ferma les yeux de l'homme.

— Je veillerai sur lui. Pars sans crainte.

Le cœur lourd, il hissa le corps sur ses épaules et redescendit la butte. L'un de ses ennemis était à terre, mais le plus dangereux allait toujours libre.

Cynehild se concentra sur la fumée qui sortait de la cheminée de la chaumière devant elle. Elle faisait de son mieux pour ignorer la douleur qui emplissait sa poitrine et l'empêchait de respirer convenablement.

Avant de rencontrer Kal, elle était persuadée que son cœur avait été enterré aux côtés de son époux. Désormais, elle savait qu'il battait toujours dans sa poitrine, prêt à aimer. Elle ne pourrait bien sûr jamais cesser d'aimer Leofwine, le père de son enfant. Toutefois, son cœur ne battait désormais que pour Kal.

Elle regrettait à présent d'avoir manqué de courage. Elle aurait voulu lui avouer ses sentiments avant de le quitter. Et si elle n'avait plus la chance de le lui dire ? Et s'il marchait tout droit dans un piège ?

— Milady !

Luba se hâta à sa rencontre avant même qu'elle ait atteint la porte. Le châle qu'elle lui avait donné flottait au vent quoiqu'elle le maintînt devant son visage comme pour le cacher en partie.

— Je ne m'attendais pas à vous voir ! J'ai entendu parler de cette belle fête pour vos fiançailles, je serais venue, mais…

— Alff est mort.

Elle déforma sans scrupules la vérité pour voir la réaction de Luba. À ces mots, le visage de celle-ci perdit toute couleur.

— Mort ? Qui vous l'a dit ? Quand est-ce arrivé ?

— Haddr. Il est venu nous chercher. Il était dans tous ses états.

Le visage de Luba se ferma.

— Cela ne m'étonne guère. Il a dû l'apprendre en tout premier de cette sorcière. Je savais que cela finirait mal !

— Que veux-tu dire ? Tu es au courant que c'est un meurtre ?

— Je jure que je n'ai rien à voir dans cette histoire ! dit-elle en resserrant le châle autour d'elle, cachant toujours la moitié de son visage.

Cynehild sentit un frisson de peur remonter dans son dos. À travers la porte ouverte, elle eut la confirmation que son vague souvenir était avéré : une paire d'andouillers était posée dans un coin de la pièce. Cela ne prouvait rien, certes. Néanmoins, la nervosité et les propos décousus de Luba ne plaidaient guère en sa faveur.

— Personne ne dit le contraire.

— Alors pourquoi êtes-vous ici, milady ? Ne devriez-vous pas être auprès du jarl pour prendre soin de sa blessure ?

— Pourquoi te caches-tu le visage, Luba ? Y a-t-il un problème ?

Pour toute réponse, la femme le tira davantage encore sur ses traits.

— Vous devriez y aller maintenant, Lady Cynehild, lâcha-t-elle d'une voix blanche.

— Je veux d'abord voir ton visage.

Les yeux pleins de méfiance, Luba finit par obtempérer, révélant un large hématome.

— Qui t'a fait cela ? Ton gendre ?

— Ce n'est pas votre affaire, Lady Cynehild. Laissez les choses reprendre leur cours, vous n'auriez jamais dû revenir par ici.

— Vraiment ? Ne disais-tu pas il y a quelques jours combien tu étais heureuse de me voir épouser le jarl ?

— C'était avant, souffla-t-elle d'un ton abattu. Avant que je ne découvre la vérité sur ce qu'il a fait et ce qu'il a pris.

« Il » ? De qui Luba voulait-elle parler ? Pas de Kal, cela n'avait aucun sens. Haddr devait être celui qui avait frappé Kal et, d'une manière ou d'une autre, Luba avait découvert que son gendre avait pris quelque chose, quelque chose qui lui avait fait soupçonner qu'il était responsable de l'attaque... S'agissait-il des bois du cerf ? Non, il n'y avait aucune raison qu'un tel objet éveille sa méfiance. Il devait plutôt s'agir de l'arc avec lequel Kal était parti chasser ce jour-là.

Prise dans l'urgence du moment, Cynehild décida de jouer le tout pour le tout.

— Où as-tu trouvé l'arc, Luba ? Dans la réserve à grains ? Où l'avait-il caché ? J'imagine que tu n'as fait cette découverte qu'après que Kal et moi avons rejoint le village ?

Luba écarquilla les yeux et ouvrit la bouche plusieurs fois sans qu'aucun son n'en sorte.

— Comment… Comment savez-vous ?

— Ce n'était pas difficile à deviner.

— Seigneur ! Je ne puis me taire plus longtemps ! Je… Je me demandais pourquoi ma fille insistait pour aller seule dans la grange récemment. Depuis le début de sa grossesse, elle refusait au contraire d'y aller, car elle avait peur des rats. Et tout d'un coup, ce revirement étrange… Alors, je l'ai suivie et je l'ai surprise en train de déplacer cet arc. Haddr lui avait dit qu'il l'avait trouvé en mettant en fuite des hors-la-loi, mais qu'il préférait le cacher au cas où quelqu'un en arriverait à de mauvaises conclusions. Hélas, sachant ce qui était arrivé à notre jarl, je me suis doutée de ce qui avait dû se produire !

— Kal chassait avec un arc tout neuf quand il a été frappé, lui confirma Cynehild. Il venait juste de ramasser deux andouillers, j'imagine que ce sont ceux que j'ai vus chez toi.

— Je… Je jure que je n'ai aucune idée de l'endroit où il les a trouvés !

— Et ta fille ? Le sait-elle ?

— Gardez ma fille hors de cette histoire, je vous en conjure, milady. Elle est enceinte, elle porte son enfant. Elle n'avait pas l'intention de faire du mal à qui que ce soit.

— Dis-moi ce qu'a fait Haddr, Luba.

Luba s'humecta les lèvres, le visage blême et balbutia :

— Cela ne devait pas se passer ainsi. Je… Je croyais vraiment que son entrée dans la famille serait une bonne chose. J'étais d'accord avec le jarl : les Vikings étaient là pour rester, il fallait bien que nous apprenions à vivre ensemble. Et puis… Cet imbécile a écouté les mensonges fielleux de cette mauvaise femme et…

— Haddr est le beau-fils de Toka, n'est-ce pas ? comprit-elle soudain en revoyant l'expression qu'avait eue Kal devant le petit couteau.

Kal *savait* et c'était pour cette raison qu'il l'avait volontairement écartée ! Cynehild enfouit le visage dans ses mains, terrassée par une terreur véritable. Son amant était en danger de mort.

— Oh ! milady, je suis tellement désolée. J'espérais sincèrement que vous puissiez repartir en paix dans votre famille pendant que le jarl Icebeard mettrait un terme aux agissements de ces malfaisants !

— N'y compte pas, Luba ! Je ne vais nulle part ailleurs qu'au village et tu viens avec moi.

Quand Kal arriva dans la cour de sa demeure, tous ses muscles le faisaient atrocement souffrir. Retenant un gémissement de douleur, il laissa le corps inerte glisser au sol.

Autour de lui, il y avait au moins deux fois plus de monde qu'à l'accoutumée, si bien qu'au début, personne ne sembla prêter attention, ni à lui, ni à son chargement. Il vit d'abord Toka, qui donnait des ordres aux serviteurs pour que l'ale soit versée dans les cornes servies aux nouveaux venus. Non loin, il découvrit également Alff, pâle et mal en point, mais bien vivant.

Puis il repéra la robe sombre du moine et son cœur se serra. Ce fut lui qui le remarqua en premier.

— Icebeard ! s'exclama l'homme en venant aussitôt vers lui. Vous voilà enfin ! Seigneur ! Qui est donc ce pauvre homme ? Qui avez-vous assassiné ?

— Toka ! appela-t-il d'une voix forte en ignorant les questions de frère Palni. Ton beau-fils m'a attaqué, hélas pour lui, il a perdu.

Stupéfaite, Toka laissa l'ale qu'elle était en train de verser se répandre sur le sol.

— T'attaquer ? C'est impossible ! Tu souffres encore d'illusions et tu as tué ce pauvre Haddr ! s'exclama-t-elle enfin avec un aplomb qui forçait presque l'admiration.

— Nous avons de la compagnie, Icebeard, intervint Alff

en glissant ses doigts dans sa ceinture d'un air important. Je leur ai expliqué tes… difficultés, que tu avais des crises de rage et des pertes de mémoire. Tu es mon cousin mais j'espère que tu comprendras que je n'avais pas le choix : je m'inquiétais pour cette femme que tu as choisie.

— Répondez à ma question, Danois ! s'emporta le moine. Qu'avez-vous fait de Lady Cynehild ?

— Cyn est retournée à la chaumière avec ses gardes. Je l'ai envoyée là-bas vous rejoindre comme convenu, afin de la protéger pendant que j'affrontais Haddr.

— Ma sœur n'y était pas ! lança une jeune femme mince qui tenait à la main une flèche déjà encochée dans son arc. Où est-elle ? Votre cousin affirme que vous êtes parti tout à l'heure avec elle et qu'il a envoyé un messager vous informer de notre arrivée. J'imagine qu'il s'agit de cet homme ?

Kal sentit sa gorge s'assécher. Cyn aurait dû se trouver à la chaumière !

— Envoyez quelqu'un là-bas, vous verrez qu'elle y est ! insista-t-il, soudain terrifié.

— J'espère pour vous que Lady Cynehild et ses hommes seront retrouvés sains et saufs, gronda frère Palni.

Toka s'avança, l'air inquiet.

— Ne devrions-nous pas nous assurer d'Icebeard avant qu'il ne blesse quelqu'un d'autre ?

Kal sentit la haine envers cette langue de vipère s'enflammer en lui. Il leva son épée et lança à la ronde :

— Quiconque tente de s'en prendre à moi avant le retour de Lady Cynehild en paiera le prix.

— Par pitié, ralentissez, milady. Je ne peux avancer à ce train ! Je n'en peux plus…

Luba s'arrêta pour reprendre son souffle.

— Kal est en danger par la faute de votre gendre et vous vous êtes terrée chez vous au lieu de venir aussitôt m'en informer ! Maintenant, il faut avancer ! Aidez-la, vous, apostropha-t-elle ses hommes.

— Je… Je vais y arriver, milady, haleta-t-elle. Laissez-moi seulement reprendre mon souffle. Je vais arranger les choses.

— Commencez par me dire toute la vérité sur ce qui est arrivé au trésor. Pourquoi Haddr pensait-il qu'épouser votre fille l'aiderait à mettre la main sur ce trésor ?

— Vous étiez partie depuis si longtemps. Nous avons fini par penser que vous ne reviendriez jamais. Alors mon époux… Il a…

Elle s'interrompit, la tête basse, mais Cynehild avait compris.

— Il a déterré l'or. Il avait vu Leofwine le cacher, n'est-ce pas ?

— Il nous fallait survivre. Après tout, Lord Leofwine a perdu ses droits sur cet or lorsqu'il a fui. Des hommes dangereux erraient aux alentours, nous nous inquiétions de devoir engager des guerriers pour protéger ces terres. Mon mari est allé le déterrer une nuit et il l'a caché ailleurs. Hélas, il est mort peu après sans avoir pu nous révéler, à ma fille ou à moi, où il l'avait mis. C'est ce qui m'a valu d'être battue par Haddr quand je lui ai finalement tout expliqué, sous la menace.

Cynehild ferma les yeux pour contenir son désespoir. Tous ses rêves d'avenir pour son fils s'envolaient en fumée. Au moins, elle pourrait lui dire que son père avait essayé de lui venir en aide, ce qui n'était pas rien.

— Alors, le trésor est définitivement perdu…

— Je vous l'ai dit, vous n'auriez pas dû revenir, milady.

— Nous discuterons de cela plus tard, déclara-t-elle en saisissant fermement le bras de la femme pour l'entraîner. Sauver la vie de Kal est bien plus important que de débattre de la légitimité de quiconque à posséder cet or.

Heureusement, le village était en vue et elles parvinrent dans la cour une minute plus tard. Là, Cynehild découvrit un spectacle stupéfiant : Kal se tenait au milieu de la cour, l'épée levée. Haddr était étendu à ses pieds, mort. Face à lui, Toka se tenait droite, un rictus inquiétant aux lèvres.

Un peu plus loin, elle découvrit avec stupéfaction ses deux sœurs : Ansithe et Elene arboraient des airs d'anges vengeurs en couvant Kal d'un regard assassin. Surtout, elle poussa un léger cri de stupeur en découvrant son fils. Wulfgar avait incroyablement grandi depuis qu'elle lui avait dit au revoir.

Comme il l'avait vue aussi, il courut vers elle et se jeta dans ses bras sans un bruit. Quoique submergée par la joie de le revoir, Cynehild serra les poings de rage. De toute évidence, frère Palni avait estimé nécessaire de lui rappeler où était son devoir. Cependant, sa famille n'avait aucun droit d'interférer de la sorte ! Il était temps qu'elle prenne la situation en main avant qu'elle ne dégénère et que d'autres soient blessés.

— Kal ! lança-t-elle malgré la distance qui la séparait encore de lui. Je suis avec Luba. Elle a confessé ce qu'elle savait. Toka et Haddr étaient derrière la machination !

— Je le sais, répondit calmement Kal. J'ai simplement un peu de mal à convaincre ta famille de ma bonne foi, comme tu peux le constater. Ils étaient apparemment convaincus que tu courais un danger mortel par ma faute.

— Baisse ton arc, Ansithe, ordonna-t-elle à sa sœur. Personne n'est en danger. Encore moins par la faute de Kal. Cet affrontement est absolument inutile.

Ansithe baissa l'arme tout en posant sur elle un regard curieux.

— Ce n'est pas ce qu'a affirmé frère Palni. Et comme tu le sais, il est capable de se perdre dans sa propre ferme, aussi, les jours passant, notre inquiétude n'a fait que croître.

Cynehild entendit le moine maugréer qu'il s'était à peine égaré.

— De toute façon, vous n'auriez jamais dû quitter ma

sœur du regard, décréta Ansithe d'un ton autoritaire. Sa vie est plus importante que tout le reste.

— En l'occurrence, ce n'était pas ma vie qui était en jeu mais celle de Kal ! Alors, si vous voulez vous rendre utiles, commencez par vous assurer de ces deux-là, dit-elle en pointant le doigt vers Toka et Alff. Luba témoignera de leur complot pour assassiner Kal, je veux dire… le jarl Icebeard.

Aussitôt, Alff qui avait suivi l'échange d'un air médusé, se mit à jurer qu'il n'avait jamais fomenté le moindre complot tandis que Toka blâmait Haddr pour tout. Quand ils eurent été mis à l'écart et qu'un semblant de calme fut revenu, Cynehild envoya son fils prendre une collation aux cuisines pour expliquer calmement à ses sœurs ce qui s'était passé, en passant bien entendu sous silence leur liaison.

— Frère Palni t'avait dit de rester dans la chaumière, à l'écart du village, lui reprocha Ansithe.

Cynehild prit une profonde inspiration et regarda l'homme qu'elle aimait puis sa famille.

— Devrais-je donc toujours obéir aux autres ? Je devais revenir. Je devais me battre.

— Te battre pour quoi ? s'interposa Kal qui semblait encore plus agacé que sa sœur. Pour l'héritage de ton fils ? Tu savais déjà qu'il n'était plus là, Cyn !

— Je suis revenue parce que je ne me trompe jamais quand j'écoute mon cœur. J'ai fait des erreurs, sans nul doute, seulement, tomber amoureuse de toi n'en était pas une, Kal. Et je devais te le dire avant de partir. Je… J'espérais trouver un autre arrangement qui ne soit pas fondé uniquement sur la paix entre nos peuples.

— Tu… Tu m'aimes ? Comment serait-ce possible, Cyn ? Toi, si courageuse, si douce… et moi ? Tout le monde sait que je ne suis pas un homme bon.

— Qui le dit ? Haddr qui t'a attaqué par-derrière, t'a laissé pour mort et a tenté de te voler ? Ou alors cette horrible femme qui a conduit ton épouse au désespoir avant de te poursuivre de sa haine en épousant ton cousin ? Ou ce même cousin, si faible qu'il a choisi de rester aveugle à ce qui se tramait sous ses yeux ? Leur opinion n'a aucune valeur et tu le sais. Je t'aime. Je te considère comme un homme exceptionnellement bon et je me fiche de ce que pensent les autres. Je serai à tes côtés. Toujours.

En dépit des hoquets stupéfaits de ses sœurs et du juron de frère Palni, Cynehild ne se troubla pas. Elle attendit calmement dans le silence qui suivit. Avant d'avoir osé prononcer ces paroles à voix haute, elle n'avait pas mesuré la force de son amour pour Kal. Maintenant, il fallait qu'il accepte de croire en lui-même, en sa capacité à apporter la paix et la prospérité à ces terres. Sans quoi, son cousin et Toka auraient gagné.

Kal ne l'avait pas quittée du regard. Il la contemplait avec une intensité douloureuse qui l'incita à poursuivre :

— Je reste ici… Si tu le veux. J'accepte ton offre de mariage.

Soudain, la fossette qu'elle aimait tant apparut au coin de sa bouche.

— T'ai-je proposé le mariage, moi ?

Enfin, il abaissa son épée et elle put respirer de nouveau.

— Oh oui, tu l'as fait ! Tu as seulement oublié de préciser que tu te chargerais également de l'entraînement de Wulfgar, ce qui est mon unique condition.

— Ce serait un grand honneur de former ton garçon, Cyn. Et une joie sans mélange de t'avoir pour femme, car je t'aime de tout mon cœur.

Elle lui rendit un sourire incertain.

À sa grande surprise, Kal ne marcha pas vers elle. Il se dirigea tout droit vers Wulfgar qui, revenu des cuisines, avait apparemment écouté leur échange, aussi immobile qu'une statue. Kal s'agenouilla à sa hauteur.

— Es-tu Wulfgar, fils de Leofwine et de Cynehild ?

Le petit garçon ouvrit de grands yeux curieux et hocha la tête.

— M'autorises-tu à épouser ta mère ? À devenir ton gardien et protecteur, et à t'entraîner pour que tu deviennes un grand guerrier ?

Cette perspective sembla vaincre toute timidité chez Wulfgar qui demanda :

— On dit que tu es un grand et terrible guerrier.

— Je ne le nierai pas. Cependant, j'essaie chaque jour de devenir un homme meilleur grâce à ta mère. Je sais que j'ai besoin d'elle à mes côtés pour y parvenir.

— Et tu aimes ma mère ? De tout ton cœur ? questionna-t-il d'un ton solennel.

Cynehild allait intervenir pour rappeler à son fils que ce genre de questions était impoli quand Kal se leva et, posant la main sur l'épaule du petit, déclara du même ton solennel :

— Ta mère a rendu ma vie meilleure. Elle voit du bon en moi et me donne envie de le montrer au monde. Je crois que nous sommes exactement comme la laine qu'elle file, elle et moi. Séparément, les crins peuvent casser, mais une fois attachés ensemble, ils peuvent créer un tissu incroyablement solide. Oui, j'aime ta mère et je l'aimerai jusqu'à mon dernier souffle.

— Alors, tu peux l'épouser, accepta Wulfgar d'un ton sérieux.

Kal se tourna alors vers elle et sourit devant ses yeux gonflés de larmes.

— Acceptes-tu de m'épouser, Cynehild de Baelle Heale ? Me laisseras-tu prendre soin de toi et de ton fils ?

Elle se jeta dans ses bras avec fougue.

— J'accepte.

Autour d'eux, les acclamations de la foule s'élevèrent, cependant, elle n'entendait plus que son cœur battre tout contre le sien.

Épilogue

Quelques mois plus tard

— Mère ! Regarde ce que Kal m'a appris !

Wulfgar courut vers elle. Cynehild était occupée sur son métier à tisser : elle avait commencé un motif qui mêlait inspiration saxonne et viking.

— Dis-moi ! De quoi s'agit-il, cette fois ?

Au cours des derniers mois, son fils et son mari étaient devenus de plus en plus proches et leurs vies à tous trois s'étaient progressivement installées dans un quotidien heureux une fois que les épreuves avaient pris fin.

Toka et Alff avaient été remis au roi viking devant lequel ils avaient été jugés pour avoir tenté de renverser l'autorité légitime de Kal. Le matin du jugement, Alff avait vomi du sang. Alors, comprenant que la mort n'était plus très loin, il avait avoué qu'il n'ignorait rien de la haine tenace que sa femme vouait à Kal après le décès de sa sœur dont elle l'estimait responsable, néanmoins il n'avait jamais réellement cru qu'elle mettrait ses menaces de mort à exécution.

Face à ces dernières accusations, Toka avait enfin plié et avoué l'entière vérité : elle avait épousé Alff dans l'idée d'accomplir sa vengeance. Puis, comprenant que son époux ne l'aiderait pas activement dans sa quête, elle s'était attaché la loyauté de son beau-fils en lui promettant qu'il hériterait des terres s'il mettait la main sur le trésor enterré.

Lorsque Kal avait disparu après l'attaque de Haddr, ce dernier avait insisté pour qu'elle honore sa part du marché. C'est alors qu'elle avait commencé à empoisonner Alff. Tout au long de ces atroces confessions, Toka ne montra guère de remords et se plaignit continuellement de son injuste situation. À dire vrai, elle ne s'attirait guère la compassion de quiconque par son attitude hautaine et arrogante.

Après ses noces avec Kal, ses sœurs étaient rentrées chez Ansithe et Moir. Elene avait en effet refusé de rentrer à Baelle Heale, pour échapper aux machinations de leur père concernant son mariage. Le matin même, Cynehild avait reçu une longue lettre d'Ansithe dans laquelle celle-ci s'inquiétait de voir Elene sans cesse distraite depuis qu'elle avait appris qu'un guerrier du Wessex, qu'elle avait connu par le passé, était sur le point d'épouser une héritière. Ansithe s'inquiétait que leur cadette puisse commettre une folie et lui demandait conseil.

Cynehild avait l'intention d'en discuter avec Kal pour voir comment ils pourraient venir en aide à Elene. Pour l'heure, néanmoins, elle prêta toute son attention à son fils.

— Allez, dis-lui. Ensuite, tu lui montreras..., s'exclama Kal en arrivant à la suite de Wulfgar.

Au tout début, le garçonnet avait parfois eu du mal à accepter de partager l'attention de sa mère, cependant Kal avait fait preuve d'une patience infinie. Il lui avait appris à jouer au *tafl,* à tenir une épée et mille autres choses encore. Elle n'aurait pu espérer un meilleur protecteur pour son petit.

Ni un meilleur époux pour elle...

Wulfgar leva sa petite épée bien haut en déclarant :

— J'ai appris à parer et bloquer. Et ce n'est pas le meilleur !

— Vraiment ? Et que peut-il y avoir de mieux ?

— Kal dit que je peux l'appeler « Père » ! Il veut que je devienne son fils, pour de vrai !

Kal s'avança et posa une main sur l'épaule du garçon.

— Avec ta permission, bien sûr. Et il ne s'agira jamais de remplacer son père.

— C'est… un geste d'amour ? murmura-t-elle, émue.

— Exactement. Wulfgar est déjà mon fils dans mon cœur.

Cynehild les prit tous deux dans ses bras. Leofwine l'avait envoyée jusqu'ici en quête d'un trésor et elle avait trouvé bien plus que de l'or : un homme bon qui la tenait en grande estime et une vie emplie de promesses.

— Qui sait ? reprit Kal avec son petit sourire en coin. Peut-être trouvera-t-il un jour l'or de Leofwine, en attendant, il peut apprendre comment gérer des terres à mes côtés.

— Moi aussi, j'ai quelque chose à partager avec toi, souffla-t-elle comme Wulfgar repartait en courant pour s'entraîner à parer et bloquer.

Elle posa la main de Kal sur son ventre.

— Tu attends un enfant ? balbutia-t-il, les yeux agrandis d'émerveillement.

— *Nous* attendons un enfant.

Kal la serra dans ses bras.

— Je suis tellement heureux, Cyn. Notre famille va s'élargir et cet enfant, fille ou garçon, aura la chance de grandir auprès de son aîné.

Vous avez aimé ? Découvrez prochainement la suite de votre série « Serments et Guerriers », dans votre collection Les Historiques.

Retrouvez prochainement, dans votre collection

Les Historiques

Un Viking pour geôlier, de Caitlin Crews - N°936

Angleterre, royaume de Wessex

La princesse Aelfwynn n'en revient pas. Après tant d'efforts pour s'enfuir du château familial de Mercie, loin de la politique royale, des guerres et d'une cour hypocrite, la voici de nouveau sous entrave. En effet, un redoutable guerrier viking se dresse face à elle, sommé par son roi de l'enlever. Thorbrand lui laisse le choix : tenter sa chance au milieu de la forêt inhospitalière qu'elle a entrepris de traverser et se retrouver traquée par les loups... ou partir avec lui. Livrée à elle-même, Aelfwynn accepte de le suivre, intensément troublée. Car, bien au-delà de la peur, c'est un désir dévorant qu'elle ressent déjà pour son geôlier...

L'Écossaise insoumise, de Terri Brisbin - N°937

Écosse, an de grâce 1377

« J'épouserai Sheena MacLerie. »

En prononçant ces mots, Robbie sent une fureur infinie le parcourir. Héritier du clan Cameron, il n'a d'autre choix que de se lier à la fille du puissant Connor MacLerie. Mais Sheena est bien la dernière demoiselle avec laquelle il souhaite s'unir, elle qui l'a trahi des années plus tôt. Depuis cette terrible querelle, Robbie lui voue une haine sans limites, et sa fiancée, visiblement résolue à rompre leur engagement, le lui rend bien ! Que lui cache-t-elle donc ? Après toutes ces années de mépris réciproque, Robbie s'en fait la promesse : il découvrira le secret de sa belle ennemie...

La renaissance d'un chevalier, de Melissa Oliver - N°938

SÉRIE : ILLUSTRES CHEVALIERS - TOME 3

Château de Pulverbatch, Angleterre, 1221

Il y a bien longtemps que Lady Gwenllian de Clwyd a renoncé à l'amour. Comment pourrait-elle encore y songer, et même y croire, alors que son cœur appartient toujours à Ralph de Kinnerton, l'homme qu'elle a dû repousser des années plus tôt ? Mais voici qu'après six années d'exil il est de retour en Angleterre, en chevalier accompli, marqué par les cicatrices d'une attaque meurtrière à Poitiers. Alors que Ralph participe à un tournoi royal afin de retrouver son rang ainsi que les terres de ses ancêtres, Gwenllian est gagnée par un fol espoir. Leur union, qu'ils avaient autrefois souhaitée avec tant d'ardeur, serait-elle de nouveau possible ?

Les Historiques

Un comte en disgrâce, de Virginia Heath - N°939

SÉRIE : SCANDALEUSES LIAISONS - TOME 1

Manoir de Markham, Angleterre, décembre 1813

Lorsque Violet, riche héritière des Dunston, échappe à un enlèvement, elle tombe immédiatement sous le charme de son courageux sauveur. Jack est l'homme le plus séduisant qu'elle ait jamais vu, et elle accepte la protection qu'il lui offre dans son manoir. Tandis qu'elle s'attache à lui chaque jour davantage, Violet a l'impression qu'il lui cache quelque chose. Et c'est avec horreur qu'elle découvre bientôt qu'il est un Warriner, autrement dit un membre d'une des familles les plus controversées d'Angleterre ! Parce qu'elle se doit de garder son image intacte, il ne serait en aucun cas recommandable pour une jeune femme de son rang de fréquenter Jack. Encore moins d'en tomber amoureuse…

Le secret d'un guerrier, de Harper St. George - N°940

SÉRIE : GUERRIERS D'IRLANDE - TOME 1

Irlande, XIIe siècle

Raine tremble de rage. Si ses sœurs n'étaient pas retenues en otage par le roi d'Angleterre, il ne serait pas obligé de suivre les ordres de ce souverain odieux ! Pour les sauver d'un sort funeste, le voilà contraint d'assassiner le roi d'Irlande. Alors qu'il réfléchit à la meilleure stratégie à adopter, il croise la route de la belle Lady Carice, la fiancée de son ennemi. À bout de forces, elle lui demande de l'accompagner vers l'ouest, où elle espère fuir son mariage forcé. Raine tient là sa chance : il lui serait facile de se servir d'elle pour atteindre sa cible. Mais, contre toute attente, quelque chose chez cette jeune femme fragile et déterminée l'incite à vouloir la protéger…

La maîtresse du Highlander, de Suzanne Barclay - N°941

Allisun est sur le qui-vive. Depuis l'attaque des hommes de Jock Carmichael, elle a fait le serment de protéger le clan Murray, dont elle est la cheffe. Fuyant la forteresse familiale en flammes, elle trouve refuge avec les siens dans des grottes, en pleine montagne. Bien que Jock la traque sans relâche, Allisun refuse de céder à la peur. Courageuse et passionnée, elle est prête à se battre comme une lionne pour assurer l'avenir de ses vassaux et protéger sa petite sœur, Carina. Et ce n'est pas Hunter Carmichael, le séduisant neveu de Jock, qui l'empêchera de mener à bien sa vengeance…

HARLEQUIN

Réveillez la lady qui est en vous !

HARLEQUIN
www.harlequin.fr